AN GÖTTER GEBUNDEN

IHRE DUNKLE WALKÜRE

BUCH ZWEI

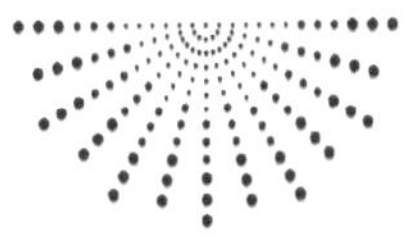

EVA CHASE

KAPITEL EINS

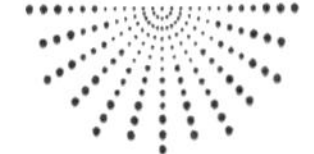

Aria

Man sollte meinen, das Reich der Götter wäre ein prachtvoller Ort, oder? Nur Wärme, Sonnenschein und Schönheit. Als ich den riesigen, verlassenen Hof am Rand von Asgard überquerte, die vergoldeten Steinmauern von Walhalla zu meiner Rechten aufragten und meine Schritte sowie die meiner Begleiter von den Marmorfliesen hallten, war ich mir jedoch nicht sicher, ob ich jemals an einem trostloseren, unheimlicheren Ort gewesen war. Eine kühle Brise kitzelte meine nackten Arme, auf denen sich sofort Gänsehaut ausbreitete.

Natürlich hätte das *echte* Asgard womöglich meinen Erwartungen entsprochen. Das hier war allerdings ein fake Asgard. Ein fake Odin hatte mich, die vier Götter, die mich als Walküre heraufbeschworen hatten, und Odins Frau, die Göttin Freya, hierhergebracht. Alle fünf hatten genauso beunruhigt ausgesehen wie ich, als der fake Odin während seiner jüngsten Show zu Staub zerfallen war.

„Die Details sind alle richtig", stellte Freya fest. Sie strich ihre honigbraunen Haare hinter ihre Schultern, während sie ihre Umgebung musterte. Ihre normalerweise glatte Stirn war vor Sorge gerunzelt. „Wie konnte jemand Asgard so gut nachbauen?"

„*Wurde* es überhaupt komplett nachgebaut?", fragte Loki. Die bernsteinfarbenen Augen des Tricksters blitzten auf. „Wenn ihr mich kurz entschuldigt ..."

Er stieß sich vom Boden ab und lief mit seinen magischen Schuhen durch die Luft, als würde er fliegen. Sofort sauste seine hochgewachsene, schlaksige Gestalt dorthin, wo eine ganze Stadt aus kleineren – jedoch trotzdem ziemlich epischen – Steinhallen stand. Seine roten Haare wirbelten wie eine Flamme in dem Wind, den er erzeugt hatte. Er hielt so weit entfernt am Ende eines der Marmorweges an, dass ich seine grüne Tunika kaum vor dem Hintergrund der Bäume erkennen konnte. Dann wirbelte er herum und flitzte zu uns zurück, das kantige Gesicht nachdenklich verzogen.

„Nun?", erkundigte sich Thor mit einem knurrigen Bariton. Er schwang noch immer Mjölnir, seinen göttlichen Hammer, in der Hand, als würde er nach etwas – oder jemandem – Ausschau halten, auf den er damit einschlagen konnte. Die Muskeln seiner gewaltigen Arme spielten. „Was hast du gefunden?"

„Es scheint eine sehr detailreiche Replik zu sein", antwortete Loki. „Alle Gänge, der Obstgarten und der Wald der Nornen dahinter ... Jemand hat wegen uns eine Menge Mühe auf sich genommen. Ich würde mich geschmeichelt fühlen, wenn es nicht ein sehr sorgfältig erbautes *Gefängnis* wäre."

Am liebsten hätte ich meine Arme fest um mich geschlungen, drückte sie stattdessen jedoch steif an meine Seiten. „Gibt es eine Möglichkeit, ohne die Brücke von hier wegzukommen?" Die Regenbogenbrücke, die der fake Odin heraufbeschworen hatte, um uns an diesen Ort zu führen, der nicht Asgard war. Meine Kehle schnürte sich zu.

Ich hatte gerade erst die Welt verlassen, in der ich aufgewachsen war – das Menschenreich, das die Götter Midgard nannten –, weil es dort keinen Platz mehr für mich gab. Theoretisch gesehen war ich dort bereits gestorben. Die Götter hatten mich als Walküre ins Leben zurückgeholt, nachdem ich von einem rasenden Jeep überfahren worden war, hinter dessen Steuer ein Junkie gesessen hatte. Ich hatte ein Zuhause bei den Göttern gefunden, als sie mir beigebracht hatten, wie man die Walküre-Kräfte benutzte, die sie mir gegeben hatten ... Sie alle bedeuteten mir mittlerweile auf ihre eigene Art mehr als fast alle Menschen zu Hause.

Fast alle. Ich hatte meinen kleinen Bruder zurückgelassen, für dessen Schutz ich beinahe erneut gestorben wäre. Petey erinnerte sich nicht mehr an mich. Das war eine Tatsache, die wie ein harter Pfirsichkern in meinem Magen lag, den ich aus Versehen geschluckt hatte. Hödur, Gott der Kälte und Dunkelheit, hatte sein Gedächtnis gelöscht und ihn aus den Erinnerungen aller entfernt, die ihn kannten, mit Ausnahme von mir. Nachdem unsere Feinde gedroht hatten, ihm zu schaden, um mich zu treffen, war das in unseren Augen die einzige Lösung gewesen, ihn zu schützen.

Ich war nach Asgard mitgegangen, nachdem man mir versprochen hatte, dass ich aus der Ferne weiterhin auf Petey aufpassen dürfte. Wenn er wieder in Gefahr geriet, könnte ich mich einmischen. Das war allerdings nicht möglich, solange ich in einem glänzenden Gefängnis festsaß.

„Wenn es das echte Asgard wäre, gäbe es noch andere Türen", erklärte Loki. „Doch irgendwie bezweifle ich, dass derjenige, der uns hierhergelockt hat, vorhat, uns einfach wieder gehen zu lassen."

„Nicht, nachdem er solche Anstrengungen auf sich genommen hat", murmelte Freya zustimmend.

Thor legte seine kräftige Hand auf meine Schulter. „Es wird einen Ausweg geben, Ari. Wenn wir keinen finden können, müssen wir uns eben einen machen."

Der Trickster zog eine Augenbraue hoch. „Ich bin mir sicher, du hättest auch noch Spaß dabei, Donnergott."

„Wo ist die Rabenfrau?", fragte Hödur. „Schon bevor der falsche Göttervater zerfiel, habe ich sie nicht mehr unter uns gehört." Er richtete seine dunkelgrünen Augen mit seiner üblichen Intensität auf die anderen, konnte sie jedoch genauso wenig sehen wie Munin, Odins Rabe der Erinnerung, die uns bei der Rettungsmission geholfen hatte. Nun, jedenfalls hatte sie uns angeblich geholfen.

„Ich habe sie seit unserer Ankunft hier nicht mehr gesehen", erwiderte Balder, dessen Stimme so träumerisch hell war wie seine wirren weiß-blonden Haare. Obwohl sie Zwillinge waren, ähnelten er und Hödur sich überhaupt nicht. Beide sahen auffallend gut aus, so wie anscheinend alle Götter, ihre Gesichter hatten etwas Jungenhaftes an sich und sie waren gleich groß, allerdings nicht ganz so groß wie Loki oder Thor. Damit endeten die Ähnlichkeiten jedoch. Balder war muskulös, sanft und strahlte das Licht aus, über das er herrschte. Hödur war schlank, hart und geheimnisvoll.

Ihre Persönlichkeiten waren ebenfalls sehr unterschiedlich. Balder lächelte sanft, während er den Hof betrachtete. „Vielleicht sucht sie so wie wir nach Antworten."

Hödur gab einen skeptischen Laut von sich. „Vielleicht *hat* sie die Antworten und keinerlei Absicht, sie uns zu verraten. Sie ist diejenige, die uns in den Höhlen der Schwarzalben zu Odin geführt hat, oder nicht? Sie war *sein* Rabe. Wie hätte ihr entgehen können, dass etwas nicht stimmte?"

Sein blinder Blick war so dunkel wie seine kurzen schwarzen

Haare, aber ich wusste, dass mehr in ihm steckte als grimmiger Hohn. Hödur hielt seine zärtliche Seite fest unter Verschluss. Ich war ihm nah genug gekommen, um sie zu sehen – und eine Kostprobe davon zu erhalten, wie zärtlich er sein konnte.

„Keiner von uns wusste es", bemerkte Loki. „Ich bin sein Blutsbruder. Ihr drei seid seine Söhne. Freya ist seine Frau. Wir hätten es alle bemerken sollen. Doch nur Ari hat es erkannt." Er legte den Kopf schief. „Interessant. Wie hast du es gemerkt, Fee?"

Die Erinnerung sandte ein Beben durch mich hindurch. „Als ihr mich das erste Mal auf die Suche nach Odin geschickt habt und ich Walhalla sowie Yggdrasil durchquerte, spürte ich ein Ziehen, das mich zu ihm führte." Deswegen hatten sie Walküren heraufbeschworen – die drei vor mir, die versagt hatten, und mich. Anscheinend hatte Odin all die Kriegerinnen entlassen, die er vor langer Zeit um sich geschart hatte. Die Götter hatten jedoch ihre eigenen Verbindungen zu ihm benutzt, um dieses Band an mich weiterzugeben, als hätte er mich selbst wiederbelebt. „Bei diesem Odin habe ich keine Verbindung gespürt. Nicht einmal in den Höhlen. Mir war nur nicht sofort bewusst, was fehlte."

„Hmm." Der Trickster wirbelte auf seinem Absatz herum. „Das gefällt mir überhaupt nicht. Wir sollten uns hier ein wenig umsehen und nach dem Versteck des Raben suchen. Dabei können wir unserer Walküre eine kleine Führung geben."

„Eine Führung durch ein Asgard, das gar nicht Asgard ist?", fragte ich, als wir alle Loki folgten.

„Es sieht dem echten Asgard zum Verwechseln ähnlich", entgegnete Thor neben mir. Er deutete zu einer der Hallen in der Nähe, deren Dach mit silbernem Schilf gedeckt war. „Hätte ich nicht gerade beobachtet, wie mein Vater zu Staub zerfallen ist, würde ich denken, dass dies meine Halle ist, mein Zuhause ...." Bei den letzten Worten kehrte das Knurren in seine Stimme zurück.

Richtig. Diese Falle musste für die Götter genauso schmerzhaft sein wie für mich – vielleicht sogar noch mehr. Sie hatten Jahrzehnte darauf gewartet, nach Hause zurückzukehren, und sich gefragt, warum Odin von seinen Reisen durch Midgard nicht zurückkehrte, während sie nicht in der Lage waren, ihn zu finden. Einen Augenblick lang hatten sie gedacht, sie wären endlich zurück, und jetzt wussten sie nicht einmal, wo sie waren.

Da schlang ich die Arme doch um mich. Nichts an dieser Sache fühlte sich gut an. Ich hatte Flügel, die ich jederzeit aus meinem Rücken sprießen lassen konnte, und mein Klappmesser in der Tasche. Außerdem standen mir Kraft, Geschwindigkeit und geschärfte Sinne zur Verfügung, die mir die Götter gegeben hatten – und ich konnte nichts mit alldem tun, um die Situation zu verbessern.

„Munin!", rief Freya mit ihrer süßen, schmeichelnden Stimme. „Komm zurück. Wir sollten das hier besprechen."

Da ihre elegante Hand auf dem Schwertgriff an ihrer Seite ruhte, hätte ich es der Rabenfrau nicht zum Vorwurf gemacht, wenn sie der Göttin der Liebe und des Kriegs nicht glaubte, dass sie bloß reden wollte.

„Für diese große Mauer kannst du dich bei mir bedanken", erklärte Loki, dessen fröhlicher Ton nur ein wenig angespannt klang, als er auf die hohe Steinmauer deutete, die sich hinter den Hallen befand. „Zumindest, wenn es die echte wäre. Eine kleine Wette, etwas Magie und wir haben das ganze Teil umsonst bekommen."

Thor zog eine Augenbraue hoch. „Ich meine mich daran zu erinnern, dass es etwas komplizierter war."

„Du hast unseren Riesenbauarbeiter beinahe mit einer Ehe mit mir bezahlt", erinnerte ihn Freya belustigt. „Ein Angebot, das viel öfter ausgesprochen wurde, als mir lieb war."

„Ah, aber du bist so ein reizender Köder, liebste Göttin." Loki zwinkerte ihr zu. „Ich habe nie zugelassen, dass du an einen heimtückischen Riesen gebunden wurdest, oder?"

„Etwas weniger Prahlerei mit vergangenen Heldentaten und etwas mehr Klärung dieses Schlamassels?", schlug Hödur vor.

„Ich verstehe nicht, warum wir nicht beides tun können. Seht nur, das ist das Ebenbild meiner eigenen Halle und …"

Lokis Stimme brach mit einem gedämpften Schrei ab. Er schaute auf die Marmorfliese hinab, an der er sich gerade den Zeh angestoßen hatte. Ein Riss lief durch deren Mitte, sodass eine Seite höher war als die andere. Die Augenbrauen des Tricksters zogen sich zusammen, als er die Stirn runzelte.

Ein tieferer Schauder durchfuhr mich. Wenn sich Loki seine Sorge anmerken ließ, wusste man, dass etwas ganz und gar nicht stimmte. „Was ist los?", fragte ich.

„Dieser gesprungene Stein." Er stupste die Marmorkante an, als wir alle um ihn herum stehen blieben. „Er hat mich jahrelang geplagt … bis ihn einer der Handwerker endlich ersetzt hat. Den gesprungenen Stein gibt es seit mindestens einem Jahrhundert nicht mehr."

„Im echten Asgard", sagte Thor.

Balder drehte sich und sein verträumter Blick betrachtete unsere Umgebung etwas genauer. „Daran hatte ich nicht gedacht", erzählte er mit seiner melodischen Stimme, „Diese hohe Kiefer am Rand des Obstgartens … sie wurde lange vor unserer letzten Reise nach Midgard gefällt."

Ich trat von einem Fuß auf den anderen. „Was *bedeutet* das?"

Hödurs Miene erschlaffte, als er begriff. „Dieses Asgard ist keine genaue Replik des aktuellen Reichs. Es besteht aus verschiedenen Einzelteilen aus unterschiedlichen Zeiten. Merkmale, an die wir uns gut erinnern, selbst nachdem sie sich geändert haben?"

„Die Erinnerungen, die am stärksten herausstechen",

stimmte Loki mit einem Nicken zu. „Und wen kennen wir, der sich mit Erinnerungen beschäftigt?"

Freyas Finger spannten sich um den Schwertgriff herum an. „Der Rabe."

In Lokis Augen trat ein fanatisches Funkeln. „Es ergibt alles Sinn. Wie überzeugend dieser Ort ist ... wie überzeugend dieser Odin war. Dass wir alle mit Ausnahme von Ari getäuscht wurden." Er nickte zu mir. „Abgesehen von Walhalla hast du keine Erinnerungen an das echte Asgard, mit denen du das hier vergleichen kannst. Keine Erinnerungen an Odins Präsenz. Daher konnte die Illusion bei dir nicht so gut greifen."

„Illusion?", wiederholte ich. Dieser Ort fühlte sich zu solide an, um nur eine Halluzination oder etwas Derartiges zu sein.

Loki trat einen Schritt vor und schwenkte die Hände durch die Luft. „Eine Illusion, die aus unseren Erinnerungen erstellt wurde. Munin hat uns nicht nur in dieses Gefängnis geführt, sondern es auch erschaffen."

KAPITEL ZWEI

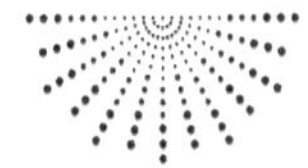

Balder

„Du willst mir sagen, dass der kleine Rabe diesen Ort gebaut hat?", fragte Thor Loki und deutete mit dem Arm um sich.

Ich folgte seiner Geste und betrachtete erneut das falsche Asgard. Dieses Mal atmete ich etwas tiefer ein und öffnete meine Sinne, damit ich die Emotionen wahrnehmen konnte, die um mich herum flossen. Meine Begleiter strahlten Anspannung aus, was der Grund war, aus dem ich meine Empfindsamkeit unterdrückt hatte. Von hier wegzukommen, war jedoch wichtiger als die Vermeidung von etwas Unbehagen.

„Ich sage nur, dass die Beweise darauf hindeuten", erwiderte der Trickster. „Ich habe schon einmal gesehen, wie sie so etwas getan hat. Sie beschwor Objekte oder Szenen aus den Erinnerungen herauf, die sie gesammelt hatte. Odin hat mir auf diese Weise einige Male Dinge gezeigt. Nie etwas in diesem Ausmaß …"

Er schüttelte den Kopf und musterte unsere Umgebung ehrfürchtig und ungläubig. „Das hier muss sie all ihre Energie und Konzentration kosten. Sie nutzt bestimmt in eben diesem Moment die Erinnerungen, die sie in unseren Gedächtnissen findet."

Erinnerungen. Ein dunkles Beben durchlief meine Gedanken wie eine Kältewelle. Mich in der Vergangenheit aufzuhalten, war das Letzte, was ich wollte. Falls Loki recht hatte … was würde Munin noch aus unseren Erinnerungen heraufbeschwören?

Ich vermied es, zu Hödur zu schauen. Mein Zwilling befand sich jedoch mit einer undurchsichtig finsteren Miene bereits am Rand meines Sichtfelds. Wir hatten so viele Dinge zwischen uns beigelegt … und jetzt könnte es sein, dass der Rabe sie wieder hervorholte. Ich wollte nicht dran denken, wie viel Schmerz Munin auch ihm bereiten konnte.

Stattdessen richtete ich meine Aufmerksamkeit auf die umliegenden Gebäude, den Hof, den wir zurückgelassen hatten, und die fernen Bäume. Das gesamte weitläufige Reich. Wenn Munin das hier mit der Kraft ihrer Gedanken erschuf, könnte ich vielleicht *ihre* Emotionen erreichen. Möglicherweise könnte ich einen Eindruck auffangen, der uns durch ihr Gefängnis helfen würde.

Jetzt, da ich aufmerksam war, anstatt die negativen Schwingungen um mich herum auszublenden, berührte mich zusammen mit der Brise ein schwaches feindseliges Kribbeln. Ein nervöses Zucken. Falls sie das war, war sie im Moment auch nicht besonders glücklich. Wenn es eine Möglichkeit gäbe, mit ihr in Kontakt zu treten und das Gute in ihr anzusprechen, könnten wir sie umstimmen?

Keiner der Eindrücke bot mir auch nur die geringste Öffnung. Ich wusste nicht, wie ich einen Ort erreichen sollte, der aus den Gedanken einer Person erschaffen worden war. Was konnte ich zu ihr sagen, wenn ich keine Ahnung hatte, woher diese Nervosität und Feindseligkeit stammten?

Als ich mich wieder auf meine Begleiter konzentrierte, beobachtete mich Aria. Ihre grauen Augen waren sorgenumwölkt. „Hast du etwas von ihr gespürt?", fragte sie.

Als wir unsere Walküre von den Toten zurückgeholt hatten, bestand mein Beitrag darin, ihr meine Empfindsamkeit für das Innenleben der Leute zu schenken. Die Walküren hatten das in alten Zeiten genutzt, um zu entscheiden, welche Krieger auf dem Schlachtfeld es verdienten, nach Walhalla aufzusteigen. Dieses Talent war in ihr allerdings nicht so stark ausgeprägt wie in mir und sie hatte noch keine Übung im Umgang damit.

„Ich glaube schon", antwortete ich. „Nichts besonders Klares … nichts, was wir nutzen können."

„Warum sollte Odins Rabe uns in einem falschen Reich einsperren?", fragte Freya. „Sie hat den Schwarzalben doch sicherlich nicht bei dem … *geholfen*, was immer sie mit ihm getan haben? Falls er überhaupt bei ihnen ist."

„Das ist er", verkündete Aria. „Oder zumindest war er es. Als ich das erste Mal nach ihm gesucht habe, spürte ich seine Präsenz ganz deutlich in ihrem Reich."

„Sie ist wohl kaum noch Odins Rabe", meinte Loki. „Ich habe sie seit mindestens zwei Jahrhunderten nicht mehr bei ihm gesehen. Er hat nie erzählt, weshalb sie getrennter Wege gegangen sind. Ich hege allmählich den schleichenden Verdacht, dass es nicht der freundlichste aller Abschiede war."

„Aber dass sie sich komplett gegen ihn wendet und gegen uns alle …" Ich konnte mir nicht vorstellen, dass sich die Loyalität eines Wesens so stark änderte.

Munin und Hugin, ihr Partner und der Rabe des Gedankens, waren jahrhundertelang die ständigen Begleiter meines Vaters gewesen und hatten seine Weisheit mit ihren eigenen Reisen erweitert. Obwohl sie den Körper von Vögeln hatten – Munin schien mittlerweile in der Lage zu sein, eine Frauengestalt anzunehmen –, war ihr Verstand so tiefgründig und scharfsinnig wie der jedes geringeren Gottes. Was könnte passiert sein, dass sie zu einem Feind geworden war?

Die Frage weckte den Wunsch in mir, erneut meinen Verstand zu verschließen, aber ich wusste, dass mich das nicht vor der Dunkelheit schützen würde, die hier lauerte. Nicht, wenn sie ringsum um uns herum und in mir war.

Meine Hände ballten sich kurz an meinen Seiten zu Fäusten, bevor ich sie zwang, sich zu lockern. Ich musste weg von diesem falschen Ort. Wir alle mussten das. Die unangenehmen Möglichkeiten stellten die zerbrechliche Harmonie, die wir so lange hatten aufrechterhalten können, auf die Probe – und die hart errungene Harmonie in meinem Verstand. So viele schreckliche Ungewissheiten drohten uns … Wie lange konnten wir stark bleiben?

„Wir müssen davon ausgehen, dass sie mit den Schwarzalben zusammengearbeitet hat", sagte Hödur. Der Mund meines Bruders verzog sich zu einem grimmigen Strich. „Sie hat uns in deren Höhlen in die Irre geführt … sie hielten ihren falschen Odin gefangen. Sie hätte das nicht tun können, wenn sie nicht in den Plan eingeweiht gewesen wären. Anschließend hat sie uns reingelegt, sodass wir in dieses Gefängnis marschiert sind. Dadurch können wir das, was sie noch geplant haben, nicht aufhalten."

„Das beantwortet noch immer nicht die Frage, warum sie sich mit ihnen verbündet hat", murrte Thor. „Sie war es, die *dich* angesprochen hat, oder nicht?" Er musterte Loki.

„Das stimmt", bestätigte Loki. „Nachdem wir bereits herausgefunden hatten, dass die Schwarzalben involviert waren, und die Suche aufgenommen hatten. Ich vermute, dass sie wissen wollte, wie nah wir der Lösung gekommen waren, und dass sie uns in die Irre führen wollte. Sie war bereits mit ihnen verbündet, bevor wir ihr begegnet sind."

Aria atmete scharf ein. „Dieser Hinterhalt in der Schule … Sie hat uns zu dieser Stadt gebracht und behauptet, sie hätte die Markierungen der Schwarzalben gesehen. Sie hat so getan, als würde sie uns helfen, die Alben aufzuspüren, und uns geradewegs zu der Schule geführt. Sie hat mit uns gegen sie gekämpft, allerdings vermute ich, dass das nur der Show diente. Das war auch eine verdammte Falle. Sie hat diesen Angriff mit ihnen organisiert."

Mein Rücken versteifte sich, als ich mich an diese Schlacht erinnerte, an die Lichtexplosionen, mit denen ich unsere Angreifer ausgeschaltet hatte, und an das Blut, das Thors Hammer vergossen hatte. Die Schläge, die Hödur kassiert hatte und die so fies waren, dass er am Ende in die Knie gegangen war. Die Schwarzalben hatten uns an jenem Tag töten wollen.

Munin wollte uns also nicht nur einsperren. Sie würde uns gerne tot sehen.

Loki tippte mit dem Zeigefinger auf seine Lippe. „Eine exzellente Beobachtung, Fee. Sie hat versucht, uns abschlachten zu lassen. Als das nicht funktionierte und uns deine Erkenntnisse dabei halfen, das Tor zu finden, wurde ihr vermutlich bewusst, dass sie uns nicht mehr ablenken konnte – außer sie gab uns, wonach wir suchten."

„Odin", bemerkte Hödur und verzog das Gesicht.

„Oder etwas, was ihm ähnelte. Es musste ihm so sehr ähneln, dass wir ihm in ihr Gefängnis folgen würden." Der Trickster schnaubte und sah sich wieder um. „Es ist ziemlich *langweilig*, wenn man sich daran gewöhnt hat. Nichts außer Stille und eine Landschaft, die wir eine Million Mal gesehen haben."

„Odin möge uns vor dem bewahren, was du interessanter fändest, Trickster", sagte Freya und verdrehte die Augen.

„Möglicherweise steckt noch mehr dahinter", murmelte Hödur. „Wer sagt, dass sie mit uns fertig ist?"

„Sie wird mit uns fertig sein müssen, wenn wir aus diesem Gefängnis ausbrechen", verkündete Aria, reckte das Kinn und Entschlossenheit erhellte ihren Blick.

Ich konnte den Aufruhr im Verstand unserer Walküre

problemlos spüren: Ungewissheit darüber, was dieser fremde Ort für uns bereithalten könnte; ein scharfer Stich der Sorge um den Bruder, den sie zurückgelassen hatte; Frust, weil sie sich hilflos fühlte. Sie ließ sich jedoch nicht von diesen Emotionen unterkriegen. Als ich sie beobachtete, beschwor ich meine eigene Entschlossenheit herauf. Ich konnte ebenfalls standhaft bleiben. Nicht nur für mich, sondern auch für sie. Wir waren diejenigen, die sie hierhergebracht und ihr versprochen hatten, dass wir sie beschützen würden.

Ich durfte nicht zulassen, dass mich meine Ängste um mich selbst daran hinderten, diese junge Frau zu schützen, die wie eine Explosion aus Licht und Feuer in unser Leben geplatzt war.

„Warum erkunden wir das Land nicht gründlicher, so wie wir es bereits angefangen haben?", schlug ich vor. „Es gibt womöglich Hinweise, die unsere Flucht beschleunigen können. Möglicherweise gibt es sogar andere, die sie hier eingesperrt hat." Wir hatten die anderen Bewohner des echten Asgards in den letzten Jahrhunderten nur selten gesehen. Nun, da der große Krieg vorbei war, waren so viele von uns in verschiedene Richtungen gewandert, dass es hier kaum noch etwas gab, mit dem wir uns beschäftigen konnten. Das Wissen, dass nicht nur wir sechs hier waren, würde mich allerdings ein wenig beruhigen.

„Wir müssen vorsichtig sein und uns vergewissern, dass jeder, dem wir begegnen, echt ist und nicht heraufbeschworen wurde", warnte Hödur.

„Dennoch können wir uns genauso gut umsehen." Thor marschierte in Richtung seiner Halle, die vor uns lag. „Dann wollen wir mal sehen, was sie in meinem Zuhause errichtet hat."

Wir folgten ihm über den Pfad. Er ließ den Hammer in seiner Hand kreisen, was beinahe spielerisch aussah, das Licht in seinen Augen flackerte jedoch wild. Der Donnergott konnte nicht gut damit umgehen, eingesperrt zu sein.

Der Himmel über unseren Köpfen war klar und blau, zeigte jedoch eine falsche Perfektion, die mich bedrückte. Mein Blick glitt über die Stadt zu dem Ort, der sich tiefer im Netzwerk ihrer Pfade befand. Der Ort, wo …

Ich verdrängte diesen Gedanken, bevor er sich in meinem Bewusstsein entfalten konnte. Trotzdem packte Kälte meinen Körper. Dies waren Erinnerungen, von denen ich auf keinen Fall wollte, dass der Rabe sie bemerkte und benutzte.

Die Vergangenheit war die Vergangenheit. Sie spielte keine Rolle mehr. Das *sollte* sie nicht.

Aria lief neben mir her und blickte wegen des Schauders auf, den ich nicht ganz unterdrücken konnte. „Balder?", fragte sie sanft.

Bei der Sorge in ihrer Stimme zog sich mein Herz zusammen. Obwohl sie sich selbst so vielen Ängsten stellen musste, dachte sie an mich.

„Wir werden es hier rausschaffen", versprach ich ihr und mir selbst. „Die Götter konnten bisher von nichts und niemandem dauerhaft eingesperrt werden."

Sie warf mir diesen Blick zu, als würde sie versuchen, ein Gespür für meine Emotionen zu erhalten, die sich tiefer unter der Oberfläche regten. Es war der Blick, bei dem sich ein Teil von mir anspannte und zugleich freute. Ich genoss ihre Aufmerksamkeit und wollte ihr gleichzeitig entfliehen. Es war zwar wundervoll, von einer Frau mit einem Temperament wie ihrem gekannt zu werden, doch ich sperrte bestimmte Dinge aus gutem Grund weg.

Ich wollte nicht, dass sie es jemals bereute, mich zu kennen. Dieser Wunsch stand an erster Stelle.

Sie legte ihre Hand beinahe zaghaft um meine, als würde sie denken, dass ich mich von ihr losreißen würde. Die Berührung sandte ein warmes Kribbeln über meinen Arm. Ich hatte sie schon mehrmals berührt – hauptsächlich, um ihre Wunden zu heilen – diese Berührung fühlte sich jedoch persönlicher und intimer an. Sachte verschränkte ich meine

Finger mit ihren und ihr schiefes, aber strahlendes Lächeln ließ mich beinahe vergessen, wo wir waren.

Dann erhob sie ihre Stimme, süß, wenn auch etwas dünn, und begann, zu singen.

Es war eines der Beatles Lieder, die wir vor einigen Tagen gemeinsam gespielt hatten, wobei sie gesungen und ich auf meiner Gitarre gespielt hatte. Eine stete Melodie, die zu dem entschlossenen Marsch unserer Füße passte. Der Liedtext war größtenteils Unsinn, der Rhythmus hob jedoch meine Laune, so wie es Musik immer tat. Ich konnte mich in diesem Lied nicht verlieren, die Melodie allerdings wie einen Schild um mich wickeln.

Ich stimmte in ihren Gesang ein. Loki schaute mit einem belustigten Grinsen zu uns. Hödur schüttelte den Kopf, aber der Schatten eines Lächelns berührte seine Lippen. Einige Minuten lang füllte unser Gesang den leeren Raum um uns herum, als wollten wir Munin mitteilen, dass sie uns nicht erschüttern konnte, ganz egal, wohin sie uns gebracht hatte und was sie noch auf Lager hatte.

Als wir die Tür zu Thors Halle erreichten, ging uns der Text aus. Der Donnergott schubste sie auf und wir betraten den Raum hinter ihm. Aria und ich bildeten das Schlusslicht der Gruppe. Ihr Daumen streifte die Seite meiner Hand und plötzlich dachte ich daran, wie gut es sich anfühlen würde, wenn er noch etwas weiter wandern würde. Wenn ich sie in meine Arme ziehen und mich in ihrem strahlenden Widerstand verlieren würde.

„Ich fühle mich jetzt tatsächlich besser", verkündete sie und lachte stockend. „Ein Jammer, dass du deine Instrumente nicht dabeihast."

„Ich ziehe es ohnehin vor, deiner Stimme zu lauschen", erwiderte ich ehrlich.

Ihre Wangen färbten sich leicht rosa. Sie packte meine Hand fester – und ließ sie fallen, als sie etwas durch eine der gewölbten, steinernen Türöffnungen entdeckte. Sie sprach lauter, um sich an uns alle zu wenden. „Hey … denkt ihr, es ist sicher, etwas zu Mittag zu essen?"

Thors großer Esstisch war mit Brot, Käse und dampfenden Hühnerbeinen beladen sowie mit Krügen voller Met und Schalen mit Obst. Mir lief das Wasser im Mund zusammen, als die Gerüche meine Nase füllten. Wie merkwürdig, dass ich den Geruch vor einer Minute noch nicht bemerkt hatte. Diese Tatsache veranlasste mich dazu, langsamer zu werden.

Thor trat an den Tisch und legte seine Hände mit einem dumpfen Knall auf dessen Ende. „Es gibt nur einen Weg, das herauszufinden", verkündete er. „Wehe, wenn der Rabe meinen Ruf als guten Gastgeber ruiniert hat."

„Neffe", sagte Loki mit einer Spur Verzweiflung in der Stimme, der Donnergott hatte sich jedoch bereits eines der Hühnerbeine geschnappt.

Er hob es an seinen Mund und sobald seine Zähne es berührten, bereit, ein Stück des glänzenden Fleischs abzureißen, zerfielen das Fleisch und der Knochen genauso wie mein Vater im Hof. In der einen Sekunde waren sie greifbar, in der nächsten nur noch ein Haufen Staub. Thor verzog das Gesicht und wischte die schmutzigen Finger an seinem Shirt ab.

Aria machte ein langes Gesicht. Sie nahm eine Pflaume aus der Obstschale, drehte sie in ihrer Hand und probierte sie. Wie das Hühnerbein zerfiel das Obst an ihren Lippen.

„Hier gibt es nichts, was zu Mittag gegessen werden könnte", stellte Loki fest.

Aria wischte mit der Hand über ihren Mund. Die Anspannung, die sie kurz aus ihrem Griff entlassen hatte, verhärtete ihre Züge erneut.

„Bedeutet das, dass sämtliches Essen an diesem Ort Müll ist?", fragte sie. „Es gibt hier nichts zu essen?"

Zuvor war ich nicht hungrig gewesen, doch auf diese Frage hin durchfuhr meinen Magen ein Stich.

Hatte uns Munin nicht nur hierhergeschickt, um uns daran zu hindern, Odin zu finden, sondern auch um uns verhungern zu lassen? Der gewalttätige Tod, den sie für uns organisiert hatte, war schiefgegangen. Dieser würde langsamer vonstattengehen ... allerdings konnten wir ihm nicht mit einem Kampf entrinnen.

KAPITEL DREI

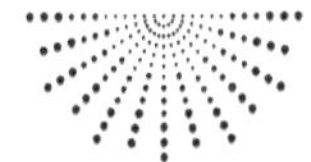

Aria

Der ascheähnliche Staub haftete noch immer an meinen Fingern, obwohl ich versucht hatte, ihn abzureiben. Mein Magen hatte nicht geknurrt, bis ich das Essen gesehen hatte. Jetzt hatte er sich jedoch zu einem riesigen Knoten verdreht. Wenn Munin nichts heraufbeschworen hatte, was wir essen konnten, würden wir an diesem Ort nicht lange überleben, oder?

Der Alarm, der in meinem Kopf heulte, seit wir realisiert hatten, dass das hier nicht Asgard war, und der vorübergehend verstummt war, als ich mich mit dem Gesang mit Balder abgelenkt hatte, schallte erneut durch meine Nerven. Ich wirbelte herum. Es reizte mich, meine Flügel rauszulassen, als könnten sie mir helfen.

„Ist jemand hier?", fragte ich Thor, der im Türrahmen stand.

Er schüttelte den Kopf. Ich hatte sein breites Gesicht sowohl fröhlich als auch grimmig gesehen, der verdrießliche

Gesichtsausdruck war jedoch neu. Einige dunkelrote Strähnen waren seinem kurzen Pferdeschwanz entwischt. Sie wehten über seinen quadratischen Kiefer, als er mit diesem mahlte.

„Wir werden uns etwas überlegen. Wir werden von hier verschwinden, bevor es eine Rolle spielt, Ari", versprach er.

Etwas daran, wie er meinen Namen aussprach, warf für mich die Frage auf, ob ich diejenige war, die sich die größten Sorgen machen musste. Die Götter hatten wenigstens die Unsterblichkeit auf ihrer Seite. Thor konnte wahrscheinlich einen ganzen Rinderbraten auf einmal verschlingen, doch wie oft *mussten* sie essen?

Vermutlich viel seltener als ich.

Das Kribbeln drang tiefer. Ein Fluchtweg. Wir mussten hier *raus*.

Mein Verstand sprang zu dem einzigen Ort im echten Asgard, den ich jemals gesehen hatte: das Innere von Odins verlassener Halle der Krieger, Walhalla. Auf der Rückseite seines riesigen Kamins befand sich eine Tür, die zu einem der Astpfade von Yggdrasil führte, dem Baum, der Asgard mit den anderen Reichen verband. Eine schwache Hoffnung wand sich durch meine Brust. Ich griff danach.

„Was ist mit Yggdrasil?", fragte ich. „Wir sollten nachschauen, was Munin damit gemacht hat, oder? Vielleicht gibt es eine Möglichkeit, wie wir ihn oder eure Erinnerungen an ihn zur Flucht nutzen können."

„Es könnte etwas zu optimistisch sein, ein derart großes Schlupfloch zu erwarten", meinte Loki, „aber es kann nicht schaden, nachzuschauen. Das gehört alles zu der großen Führung."

Er sagte das mit seinem üblichen lässigen Ton und einem Grinsen, ließ sich jedoch zurückfallen, um auf mich zu warten, als die anderen die Halle durchquerten. Seine Hand legte sich zwischen meinen Schulterblättern leicht auf meinen Rücken, als wüsste er, welchen Drang ich verspürte.

Lokis Berührung konnte so heiß sein, dass sie Flammen unter meiner Haut entzündete – ich hatte diese Empfindung vor einigen Tagen wirkungsvoll erlebt, als wir gemeinsam im Bett gelandet waren – aber er konnte auch umsichtig sein. Die Sanftheit in dieser Berührung schaffte es trotz allem, mich zu wärmen.

Theoretisch war jener Morgen eine einmalige Sache gewesen. Praktisch … ich war mir nicht sicher, ob ich mich davon abhalten könnte, mir Nachschlag zu holen, wenn ich hier nicht verhungerte. Der Trickster hatte bereits deutlich gemacht, dass er für eine weitere Runde offen war.

Ich durfte nur nicht vergessen, dass er auch ein Trickster *war*, ganz gleich, wie reizvoll seine Gesellschaft sein konnte. Ich erhielt den Eindruck, dass keiner der anderen Götter ihm vollkommen vertraute, und sie kannten ihn viel länger als ich.

Wir eilten wieder über den Hof, in dem wir angekommen waren, und in die vergoldete Halle auf der anderen Seite. Als ich durch Walhallas breite Türen trat, fühlte ich mich sofort geerdeter, präsenter als zuvor.

Das lag daran, dass Munin bei der Errichtung des Inneren der Halle auf meine Erinnerungen und die der anderen Götter zugreifen konnte. Die leeren Tische, die Speere und Schwerter, die an den Wänden hingen, das Glitzern von Gold ringsum, der Geruch von Met in der Luft – es war alles so, wie ich es gesehen hatte, als ich hier mithilfe meiner Walküre-Kräfte angekommen war. Wenn ich eine richtige Walküre gewesen wäre, damals in den alten Zeiten, wäre dies vermutlich mein Zuhause gewesen.

Alles war gleich, einschließlich des riesigen goldenen Throns am Ende der Halle und des gewaltigen Kamins daneben. Ich rannte an den Tischen vorbei dorthin und blieb stehen.

Es gab keine Tür an der Rückwand des Kamins, wo sie hätte sein sollen. Es war nicht die geringste Spur eines

Durchgangs zu sehen. Trotzdem ging ich in die Hocke und beugte mich über die verstreuten Kohlen, um gegen den versengten Stein zu drücken. Die Backsteine bewegten sich jedoch nicht.

„Sie wollte nicht einmal so tun, als hätte sie einen Ausweg offengelassen", stellte Hödur fest. „Ich frage mich, ob wir ihn hätten nutzen können, wenn sie es getan hätte."

„Tritt beiseite, Ari", befahl Thor mit tieferer Stimme als üblich. Ich kletterte aus dem Kamin und trat zu einer der Holzbänke.

„Wir brauchen keine Tür, um auf die andere Seite zu gelangen." Die braunen Augen des Donnergottes blitzten. Seine Lippen zogen sich von seinen zusammengepressten Zähnen zurück, er schwang den Arm und schleuderte seinen Hammer auf den Kamin.

Mjölnir krachte gegen die Steine. Sie zersplitterten mit einem ohrenbetäubenden Knall. Der Hammer flog mit seiner glänzenden Metalloberfläche zurück in Thors Hand. Mein Herz machte einen Satz beim Anblick der klaffenden Schwärze hinter dem Loch, das er erschaffen hatte. Doch zwei Sekunden später sprangen die Steine des Kamins vom Boden und flogen wieder an ihren Platz.

„Verdammt!", knurrte Thor und fügte noch einige Flüche in einer Sprache hinzu, die nicht Englisch war. Anschließend schleuderte er Mjölnir mit einer solchen Kraft, dass meine Haare in der aufgewirbelten Brise flatterten. Der gesamte Kamin zerbarst in einem Regen aus Steinsplittern. Sie bebten auf dem Boden, sobald sie auf diesem auftrafen, und sprangen wieder empor, noch bevor der Hammergriff Thors Hand gefunden hatte.

Thor wirbelte herum. „Munin!", brüllte er. „Zeig dich! Du führst den Krieg eines Feiglings." Er schleuderte seinen Hammer gegen die Tische. Sie zersplitterten in einem Regen aus Spreißeln und schmolzen wieder zusammen so wie der Kamin. Ein Knurren entwischte Thors Kehle. Er hob erneut seinen Wurfarm und die Röte des Schlachtrauschs breitete sich von seinen Wangen über seinen Hals aus.

„Nicht", protestierte ich, obwohl sich meine Brust mitfühlend zusammenzog. Es gab eine Menge Dinge, die ich in diesem Moment ebenfalls gerne kurz und klein geschlagen hätte. „Lass dich nicht von ihr dazu provozieren, deine Energie zu verschwenden."

„Sag mir nicht, was ich tun soll", brüllte Thor und wirbelte zu mir herum.

Ich zuckte wegen des Zorns in seiner Stimme und der Wildheit in seinen Augen zusammen – und seine Miene bröckelte sofort. Sein Arm senkte sich und der Hammer baumelte an seiner Seite. Der feurige Zorn verblasste aus seinen Augen und sein Blick wurde sanft.

„Ari. Es tut mir leid. Ich wollte nicht …"

„Es ist okay", beschwichtigte ich ihn. Ich wusste, dass er nicht vorgehabt hatte, mich anzugreifen. Seine Reue über diesen kurzen Ausbruch war so deutlich zu sehen wie damals, als er bei einem Übungskampf einen meiner Schläge etwas zu hart abgewehrt hatte. Ich zwang meine Finger, sich von der Bankkante zu lösen, um die sie sich verkrampft hatten, und zu ihm zu treten. „Wir sind alle frustriert. Aber ich habe mich offensichtlich geirrt. Es gibt hier keinen Fluchtweg."

Er schaute auf seinen Hammer hinab. „Wenn ich nur …"

Loki drückte die breite Schulter des Gottes. „Ich befürchte, wir können uns keinen Fluchtweg aus dieser Situation schlagen, alter Freund. Zumindest nicht so."

Thor stieß einen grollenden Laut aus. Sein Blick wirkte noch immer gequält, als er mir wieder in die Augen sah.

Ich ging zum Eingang. „Dann lasst uns gehen. Da das nicht funktioniert hat, müssen wir etwas anderes ausprobieren." Solange wir die Versuche nicht einstellten, musste ich nicht darüber nachdenken, was geschehen würde, wenn nichts funktionierte.

Die Sonne, selbst wenn es nicht die echte Sonne war, schien auf uns herab, als wir die Halle verließen. Freya schirmte ihre Augen ab und spähte zur Sonne. Am weiten Himmel war keine einzige Wolke zu sehen.

„Ein Gefängnis ohne eine Decke", sagte sie. „Und wir besitzen alle die Macht, uns in die Luft zu schwingen. Das scheint eine fahrlässige Entscheidung zu sein, meint ihr nicht auch?"

Lokis verschlagenes Grinsen kehrte zurück. „Sollen wir die Grenzen dieses Asgard testen?"

„Nicht alle von uns", schlug sie vor. „Nur diejenigen, für die das Fliegen am natürlichsten ist?"

Freya zog ihren Falkenumhang aus den Falten ihres Kleides, warf ihn sich um die Schultern und schrumpfte auf die Gestalt eines Raubvogels, als er ihre Haut berührte. Loki hüpfte in die Luft und schaute zu mir.

„Kommst du, Fee?"

Ich krümmte die Schultern und meine Flügel sprossen mit dem üblichen kribbelnden Brennen aus meinem Rücken. Das Racerback-Top, das ich aus genau diesem Grund gewählt hatte, bot ihnen genug Platz, sich ungehindert zu entfalten. Die silber-weißen Federn funkelten am Rand meines Sichtfelds.

Vor ein oder zwei Wochen hatte sich das Gewicht dieser Glieder erdrückend an meiner drahtigen Gestalt angefühlt. Jetzt sendeten sie ein freudiges Beben durch mich hindurch, als ich einmal mit den Flügeln schlug und die Luft über sie rauschte. Sie gaben mir mehr Freiheit, nicht weniger. Obwohl sie für das standen, was ich jetzt war, und dadurch auch dafür, was ich verloren hatte, um eine Walküre zu werden. Mein Leben. Eine Zukunft in der Welt anderer menschlicher Wesen. Petey.

Nein, darüber würde ich jetzt nicht nachdenken. Ich hatte Petey nicht vollständig verloren, außer ich ließ Munin und ihr Gefängnis gewinnen.

Loki sprang zum Himmel und ging zu der hohen Mauer, bei deren Erbauung er angeblich mit seiner Wette geholfen hatte. Freya segelte als Falke hinter ihm her. Ich sprang in die Luft und meine Flügel trugen mich aufwärts. Der kühle Wind peitschte mir ins Gesicht, als ich es zur Sonne neigte.

Vielleicht konnte es so einfach sein. Möglicherweise konnten wir einfach aus dem Reich fliegen, in dem Munin ihren Käfig aus Erinnerungen erbaut hatte, und die Illusion zerstören, indem wir deren Grenzen durchbrachen.

Ich stieg höher, als könnte ich in dieses unergründliche Blau über unseren Köpfen wie in einen Ozean tauchen. Der Wind wusch über mich hinweg mit dem Geruch von Metall, Stein und dem Apfelgarten im Süden und … einem schwachen Nachgeschmack von Asche, der auf meiner Zunge haften blieb.

Asche?

Bevor ich darüber nachdenken konnte, brüllte Loki. Der Trickster hatte vor etwas innegehalten, was wie die weite Ausdehnung des Himmels wirkte. Doch als ich mit einigen Flügelschlägen neben ihn flog, spürte ich es ebenfalls. Ein unsichtbarer Druck, der uns zurückhielt.

Ich spannte meine Flügel an, konnte jedoch nicht höher aufsteigen. Ich schaute die Luft über uns finster an und schlug danach. Der Aufprall jagte einen Schmerzensstich durch meinen Arm hindurch, als hätte ich mir meinen Musikantenknochen angestoßen.

Okay, das würde ich nicht noch einmal tun.

Freyas Falke zog neben uns seine Kreise, ebenfalls unfähig, höher zu steigen. „Ich hege zwar keine große Hoffnung, aber komm mit", sagte Loki und bedeutete mir, ihm zu folgen und weiter über die Stadt zu gleiten. Hier und da versuchten wir, höher zu fliegen, nur um wieder nach unten gedrückt zu werden. Ich bekam Gänsehaut von der unsichtbaren Decke.

Wir waren hier wirklich eingesperrt, so vollständig, wie es nur ging.

Ich knirschte mit den Zähnen, um meine Nervosität zu unterdrücken. Mein Blick glitt nach unten und über die Stadt. Vor meinen Augen flackerten die Gebäude, der Hof und der Platz in der Nähe des Obstgartens. Es geschah nur kurz, als wäre etwas Dunkleres durch sie gewogt.

Mein Körper erstarrte abgesehen von meinen Flügeln, die mich in der Luft hielten.

„Hast du das gesehen?", fragte ich.

Loki legte den Kopf schief. „Was soll ich gesehen haben?"

„Asgard." Ich deutete zur Stadt. „Kurz war es so, als wäre etwas durch die Illusion gehuscht. Vielleicht der Ort, an dem wir wirklich sind?"

Loki betrachtete den Boden unter uns und kniff die Augen zusammen. „Ich habe das schärfste Sehvermögen und mir ist nichts Derartiges aufgefallen." Sein Blick kehrte zu mir zurück. „Du besitzt keine richtigen Erinnerungen an die Stadt, mit denen die Illusion für dich vollkommen real gemacht werden kann. Genauso wie bei Odin. Du bist womöglich unser Schlüssel aus diesem Gefängnis, Fee."

Wundervoll. Fünf göttliche Wesen umgaben mich und *ich* war diejenige, die den Schlüssel in der Hand hielt. „Kein Druck oder so etwas, stimmt's?"

Er gluckste und streckte seine Hand aus. „Ich denke, wir können zumindest sagen, dass der Himmel nicht unser Fluchtweg ist. Lass uns zu den anderen zurückkehren."

Freya schoss mit uns hinab, als wir uns sinken ließen. Thor, Hödur und Balder warteten im Hof in der Nähe des Springbrunnens. Die Göttin flog geradewegs zu ihnen, Loki landete jedoch am Rand des gefliesten Bereichs.

Meine Füße berührten den Boden und ich zwang meine Flügel zurück in meinen Körper. Sie boten mir zwar mittlerweile eine eigenartige Form von Trost, doch was ich

Thor bezüglich der Verschwendung von Energie gesagt hatte, galt für uns alle.

„Ari", begann Loki und ich drehte mich zu ihm um. „Erinnerst du dich daran, warum ich dich Fee genannt habe, als wir uns das erste Mal begegnet sind?"

Ich zog die Augenbrauen hoch. „Weil ich klein bin und Flügel habe?"

Er grinste. „Nun, das stimmt, es liegt jedoch auch daran, dass Feen mehr Kampfgeist in ihren kleinen Körpern haben als jedes andere Wesen, dem ich jemals begegnet bin. Mit einer Fee will man sich nicht anlegen. Und du hast bereits bewiesen, dass sich niemand mit dir anlegen sollte."

Er strich mit seinen schlanken Fingern über meine Haare, was trotz des Knotens in meinem Magen ein angenehmes Beben durch mich hindurch sandte. Als sich sein Kopf senkte, neigte sich meiner automatisch nach oben, um seinem Kuss entgegenzukommen. In dem Moment, in dem seine Lippen meine fanden, durchströmte mich seine feurige Hitze und in meinen Nerven sang all die Macht, die mein neuer Körper enthielt. Die Macht, die er und die anderen Götter mir gegeben hatten. Mir war egal, dass sie möglicherweise zuschauten. Falls etwas zwischen mir und einem der anderen passierte – ich hatte bereits einen Kuss mit Hödur geteilt – würde das nicht in dem Glauben geschehen, dass sie mein ein und alles waren.

Loki zog den Kuss nicht in die Länge. Er wich mit einem kleinen Lächeln zurück, das sich irgendwie intim und persönlich anfühlte. Anschließend drehte er sich mit einer eleganten Armbewegung zu den anderen um. „Wir können uns keinen Weg aus diesem Gefängnis sprengen oder hinausfliegen, aber ich glaube, wir sind der Antwort ein Stückchen näher gekommen. Wenn wir einfach nur …"

Aus dem Augenwinkel sah ich einen dunklen Blitz. Mein Kopf fuhr herum.

Ein Rudel gewaltiger, monströser Wölfe rannte knurrend
über die Marmorfliesen des Hofs auf uns zu.

KAPITEL VIER

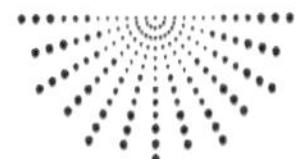

Aria

Das wölfische Wesen, das mir am nächsten war, krachte gegen mich, bevor ich Zeit hatte, zu reagieren. Es stieß mich von Loki weg und fixierte mich mit schnappenden Zähnen und kratzenden Krallen am Boden. Meine Wirbelsäule schlug so heftig auf den harten Fliesen auf, dass es meiner Kehle einen Schrei entriss. Schmerz raste durch meine Brust, als sich Krallen in mein Fleisch bohrten.

Ich schlug mit all meiner Walküre-Kraft zu, rammte der Bestie ein Knie in den Magen und meinen Unterarm so hart wie möglich gegen die Kehle. Speichel tropfte auf mich, als sein Kiefer näher kam. Ich schlug ihm auf die Schnauze. Funken der Blitze, die ich manchmal heraufbeschwören konnte, stoben aus meiner Hand auf.

Das Monster zuckte zusammen und lockerte seinen Griff gerade so lange, dass ich es von mir wuchten und wegkrabbeln konnte. Blut rann dort über mein Shirt, wo seine Krallen mein Schlüsselbein aufgekratzt hatten. Das

Brennen dieser Wunde verblasste in dem Adrenalinrausch und dem Hämmern meines Herzens.

Wargs. So hatten die Götter diese übergroßen, übermäßig fiesen Wölfe genannt, in deren gelben Augen eine beinahe menschliche Intelligenz schimmerte. Vor einer Woche war ich auf dem Gelände einer verlassenen Fabrik mit drei von ihnen aneinandergeraten. Bei diesem Kampf hatte ich zum ersten Mal getötet, was mich sehr erschüttert hatte. Möglicherweise hatte Munin die Wesen aus meiner Erinnerung gestohlen.

Sie hatte sie gestohlen und vervielfacht. Als ich meine Flügel drängte, aus meinem Rücken zu sprießen, und mein Klappmesser aus meiner Jeanstasche riss, zählte ich zehn Wargs, die sich mir und meinen göttlichen Begleitern entgegenstellten. Freya schwang mit ihrem Schwert nach dem schnappenden Kiefer eines Wargs, während Hödur einen anderen mit dicken Schattensträngen erstickte. Balder stieß einen mit einem Lichtstrahl zurück, den er aus seinen Händen schoss. Loki schleuderte einem anderen einen Feuerball ins Gesicht und Thor rannte mit einem Brüllen mitten in das Rudel, wobei sein Hammer Rippen und einen Schädel brach.

Als Mjölnir den Schädel des Wargs einschlug, fiel das Wesen nicht einfach zu Boden. Es zerfiel zu Staub wie so viele Dinge in diesem falschen Asgard.

Ich hob gerade rechtzeitig mit einem Flügelschlag vom Boden ab, um den schnappenden Zähnen des Wargs zu entkommen, der mich bereits angegriffen hatte. Er knurrte und versuchte, mir nachzuspringen. Der Staub des Wargs, den Thor getötet hatte, fügte sich nicht wieder zusammen, so wie es die Trümmer des Kamins und die Splitter des Tisches in Walhalla getan hatten. Ich vermutete, dass die Rabenfrau nicht genug Macht besaß, um Illusionen dauerhaft aufrechtzuerhalten, die sich wie lebende, bewegende Wesen verhielten.

Der Warg sprang erneut zu mir und seine funkelnden Krallen fegten knapp unter meinen Füßen durch die Luft. Wenn es ein echtes lebendes Wesen gewesen wäre, hätte ich die Lebensenergie in seinem Körper gefühlt. Ich hätte die Schatten in meinem Walküre-Körper öffnen und dieses Leben beanspruchen können, so wie es Walküren einst getan hatten, als sie über die Sieger und Verlierer einer Schlacht entschieden hatten. Das Monster unter mir strahlte jedoch nichts als Leere aus. Es war nur ein Konstrukt, so wie Loki gesagt hatte. Eine Marionette, deren Strippen Munin irgendwo dort zog, wo sie sich versteckte.

Eine Marionette, die mich übel zugerichtet und zum Bluten gebracht hatte. Ich knirschte mit den Zähnen und stürzte nach unten. Das Wesen war nicht lebendig, weshalb ich keine Schuldgefühle verspüren musste, wenn ich es tötete.

Der Warg drehte sich um, doch ich war zu schnell. Ich trieb meine Klinge direkt in seinen Schädel. Ein ersticktes Wimmern brach aus seinem Maul hervor und dann löste er sich wie sein Begleiter auf.

Ich riss meine Messerhand hoch und wirbelte herum, da ein weiterer Warg auf mich zurannte. Ich wich aus, allerdings nicht schnell genug, um seinem Maul zu entkommen. Seine Zähne sanken in den Rand meines Flügels und zerrten daran. Der Schmerz jagte scharf durch meine Nerven. Ich keuchte, als ich meinen Flügel losriss.

Ich trat nach dem Monster und rammte ihm meine Ferse in die Wange. Es schwankte zur Seite in den kräftigen Schlag von Lokis Dolch. Er trieb die gebogene Klinge tiefer in die Brust des Wesens und es zerfiel zu einem Haufen Staub.

Der Trickster wischte seine Hände mit einer Grimasse ab und hob den Kopf. Die polierten Fliesen des Hofs waren mit weiteren Staubhaufen übersät. Freya zog gerade ihr Schwert aus einem Warg, den sie erschlagen hatte. Schweißnasse Haare klebten an den Seiten ihres glatten Gesichts. Thor verprügelte das letzte Rudelmitglied mit seinem Hammer und schleuderte es gegen den Springbrunnen, wo es ebenfalls zerfiel.

Wir standen in der Stille, in der nichts außer unseren krächzenden Atemzügen zu hören war, und warteten ab, ob die Schlacht wirklich vorbei war. Thor sah mich an und gab einen erstickten Laut von sich. Er marschierte zu mir, den Blick auf die Wunden auf meinem Schlüsselbein geheftet.

„Der Rabe wird dafür bezahlen", knurrte er.

Jetzt, da der Rausch des Kampfs verflog, pochten die Wunden stärker. Ich biss die Zähne zusammen, um gegen den Schmerz anzukämpfen. Balder trat neben Thor und ich ging zu ihm, da ich wusste, was er anbot, ohne dass er ein Wort sagen musste. Er hatte meine Wunden in den letzten Wochen oft genug geheilt. Es war im Grunde genommen ein Hobby für ihn geworden.

Der Gott des Lichts schenkte mir ein sanftes Lächeln und legte seine Hand auf die Wunden. Seine Macht wusch mit einer Flut aus Wärme und einem juckenden Kribbeln über mich hinweg dort, wo die Haut wieder zusammenwuchs. Als er seinen Arm senkte, blieb nichts außer dunkelrosa Linien von den Schnitten zurück. Diese würden jedoch ebenfalls in wenigen Tagen verblassen. Leider wusste ich das aus Erfahrung.

Der Ausschnitt meines Tops war zerrissen und der weiße Stoff blutverschmiert. Dagegen konnte ich ohne einen Kleiderschrank nicht viel tun. Ich befeuchtete meine Lippen. Heraufbeschworen hin oder her, dieses Ding hätte mich töten können, wenn ich langsamer reagiert und es meinen Magen anstelle meiner Brust erwischt hätte. Es sah aus, als wäre die Rabenfrau nicht zufrieden damit, mich einfach verhungern zu lassen.

Die Wargs hatten uns angegriffen, kurz nachdem ich Loki erzählt hatte, dass ich ihre Illusion flackern gesehen hatte. Kurz nachdem er mich daran erinnert hatte, dass ich eine echte Bedrohung darstellen konnte. Meine Finger spannten sich um den Griff meines Klappmessers herum an.

Mein älterer Bruder Francis hatte mir die Waffe gegeben, als ich noch ein Kind gewesen war, damit ich mich vor den Monstern in unserem Leben schützen konnte – Monster in der Gestalt von Menschen. Damals hatte ich mich nicht schützen können. Ich hatte es versäumt, ihn zu beschützen, als ich sein Leben möglicherweise hätte retten können.

Die Götter, die *mir* ein neues Leben gegeben hatten, würde ich nicht im Stich lassen. Ich würde auf keinen Fall Petey im Stich lassen. Ich hatte versprochen, für ihn da zu sein, ob er sich nun an dieses Versprechen erinnerte oder nicht. Wenn der Rabe dachte, dass sie mich brechen würde, war sie auf dem Holzweg.

„Munin!", schrie ich und drehte mich, um die Stadt hinter dem Hof miteinzubeziehen. „Bedienst du dich jetzt an meinem Kopf? Was hast du noch gesehen? Weshalb verdiene ich es, dass du uns so zu schlagen versuchst, hm? Ich habe nie jemandem wehgetan außer den Leuten, die versuchten, mir wehzutun. Was ist deine Ausrede, du Arschloch?"

„Ari", mahnte Balder sanft, doch ich ignorierte ihn. Das hier war nicht die richtige Zeit für Friedensverhandlungen.

Wir mussten sie vernichten. Gab es eine Möglichkeit, ihre Konzentration zu schwächen? Wenn ich sie erschüttern könnte, würde vielleicht die gesamte Illusion um uns herum zusammenbrechen und uns einen Weg zur Flucht öffnen.

Ich stellte mir die Frau vor, die ich kennengelernt hatte, als sie Loki und mich angesprochen und ihre Hilfe angeboten hatte. Schlank mit großen dunklen Augen und zerzausten, jedoch glänzenden schwarzen Haaren. Die kleinen vogelähnlichen Marotten, die sie selbst in Menschengestalt gezeigt hatte, beispielsweise das Schieflegen ihres Kopfes und die leichte Heiserkeit ihrer Stimme. Was würde sie erschüttern? Es hatte sie nicht getroffen, dass Thor sie einen Feigling genannt hatte. Einst war sie die ständige

Begleiterin des Göttervaters gewesen, während er über das echte Asgard geherrscht hatte. Sie war durch jedes Reich geflogen und hatte überall Erinnerungen gesammelt.

„Ist das jetzt alles, was du tust?", rief ich und drehte mich erneut. „Über ein kleines Gefängnis mit sechs Leuten herrschen? Keine Zeit, um deine Flügel auszustrecken oder etwas anderem Aufmerksamkeit zu schenken. Wer hat dich dazu angestiftet – die Schwarzalben? Warum hast du zugelassen, dass sie dir eine so beschissene Aufgabe geben?"

Loki klang, als würde er ein Glucksen ersticken. Und mir fiel ein dunkles Flackern nahe der Halle gegenüber von Walhalla ins Auge. Eine Bewegung wie ein Flügelschlag.

Mein Puls setzte aus, als mich Gewissheit überkam. Sie war hier. Sie war hier bei uns und lauerte hinter ihren Konstrukten. Wahrscheinliche musste sie diese aufrechterhalten und uns dabei so nahe sein, dass sie die nötigen Erinnerungen aus unseren Köpfen stehlen konnte.

Ich joggte den Pfad zur Halle entlang und ließ meinen Blick über die Steinmauern, das Strohdach und die massive Eichentür schweifen. „Du weißt, dass ich recht habe. Ich wette, du kannst es auch sehen. Ich weiß nicht, was zwischen dir und Odin vorgefallen ist und warum du das hier tust, aber du *weißt*, dass es nichts mit mir zu tun hat. Das hier ist einfach nur grausam. Bist du ein Monster wie die Wargs, die du uns auf den Hals gehetzt hast, Munin? Bist du …"

Erneut blitzten dunkle Federn vor den hellen Steinen auf. Ich sprang in diese Richtung. Meine Hand schloss sich um Luft. Dann neigte sich die gesamte vordere Mauer des Gebäudes mit einem Ächzen zu mir.

Ich stolperte mit einem Schrei zurück und riss die Arme empor. Meine Flügel, die ich noch nicht eingezogen hatte, wölbten sich ebenfalls über mich. Sie waren möglicherweise das Einzige, was mich rettete.

Die Steine prasselten auf mich nieder und ich fiel auf Hände und Knie. Die gefiederten Glieder, die aus meinem

Rücken ragten, bekamen das Schlimmste ab. Schmerzen breiteten sich in ihnen aus, mein zerbrechlicher Kopf und meine Rippen wurden jedoch nur auf den Boden gepresst und blieben unversehrt.

„Ari!", schrie jemand. Es erklang ein Grunzen und ein Poltern, als Thor anfing, die Trümmer wegzuräumen. Ich testete meine Flügel, indem ich gegen die Steine schlug, die sie begraben hatten, und zuckte zusammen.

Einer der Steine wurde von mir gehoben und ich schaffte es, einen anderen beiseitezuschieben. Meine Flügel zogen sich mit einem schmerzhaften Beben in meinen Körper zurück. Ich trat gegen die Steine auf meinen Beinen.

Ein Arm legte sich um meine Schultern und half mir, mich von dem restlichen Schutt zu befreien. Hödurs Arm. Ich kroch in seine Umarmung und sein salziger, leicht rauchiger Geruch umhüllte mich.

„Mir geht's gut", murmelte ich an seinem Shirt.

Er lachte zittrig. „Die Hälfte des verdammten Gebäudes ist gerade auf dich gefallen, Walküre, und das ist das Einzige, was du zu sagen hast?" Er wich zurück und seinem blinden Blick gelang es, meinen zu finden, als würde er mich anschauen. Seine Finger streichelten unterdessen über die Seite meines Gesichts. Mir stockte der Atem, als sein Daumen einen Schnitt auf meiner Wange streifte. Sein Kiefer spannte sich an. „Du *bist* verletzt."

„Mir ging es schon schlechter", erwiderte ich. „Das nächste Mal muss sie versuchen, das ganze Gebäude auf mich zu werfen." Als seine Miene unverändert blieb, fügte ich hinzu: „Willst du es mit einem Kuss heile machen?"

„Ari", brummte er. Das Funkeln, das seine Augen erhellte, und die plötzlich aufflammende Hitze zwischen uns deuteten darauf hin, dass er es vielleicht wollte. Das wäre für mich vollkommen in Ordnung. Er richtete sich jedoch auf und half mir auf die Füße. Die anderen hatten sich um uns herum versammelt. Ich vermutete, dass Hödur kein so großer Exhibitionist war wie Loki.

Der Trickster bedachte uns mit einem belustigten Blick, in seiner fröhlichen Stimme schwang allerdings eine ernste Note mit. „Was sollte das, Fee? Hast du etwas gesehen, was uns entgangen ist? Denn was immer passiert ist, der Rabe war offensichtlich nicht zufrieden mit dir."

„Ich habe *sie* gesehen", erklärte ich und strich den Dreck von meinen Armen. Meine Beine fühlten sich noch etwas wacklig an, aber meine Walküre-Kraft beruhigte mich bereits trotz der vielen Blutergüsse, die auf meinen Gliedern erblühten. „Sie ist hier bei uns und hört alles, was wir sagen." Ich reckte das Kinn. „Das bedeutet, dass sie uns erreichen kann. Allerdings sollten wir sie ebenfalls erreichen können."

KAPITEL FÜNF

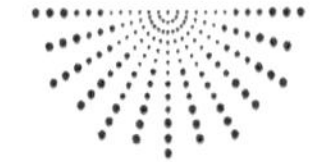

Hödur

Ich trat von den Trümmern der zusammengebrochenen Halle zurück – eine, die im echten Asgard Bragi gehört hatte, wenn mich meine mentale Karte der Stadt nicht trog – und stolperte fast über einen Stein. Ich war so schnell zu dem eingestürzten Gebäude und Aris Schrei geeilt, dass ich mir nicht die Zeit genommen hatte, das Land mit den Sinnen zu erkunden, die mir zur Verfügung standen. Jetzt war es ein Labyrinth aus unbekannten Hindernissen. Es war ein Wunder, dass ich zu ihr gelangt war, ohne auf die Nase zu fallen.

Ari ergriff meine Hand, obwohl ich bereits das Gleichgewicht gefunden hatte. Ich konnte nicht behaupten, dass ich etwas gegen die Wärme ihrer Finger hatte, die sich um meine krümmten. Dennoch sandte der Grund, aus dem sie nach mir griff, eine Woge der Scham durch mich hindurch.

Wir waren hier die Götter. Wir sollten sie beschützen, nicht andersherum.

Ich sollte es wenigstens schaffen, ohne ihre Hilfe auf den Füßen zu bleiben.

Ich drückte ihre Hand und erlaubte mir, einige Momente lang die sanfte Stärke ihrer Berührung zu genießen, bevor ich losließ. Obwohl sie noch immer neben mir war, verspürte ich ein Verlustgefühl.

Es entwickelte sich etwas zwischen uns, etwas, über das wir wegen des Kampfs mit den Schwarzalben und diesem Schlamassel bisher nicht reden konnten. Ich wusste nicht, ob ich ihr bereits erzählen wollte, wie sehr ich hoffte, dass es etwas werden *könnte*. Für eine kurze Zeit war sie glücklich mit mir gewesen, als wir nebeneinandergesessen und uns geküsst hatten, während sie sich dafür gewappnet hatte, ihren Bruder zurückzulassen. Sie verdiente es, glücklich zu sein. Ich wollte nicht, dass meine Empfindungen zu einer Bürde für sie wurden.

„Hmm", sagte Loki. Bei seinem frechen Tonfall versteifte ich mich automatisch. Man wusste nie, welche Pläne sich der Trickster ausdenken würde, wenn er so klang. Seine Kleider raschelten, als er herumwirbelte. „Ich glaube, ich würde mir gerne den Standort unserer fehlenden Brücke anschauen."

„Was? Denkst du, *du* kannst sie jetzt heraufbeschwören?", fragte ich und setzte meine Füße vorsichtig auf den Boden. Ein weiterer Felsbrocken lag zu meiner Linken. Kiesel knirschten unter der Sole meines rechten Schuhs. „Selbst wenn das hier nicht das echte Asgard ist, bezweifle ich, dass Munin dir erlauben wird, Göttervater zu spielen." Loki würde es vermutlich genießen, über uns alle zu herrschen.

„Ich habe möglicherweise einen Plan", sagte er auf seine verschlagene Art. Natürlich verriet er uns nicht, was dieser Plan *war*. Das würde seine bizarre Vorstellung von Spaß verderben. „Komm schon. Wir wollen alle bereit sein, falls es funktioniert.“

Füße schabten über den Boden, als die anderen Anstalten machten, ihm zu folgen. Mein Körper sträubte sich. „Ari hat den Raben *hier* gesehen. Denkt ihr nicht, wir sollten dieser Sichtung zuerst auf den Grund gehen?“

„Ich bin mir nicht sicher, ob du die beste Person bist, um Entscheidungen aufgrund einer Sichtung zu treffen, liebster Neffe“, rief Loki, wie es sich anhörte, über seine Schulter.

Ich knirschte mit den Zähnen. Bevor ich eine weitere Erwiderung blaffen konnte, beugte sich Ari näher zu mir. Ich spürte ihre Wärme und fing eine Wolke ihres süßlich scharfen Geruchs auf. „Lass uns einfach in Erfahrung bringen, was er im Sinn hat“, schlug sie vor. „Ich bezweifle, dass Munin hiergeblieben ist, nachdem sie die Mauer auf mich geschleudert hat. Ich weiß, dass du und Loki euch nicht versteht, aber nach den Geschichten zu urteilen, die ich immer wieder höre, scheint er ziemlich gut darin zu sein, einen Ausweg aus heiklen Situationen zu finden.“

„Das ist er, wenn es ihm passt“, brummte ich, lief jedoch los. Nach ein paar Schritten stieß ich mir den Zeh an einem anderen herumliegenden Stein an und zuckte zusammen.

„Möchtest du, dass ich …“, begann Ari.

„Nein“, lehnte ich rasch ab, bevor sie anbieten konnte, mich zu führen. Ich hatte jahrhundertelang in Asgard gelebt, auch wenn es eine Weile her war, seit ich zuletzt hier gewesen war. Ich würde mich nicht wie ein Invalide durch diese Kopie meines Zuhauses führen lassen.

Ich beschwor einen Schatten herauf und formte ihn in meinen Händen zu einem schmalen, kühlen Stab. Das war nicht ideal und auch nicht das Bild, das ich unserer Walküre präsentieren wollte – eine Erinnerung daran, was mir fehlte –, doch wenigstens könnte ich damit ohne Hilfe weiteren Hindernissen ausweichen, die uns Munin in den Weg stellte.

Die Schritte der anderen hatten sich bereits von uns entfernt. Ich bewegte den Stab aus Schatten vor mir über den Boden und trat um die Trümmer herum, an denen er hängen blieb. Die Brise fegte den Staub des zusammengebrochenen Gebäudes fort und ließ den frischen, wiesenähnlichen Duft zurück, der viel zu sehr meinem echten Zuhause ähnelte.

Weil der Rabe ihn aus meinen Erinnerungen an mein Zuhause gestohlen hatte.

„Du siehst also mehr als die anderen?", fragte ich Ari, die ich immer noch als ein warmes Flüstern von Stoff neben mir hören konnte. „An Munins Konstruktion vorbei?"

„Bisher nur ein wenig hier und da", antwortete sie. „Vielleicht wenn sie abgelenkt ist? Ich habe noch kein Muster gefunden, aber das war vorhin mein Ziel. Ich wollte ihre Konzentration brechen und in Erfahrung bringen, ob ich noch einen Blick hinter die Illusion werfen kann."

„Dann ignoriere deine anderen Sinne nicht", riet ich ihr. „Hören, riechen, schmecken, fühlen … Sie greift auf alles zu, um diesen Ort zu erbauen, was allerdings bedeutet, dass auch jeder Aspekt versagen kann. Wir brauchen alle Hinweise, die wir kriegen können."

„Du hast recht. Daran habe ich gar nicht gedacht." Sie hielt inne. „Hast du etwas gerochen, was irgendwie nach Asche riecht? Oder ist das ein Duft, den man hier für gewöhnlich riecht und an den sich die anderen möglicherweise erinnern?"

Asche in Asgard? „Manchmal hing wegen der vielen Kaminfeuer der Geruch von Holzrauch in der Luft", erklärte ich. „Das kam allerdings nur selten vor, wenn es so warm wie jetzt war."

Sie strich sich die Haare mit einem Rascheln ihrer weichen Wogen aus dem Gesicht. „Kein Holzrauch. Dem Geruch haftete etwas … Chemisches an? Deswegen schien es meiner Meinung nach zu passen. Aber ich habe es nur einmal bemerkt und dann ist der Duft verflogen. Ich weiß nicht, ob das etwas bedeutet."

„Wir müssen es uns merken", sagte ich. „Außer natürlich der große Loki hat bereits all unsere Probleme gelöst und wir werden gleich diesen Ort verlassen."

„Man weiß nie", erwiderte Ari, ihr Tonfall war jedoch neckend. Sie schwieg kurz, während ihre Schritte weiterhin über die glatten Marmorsteine hallten. „Geht ihr zwei euch einfach nur auf die Nerven oder gibt es eine Vergangenheit zwischen euch, die ich nicht kenne?"

„Vergangenheit", antwortete ich. „Eine ganze Menge." Keine, an die ich denken wollte, obwohl sie mit jeder Sekunde, die wir an diesem Ort verbrachten, schwerer auf mir lastete. Normalerweise erinnerte mich Asgard nicht an jene Zeit, wenn ich es meinem Verstand nicht erlaubte. Da die Stadt zu einem Gefängnis geworden war, fiel es mir jedoch schwer, den negativen Assoziationen zu entkommen.

„Weitere Tragödien, die du mir noch nicht verraten willst?", hakte Ari nach. Sie sprach mit sanfter Stimme, konnte die Enttäuschung allerdings nicht komplett verbergen. Sie hatte mir in der letzten Woche sehr viel von ihrer schmerzhaften Vergangenheit anvertraut. Die Dinge, die sie durchgemacht hatte … ich erschauderte, als ich mich an die wenigen Einzelheiten erinnerte, die sie mir erzählt hatte. Es war ein Leichtes gewesen, die Lücken in ihren Erzählungen selbstständig zu füllen.

Ich wünschte, ich könnte ihr im Gegenzug die gleiche Verletzlichkeit schenken, allerdings war ich nicht das einzige Opfer in meiner Geschichte. Die Teile, die mir die Kehle zuschnürten und meine Zunge schwer machten, waren mit Schuldgefühlen durchzogen.

Würde sie so mit mir sprechen und mich so berühren, wie sie es gerade getan hatte, wenn sie die ganze Geschichte kennen würde? Ich war mir nicht sicher, ob ich in einem besseren Licht erscheinen würde als Loki. Ich würde es vorziehen, wenn ich es nie herausfinden müsste.

„Es ist eine lange und komplizierte Geschichte", erklärte ich. „Und ich glaube nicht, dass sie besonders hilfreich dabei wäre, von hier zu verschwinden. Es ist nur schwer, nicht daran erinnert zu werden."

„Nun, ich weiß nicht, was passiert ist, aber du bist so lange an seiner Seite geblieben. Vielleicht kannst du ein bisschen nachsichtiger mit Loki sein, zumindest bis wir von hier entkommen sind?" Sie rempelte mich sachte mit ihrem Ellenbogen an.

Es war schwer, dagegen zu protestieren. Es war nicht so, dass ich meine Tage seit Ragnarök mit dem Verschlagenen verbringen hatte wollen, aber zwischen ihm und dem Göttervater bestand ein scheinbar unerschütterliches Band, das ich nie verstanden hatte. Thor hielt ihn die meiste Zeit für einen idealen Abenteuerpartner und keine Nervensäge, weshalb Balder und ich Loki in unserer Mitte akzeptieren mussten, als wir uns ihnen angeschlossen hatten.

Wenn er so verschlagen und so clever war, warum hatte der Trickster *diesen* Trick nicht bemerkt, bevor wir ihm auf den Leim gegangen waren? Diese Erklärung würde ich gerne hören.

Doch weil mich Ari darum gebeten hatte, hielt ich den Mund, als wir uns den anderen anschlossen, die auf der anderen Seite des Hofs stehen geblieben waren, wo uns die Regenbogenbrücke abgesetzt hatte. Ich hatte deren leuchtenden Farben nie gesehen, die mir die anderen in der Vergangenheit beschrieben hatten. Wenn die Brücke hier war, strahlte ihre Magie jedoch eine schwache Vibration aus, die das Aroma von süßem Harz in der Luft hinterließ. Jetzt bemerkte ich nichts dergleichen. Die Brücke war in dem Moment verschwunden, in dem wir sie mit dem falschen Odin verlassen hatten.

Ich spürte Balders Präsenz neben mir wie warme

Sonnenstrahlen auf der Haut. Ich trat etwas näher zu ihm. Mein Zwilling hatte mindestens genauso viele schreckliche Erinnerungen an diesen Ort wie ich, die hier hochkommen konnten, und er war definitiv das Opfer. Seit wir nach Ragnarök zurückgekehrt waren, hatte er sich so weit in seinen träumerischen friedvollen Zustand zurückgezogen, als könnte nur ein Leben in diesem Nebel die Harmonie bewahren, die er ständig anstrebte. Wie lange konnte er hier daran festhalten, wo er sich so weit außerhalb seiner Komfortzone befand?

Wenn es die Nornen wollten, müssten wir es nie erfahren.

„Wie geht es dir?", fragte ich ihn leise.

„Gut genug", antwortete er gleichmütig. Ich meinte allerdings, ich hätte eine leichte Steifheit in seiner Stimme gehört, die dort normalerweise nicht war. „Hoffentlich wird uns das Experiment weiterhelfen, das sich der Trickster überlegt hat."

Vor uns klatschte Loki in die Hände. „Oh, Munin!", rief er mit einer Singsang-Stimme. „Du kannst mich hören, oder? Unser kleiner Raben-Voyeur. Machst du einen kurzen Ausflug mit mir?"

Was in Hels Namen hatte der Trickster vor? Ich trat von einem Fuß auf den anderen, trank die Luft und erfasste die Laute des falschen Reichs um uns herum.

Lokis Stimme sprach weiter in einem steten, einlullenden Tempo, das beinahe hypnotisierend war. „Denk an all die Male, als du Bifröst mit Odin überquert hast. Du saßt auf seiner verhüllten Schulter oder segeltest neben ihm in der Luft. Seine Füße stapften über die schillernde Oberfläche. Die Farben leuchteten unter dir – rot, gelb, blau und alles, was dazwischen liegt. Die Wolken teilten sich zu dem Nebel, der an deinen Federn kitzelte. Midgard breitete sich grün und weit vor euch aus."

Ein Beben kroch über meine Haut. Mir stockte der

Atem. Er versuchte, *ihr* die Erinnerung zu entlocken und sie dazu zu beschwatzen, unserem Gefängnis einen Ausgang hinzuzufügen, indem er sie dazu brachte, sich auf die Brücke zu konzentrieren. Und es funktionierte. Die Luft vibrierte mit mehr Macht. Es war das Echo der Magie der Regenbogenbrücke. Bildete sie sich in eben diesem Moment vor den Augen der anderen? Ari regte sich erwartungsvoll neben mir.

„Vielleicht war Heimdall in seinem Wachturm am Rand von Asgard, winkte euch und wechselte einige Worte mit seiner rauen Stimme mit euch", fuhr Loki fort. „Oder vielleicht waren es nur du, dein Flugpartner und euer Herr, die den strahlenden Bogen erklommen und ..."

Das Beben der Magie brach urplötzlich ab, als würde eine Tür zugeknallt werden. Ein heftiger Wind peitschte gegen uns und trieb uns auseinander. Er wirbelte um uns herum und riss mich zu Boden.

„Nein!", brüllte ich, doch der Wind fegte auch meine Worte hinfort. Er schleuderte mich durch einen Raum, von dem ich lediglich die Luft spürte, die an meiner Haut und meinen Kleidern zerrte, und warf mich auf einen harten kalten Boden. So schnell, wie der Wind entstanden war, verflog er und ließ mich in völliger Stille zurück.

Absolute Stille. Keine Stimme, kein Atem, kein Rascheln von Kleidung abgesehen von meiner eigenen. Ich schluckte, was wahnsinnig laut in meinen Ohren klang. „Ari? Balder? Thor?"

Meine Stimme verhallte unbeantwortet. Wo immer mich der Rabe hingeworfen hatte, es war weit weg von den anderen.

Eisige Furcht bohrte sich in meinen Magen. Wenn sie mir das angetan hatte, was hatte sie dann mit meinem Zwilling gemacht? Mit unserer Walküre?

KAPITEL SECHS

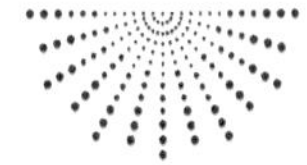

Aria

Die Welt drehte sich um mich herum und der Boden neigte sich. Die Marmorfliesen flogen zwischen mir und meinen Begleitern hoch. Ich versuchte, zu der Lücke zwischen ihnen zu springen, doch ein Windstoß stieß mich zurück.

Ich kippte vornüber und landete ausgestreckt auf dem Boden … der kein Boden mehr war. Meine Hände drückten gegen feinkörnige Holzbretter, als ich mich hochstemmte. Mein Herz machte einen Satz.

Der Hof, auf dem wir gestanden hatten, das Schimmern der Brücke, die sich zu bilden begonnen hatte, die Götter und Göttin, bei denen ich gestanden hatte – sie waren alle fort. Der Ort, an dem ich mich befand, war allerdings nicht neu. Es war der einzige Ort in Asgard, den ich vor heute erkundet hatte.

Walhallas goldene, mit Waffen behängte Wände erhoben sich um mich herum. Eine leere Bank stand an einem wuchtigen Eichentisch nur wenige Schritte von mir entfernt. Die hohe Decke funkelte über mir. Der ekelhafte Geruch von abgestandenem Alkohol und männlichem Moschus kitzelte meine Nase.

Ich rappelte mich auf. Der Holzboden polterte unter meinen Füßen, als ich zum nächsten Nebeneingang joggte, der sich zwischen Schwertern und Speeren befand. Ich packte den Griff und zerrte daran, er gab jedoch nicht nach.

Scheiße. Ich drückte den nächsten nach unten, dann den nächsten und arbeitete mich alle Türen entlang, bis ich zu dem breiten Eingang auf der gegenüberliegenden Seite von Odins Thron gelangte. Als ich ihn erreichte, brannten meine Hände, weil ich an so vielen Türgriffen gerüttelt hatte. Dennoch riss ich einmal kräftig an der großen Tür.

Sie bewegte sich keinen Zentimeter. Als ich meine Schulter dagegen rammte, rührte sie sich auch nicht. Ich schaute sie finster an und rieb meinen Arm.

Munin hatte mich hier getrennt von den Göttern eingesperrt. Was hatte sie mit ihnen gemacht? Und warum hatte sie mich hierhergebracht?

Nein, diese Frage musste ich nicht stellen. Sie hatte mich an den Ort geworfen, an den ich die deutlichsten Erinnerungen hatte, damit sie ihr Konstrukt auf einem stabilen Fundament errichten konnte. So konnte sie mich besser einsperren. Sie wollte jegliche Chancen beseitigen, dass ich diese Illusion durchschauen und sie oder den Ort entdecken könnte, an dem wir uns wirklich befanden.

Stimmen erklangen hinter mir. Ich wirbelte herum. Bei dem Anblick, den ich dort vorfand, zuckte ich zurück und drückte mich mit pochendem Herzen an die Tür.

An den zuvor leeren Tischen saßen nun Gestalten. Männer in Rüstungen aus Metall oder Leder. Ihre Muskeln wölbten sich, als sie nach ihren Krügen mit Met griffen oder sich Fleischstücke von den Braten abrissen, die zwischen ihnen auf Platten lagen. Sie besetzten jede Bank in der langen

Halle. Hier hob einer seinen Becher zum Toast. Dort warf ein anderer den Kopf nach hinten und lachte schallend.

Sie waren keine modernen Krieger. Aufgrund ihrer Kleider, der rötlichen Färbung vieler Haare und der dichten Bärte, die die meisten hatten, ging ich davon aus, dass sie Wikinger-Krieger aus längst vergessenen Zeiten waren. Die Gesprächsfetzen, die ich auffing, waren in einer Sprache, die ich nicht kannte. Sie sahen jedoch aus, als hätten sie Spaß. Bei dem Bratengeruch lief mir das Wasser im Mund zusammen.

Das Fleisch würde sich vermutlich in Staub auflösen, wenn *ich* versuchte, es zu essen. Diese Männer waren ein Teil der Illusion. Sie entsprangen nicht meinen Erinnerungen, aber vermutlich denen der anderen Asen, die mit mir hier waren. Munin hatte offensichtlich kein Problem damit, ein Konstrukt aus mehreren Quellen zu erstellen.

Eine Gestalt in einem weißen Kleid unter einem silbernen Panzer schlängelte sich in meiner Nähe zwischen zwei Tischen hindurch. Eine Frau. Mein Blick folgte ihr verblüfft. Ihre langen blonden Haare fielen ihr über den Rücken und ihr Gesicht war weich vor Jugend. Auf ihren Armen wölbten sich jedoch Muskeln, als sie den versammelten Kriegern weitere Krüge reichte.

Es gab noch andere wie sie. Frauen in schicken Rüstungen bewegten sich durch den Raum. Einige trugen Helme und die meisten hatten Schwerter oder Dolche an ihren Gürteln. Kriegerinnen.

Walküren. Ich begriff. Dies waren die ursprünglichen Walküren, die Odin damals um sich geschart hatte. Die Walküren, die in Schlachten geflogen waren, um die Seelen würdiger Männer zu ernten und hierher zurückzubringen. Mir war nicht bewusst gewesen, dass sie zwischen den Kämpfen als Kellnerinnen fungiert hatten. Ich konnte nicht behaupten, dass es mir leidtat, dass ich diesen Teil des Jobs verpasst hatte.

Ich näherte mich ihnen langsam, blieb jedoch angespannt, damit ich zurückspringen konnte, sollte eine der heraufbeschworenen Personen irgendein Zeichen der Aggression zeigen. Sie aßen, tranken und bedienten Tische, als sei ich gar nicht da. Allmählich senkten sich meine Schultern. Ich schlenderte durch die Tischreihen, blickte in Gesichter und versuchte, den wachsenden Schmerz in meinem Magen zu ignorieren.

Warum hatte Munin sie alle erschaffen? Sie versuchten nicht, mir wehzutun. Sie hätte mich einfach an diesem Ort allein lassen können, wenn sie mich nur einsperren wollte. Ich verstand es nicht. Andererseits hatte die Rabenfrau von Anfang an ziemlich verrückt gewirkt. Vielleicht diente das hier ihrer Unterhaltung.

Ein leises, volltönendes Glucksen erklang am Ende der Halle und meine Füße erstarrten. Munin hatte noch eine Gestalt heraufbeschworen. Es war ein hochgewachsener, breitschultriger Mann, der einen zerschlissenen Umhang und einen kastanienbraunen Bart mit silbernen Strähnen trug. Dort, wo sein Auge sein sollte, befand sich die Wulst einer Narbe. Er neigte sich auf seinem Thron nach hinten, den ich zuvor nur unbesetzt gesehen hatte.

Odin. Ich hatte ihn mir auf diesem Thron vorgestellt, als ich das erste Mal allein nach Walhalla gekommen war. Es war ein Bild, das ich instinktiv gezeichnet hatte. Vor ein paar Stunden hatte ich gedacht, dass ich mit ihm über die Brücke laufen würde. Doch das hier … das hier war nicht der echte Göttervater. Er war genauso unecht wie die Krieger um mich herum oder das Walhalla hier, doch er kam dem echten Odin für mich am nächsten. Er war keine schlurfende, verwundete Marionette wie die, die uns hierhergeführt hatte. Es war eine lebhafte Spiegelung des Gottes aus seinem tatsächlichen Leben.

Ich trat näher an ihn heran, wozu ich einem Krieger auswich, der sich auf seiner Bank nach hinten lehnte und belustigt mit der Faust auf den Tisch hämmerte. Odins hellbraunes Auge wanderte über die Versammlung. Seine Lippen waren zu einem Lächeln gekrümmt, das man nur zufrieden nennen konnte.

Zwei Wölfe lagen ausgestreckt am Fuß des Throns. Es waren keine riesigen monströsen Wölfe wie die Wargs. Sie hatten eine gewöhnliche Größe, einer war grau und einer schwarz. Ihre Ohren waren aufgerichtet und ihre Köpfe ruhten gelangweilt auf ihren Vorderpfoten. Ihre Blicke zuckten nicht zu mir, als ich an der letzten Tischreihe vorbeiging.

Ein Rabe hockte auf Odins Schulter, sein Kopf wippte, als er ihn näher zu seinem Herrn neigte. Das musste Munin oder der andere Rabe sein, den Loki erwähnt hatte. Der Rabe des Gedankens? Ich konnte mich nicht mehr an seinen Namen erinnern.

Wenn das Munin war, war es die echte? Hatte sie sich in diese Szene eingearbeitet, während sie mich ausspionierte?

Meine Beine sträubten sich kurz. Dann marschierte ich zum Thron und strich mit meiner Hand über Odins Schulter.

Meine Finger trafen auf einen gefiederten Körper. Der Rabe krächzte empört, als ich ihn nach vorne schlug. Mit raschelnden Federn sprang er wieder auf seinen Aussichtspunkt. Odin regte sich nicht und betrachtete weiterhin seine Krieger.

Dann war also alles nur ein Teil der Illusion. Ich runzelte die Stirn und folgte Odins Blick über die gefüllte Halle. Okay, ich hatte genug von der Party gesehen. Wie zur Hölle sollte ich jetzt aus diesem Raum entkommen?

Irgendwie sahen die mutigen Krieger von hier anders aus. Ihre Gesichter wirkten düster. Zuvor hatten die Stimmen zufrieden oder triumphierend geklungen.

Jetzt ... jetzt drang ein wütender Schrei an meine Ohren. An einem Tisch in der Nähe packte einer der Männer einen anderen an seinem Hemd und riss ihn auf die Füße. Der zweite Mann schlug dem ersten so hart ins Gesicht, dass Blut aus der Nase des Kerls spritzte.

Odin lachte neben mir auf seinem Thron. Der Laut rollte über mich und sorgte dafür, dass sich die Härchen auf meinen Armen aufstellten.

Unterdessen hatte ein muskulöser Mann sein Gesicht so tief in seinen Krug gesteckt, dass er praktisch in seinem Met schnorchelte. Als er den Kopf hob, waren seine Wangen gerötet. Er schwankte leicht auf seinem Platz, knallte seinen Krug auf den Tisch und brüllte eine vorbeigehende Walküre an, dass sie ihm mehr Met bringen sollte.

Eine Platte landete scheppernd auf dem Boden. Einige Krieger kämpften auf einer Bank um die besten Fleischstücke einer Gans, die gerade aufgetischt worden war. Ein anderer Mann riss ein Schwert von der Wand und schlug damit nach einem seiner Kumpane. Sie tänzelten in einem Schwertkampf umeinander und ihre Klingen krachten gegeneinander. Es war allerdings kein Spiel. Ihre Münder waren feindselig verzogen.

Sogar das Gold an den Wänden wirkte jetzt angelaufen und hier und da vom Schlag einer Klinge eingedellt. Ein Krieger schleuderte einen anderen gegen die Wand und das Gebäude erzitterte. Einige goldene Flocken regneten wie glitzernder Schnee von der Decke.

„Bravo!", rief Odin auf seinem Thron. „Lasst das Fest weitergehen!" Sein Mund war jetzt eher zu einem Feixen verzogen.

Warum hatte sich die Szene verändert? Hatte Walhalla damals wirklich so ausgesehen? Es passte nicht zu dem, was mir die anderen Götter erzählt hatten. Warum sollten die Walküren Arschlöcher anstelle von ehrenhaften Kriegern zurückbringen? Warum sollte Odin sie anfeuern, wenn sie miteinander kämpften? Was für einen Sinn hätte Walhalla, wenn es so wäre?

Ich hielt inne und schaute wieder zu Odin. Zu dem einzelnen Raben auf einer Schulter und zu der anderen leeren.

Vielleicht waren das keine Erinnerungen der Götter. Munin hatte in dieser Halle bestimmt eine Menge Zeit mit Odin verbracht, oder? Wenn sie sich an ihren Erinnerungen orientierte, war es unwahrscheinlich, dass sie sich selbst in die Illusion einbaute, da sie sich eher auf das konzentrieren würde, was sie gesehen hatte.

Anscheinend hatte das, was sie gesehen hatte, wie ein Haufen Betrunkener gewirkt, die einen Kleinkrieg gegeneinander führten, während Odin sie anstachelte. Dieser Tage war sie eindeutig kein Odin-Fan. Es könnte auch sein, dass ihre Erinnerungen verzerrt worden waren. Was immer der Fall war, sie hatte mir das hier zeigen wollen. Um mir ihre Seite der Geschichte zu präsentieren? Sollte mich das hier davon überzeugen, dass es gerechtfertigt war, uns in dieses Gefängnis zu werfen?

„Versuchst du, mir zu beweisen, dass Odin verdient, was du ihm antust?", rief ich zu den Dachbalken hinauf. „Es fällt mir schwer, anzunehmen, dass deine Auffassung der Dinge unvoreingenommen ist. Und er hat all diese Leute gehen lassen, oder? Er hat die Krieger und Walküren weggeschickt, damit sie ihr Leben ... ihr Leben nach dem Tod ... so beendeten, wie sie es wollten. Selbst wenn dir nicht gefallen hat, wie er die Halle geführt hat, er hat damit aufgehört."

Keine Antwort. Nicht einmal ein Hinweis, ob sie mich gehört hatte.

Die Männer, die an der Wand kämpften, wirbelten herum. Der Größere schubste den Schlankeren gegen die Wand. Weitere Goldflocken flatterten zu Boden. Ich verfolgte ihren Weg durch die Luft zurück zur Gewölbedecke. Ein Sonnenstrahl fiel durch das goldene Strohdach.

Eine Idee kribbelte in meinem Hinterkopf. Loki war in

der Lage gewesen, Munins Gedanken so weit zu lenken, dass sie sich die Regenbogenbrücke vorgestellt und sie teilweise erschaffen hatte, obwohl sie nicht daran denken wollte. Wenn ich mit den Eindrücken arbeiten konnte, die sie mir bereits übermittelte, konnte ich sie womöglich reinlegen, damit sie mir gab, was ich brauchte.

Ich ließ meine Schultern kreisen und zwang die Walküre-Flügel aus meinem Rücken. Sie spreizten sich schwer und solide zu meinen Seiten. Ich schlug mit ihnen, um einige Zentimeter vom Boden abzuheben.

„Ich kapiere es", sagte ich und hob die Stimme, sodass ich über den Lärm der Menge zu hören war. „Walhalla war ein beschissener Ort. Die Krieger waren Arschlöcher. Odin war ein noch größeres Arschloch. Das Gold war stumpf. Der Met wurde sauer. Die Decke begann, zu bröckeln."

Ich glitt etwas höher und segelte über die Krieger. Mittlerweile kämpften mehrere miteinander. Einer schüttete einem anderen Met ins Gesicht, während ein anderer auf den Tisch kletterte, um seinem Nachbarn gegen den Kopf zu treten. Wirklich nette Kerle. Sie waren so stilvoll. In meinem ersten Leben hatte ich Verbrecher gekannt, deren Gesellschaft ich vorgezogen hätte.

Oder reagierten sie bloß auf Munins Gedanken, die wiederum auf das reagierte, was ich sagte?

„Diese Waffen sehen aus, als könnten sie jeden Moment von den Wänden fallen", stellte ich fest. „Ich warte nur darauf, dass eine dieser Bänke einbricht. Odin würde vermutlich darüber lachen, oder? Zumindest bis sein hübscher Thron umkippt. Oder wird das Dach auf seinen Kopf fallen? Es ist schrecklich wacklig. Es hält kaum noch zusammen. Er hat Glück, dass es noch nicht eingestürzt ist."

Als ich die letzten Worte sprach, schnellte ich mit einigen Flügelschlägen so schnell zur Decke empor, wie sie mich tragen konnten. In der letzten Sekunde wirbelte ich nach hinten und trat kräftig mit den Beinen gegen die Schichten aus goldenem Stroh.

Meine Füße durchbrachen die Decke, die so zerbrechlich wie Munins Verstand war. Ich schlug mit den Flügeln und segelte durch das Loch, das ich erschaffen hatte, in die Freiheit des blauen Himmels. Eine Woge frischer Luft füllte meine Lunge und …

Die Wände unter mir brachen komplett zusammen. Eine Kraft knallte von hinten gegen mich. Ich wirbelte herum, mir war schwindlig und eine Empfindung zupfte schwach in meiner Brust. An meinem Herzen.

Einer der Götter, die mich geschaffen hatten – einer von ihnen war in der Nähe. Wenn ich an diesem Gefühl festhalten konnte, konnte ich vielleicht …

Ich konzentrierte mich mit aller Macht auf das schwache Zupfen. Mein Körper fuhr erneut herum und ich taumelte zur festgetrampelten Erde.

KAPITEL SIEBEN

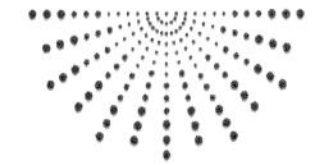

Aria

Ich sprang angespannt und argwöhnisch auf und platzierte meine Füße sicher auf der Erde. Ich war auf einer Wiese gelandet, auf der hier und da Gras aus dem trockenen Boden spross und eine Halle fast so groß wie Walhalla vor mir stand. Diese hatte jedoch keine Goldverzierungen, sondern bestand nur aus Stein.

Ansonsten war niemand zu sehen. Hier waren nur ich, die warme Brise und der Duft von Apfelblüten, der irgendwo aus der Nähe zu mir wehte. Ich vermutete, dass ich es doch nicht zu dem Gott geschafft hatte, den ich gespürt hatte. Wohin hatte mich Munin jetzt geschickt und warum?

Stimmen drangen durch die breite Tür der Halle. Gejohle und Gelächter – und ein schmerzerfüllter Schrei. Meine Flügel, die sich bei meinem Sturz auf meinen Rücken gefaltet hatten, öffneten sich. Bevor ich einen Schritt auf die Halle zu machen konnte, schwang die Tür mit solcher

Wucht auf, dass sie gegen die Steinwand neben deren Rahmen krachte.

Loki stürzte heraus. Seine Haare flogen in einer hellroten Flamme aus seiner Stirn und seine Schritte wurden länger, als seine Flugschuhe ihn vom Boden hoben. Oh. Scheinbar hatte ich doch die richtige Richtung eingeschlagen. Ich machte Anstalten, ihm hinterherzueilen, als eine Horde Gestalten aus der Halle rannte.

Diese Männer waren keine menschlichen Krieger wie in Walhalla. Sie waren wahrscheinlich nur Konstrukte ohne eine spürbare Lebensenergie. Etwas an ihrem Verhalten und ihren kraftvollen Bewegungen verriet mir jedoch, dass sie Götter waren.

Loki hängte sie bereits ab. Dann sauste eine glänzende silberne Form durch ihre Mitte und krachte gegen seinen Rücken. Mit einem gekeuchten Fluch fiel er vornüber auf den Boden.

Die silberne Form flog zurück in die Halle. Ich erstarrte kurz und betrachtete die Szene. War das *Thors* Hammer gewesen? Warum sollte er Loki angreifen? Oder wollte mir Munin das nur glauben machen?

Die Masse der anderen Götter stürzte sich auf den gefallenen Trickster. „Dieses Mal entkommst du nicht, Verschlagener", knurrte ein dunkelhäutiger Mann. Ein anderer riss Lokis Arme in einem schmerzhaften Winkel hinter seinen Rücken, sodass Loki zusammenzuckte. Seine Augen blitzten. Er schaffte es, einen Gott in den Bauch und einen anderen in den Schritt zu treten, bevor einer von ihnen seine Beine ebenfalls nach oben zog.

„Munin!", krächzte Loki. „Einmal hat gereicht. Wenn ich dich in die Finger kriege, werde ich dir deinen fedrigen Hals umdrehen, bis …"

Ein anderer Gott legte seine fleischige Pranke über den Mund des Tricksters, bevor sie ihn zur Halle schleppten.

Nein. Mein Körper sprang in Aktion. Ich hüpfte in die

Luft und stürzte mich auf den Gott, der mir am nächsten war und den zappelnden Loki quälte. „Lasst ihn gehen, ihr Arschlöcher! Lasst ihn *gehen*!“

Mein Ellenbogen pikte den Gott ins Auge, während ich einen Tritt gegen seine Rippen platzierte. Er grunzte und sein Griff lockerte sich. Ich wirbelte herum, um den Gott neben ihm anzugreifen, und eine riesige Faust traf meine Schläfe.

Ich hatte mich zuvor schon göttlicher Kraft gestellt, als Thor und ich miteinander geübt hatten und er mir beigebracht hatte, wie ich die Kraft und Geschwindigkeit nutzen konnte, die er mir gegeben hatte. Damals hatte er sich allerdings zurückgehalten und nicht versucht, mir tatsächlich wehzutun. Eine Walküre hatte einem Gott nichts entgegenzusetzen. Und dieser Gott hatte sich nicht zurückgehalten.

Schmerzen zuckten durch meinen Schädel. Ich stolperte rückwärts, meine Flügel zuckten und ich landete zusammengesunken auf Händen und Knien. Alles schwankte, als ich blinzelte. Ich rappelte mich wieder auf und taumelte zu dem Gedränge. Sie waren nur Konstrukte. Ich sollte sie aufhalten können. Ich konnte nicht einfach herumsitzen, während sie Loki quälten.

Mein Kopf pochte und ich stolperte, bevor ich das Gleichgewicht fand.

„*Ari.*“

Meine Beine sperrten sich bei der Dringlichkeit in Lokis angespannter Stimme. Mein Blick fand seinen durch die Menge der Götter hindurch, die ihn umgaben. Sein Mund war nicht mehr bedeckt, sie hielten seine Arme und Beine jedoch so fest wie zuvor. Er war im Griff seiner Angreifer erschlafft. Das Feuer in seinen Augen war zu einem Schwelen verklungen, bei dem sich etwas in meinem Magen umdrehte.

Normalerweise konnte ich das Einfühlungsvermögen, das mir Balder geschenkt hatte, bei den Emotionen der Götter nur schlecht anwenden, im Moment brauchte ich es allerdings nicht, um den Gesichtsausdruck des Tricksters deuten zu können. Dort war noch immer Wut zu sehen, aber auch Resignation … und Scham.

„Lass es", sagte er. „Sie werden bald mit mir fertig sein. Du solltest dein Klappmesser bereithalten."

Die Götter marschierten zurück zur Halle, wobei sie ihn zwischen sich trugen. Er schwieg in ihrem Griff, als sie das Gebäude betraten. Die Tür knallte hinter ihnen zu.

Was zur Hölle war hier los? War *das hier* aus einer Erinnerung – aus Lokis Erinnerung? Oder fügte Munin verschiedene Szenen zu einem schrecklichen neuen Szenario zusammen, wie sie es bei den Wargs getan hatte?

Er hatte gewollt, dass ich mein Klappmesser bereithalte. Ich massierte die schmerzende Stelle an meiner Schläfe, wo mich der Gott erwischt hatte, und zog das Messer aus meiner Tasche.

Weitere Schreie – manche klangen wütend und andere belustigt – drangen durch die Tür des Gebäudes. Ich trat von einem Fuß auf den anderen und rang mit mir, ob ich trotz Lokis Worten dort reinplatzen sollte. Er wusste genauso wenig wie ich, was Munin vorhatte. Allerdings war ich mir nicht sicher, ob ich ihn aus einer Situation retten konnte, aus der er sich nicht selbst befreien konnte. Es fühlte sich einfach nicht richtig an, abzuwarten, welch schreckliche Dinge sie ihm antun würden. Sie hatten nicht so ausgesehen, als wollten sie ein höfliches Gespräch mit ihm führen.

Ich hatte gerade einen Entschluss gefasst und mich auf den Weg zur Halle gemacht, als die Tür erneut aufflog. Loki marschierte heraus und eine Woge göttlichen Gelächters folgte ihm. Ich nahm eine drohende Haltung an, doch keiner der anderen Götter erschien im Türrahmen.

Der Trickster verdeckte seinen Mund mit einer Hand. Er streckte die andere mit einem lockenden Zucken seiner Finger nach mir aus. Seine schwelenden Augen blickten an mir vorbei.

„Was?", fragte ich. „Was haben sie dir angetan? Bist du okay?"

Er sprach nicht, sondern machte erneut eine zuckende Geste mit den Fingern. Richtig, das Klappmesser. Ich runzelte die Stirn und reichte es ihm.

Lokis Hand senkte sich ganz kurz, als er sich von mir abwandte, und ich erhaschte einen Blick auf das, was er zu verbergen versucht hatte. Dicke schwarze Linien verliefen zickzackförmig über seine zusammengepressten Lippen und traten aus üblen roten Wunden in der Haut darüber und darunter aus. Ein erstickter Laut entfuhr mir.

Loki zog die Klinge über sein Gesicht. Stücke eines schwarzen Materials, das wie Leder aussah, regneten zu Boden, als er hustete und spuckte. Die Stücke lösten sich in Staub auf, als sie auf der Erde auftrafen.

Der Trickster drehte sich wieder zu mir um und rieb sich über den Mund. Ich wappnete mich, doch als er seinen Arm senkte, sah sein Gesicht so wie immer aus. Weil die Wunden bereits verheilt waren oder weil er seine Gesichtszüge verändert hatte, um sie zu verbergen? Ich hatte zuvor schon gesehen, wie er sein Gesicht in das einer Frau verwandelt hatte. Ich hatte beobachtet, wie er die Gestalt eines Wolfs angenommen hatte. Es gefiel ihm eindeutig nicht, dass ich ihn in diesem Zustand gesehen hatte.

Er hielt mir das zusammengeklappte Messer hin. Sobald sich meine Finger darum schlossen, marschierte er los. „Komm, lass uns von diesem verfluchten Ort verschwinden."

Ich musste meine Schritte beschleunigen, damit ich mit ihm mithalten konnte. Wir gingen um die Halle herum und marschierten in einen dichten Wald voller Kiefern und Espen. Ich zog meine Flügel ein, um den Ästen auszuweichen.

Sobald sich die Bäume zwischen uns und der Halle geschlossen hatten, verlangsamte Loki sein Tempo. Er hatte mir nicht in die Augen geschaut, seit er rausgekommen war.

„Worum ging es bei dem Ganzen?", fragte ich leise. „Sie ... sie haben deinen Mund *zugenäht*. Munin muss einen wirklich kranken Verstand haben, um ..."

„Gib ihr für diesen Teil nicht die Schuld", unterbrach mich Loki mit einem scharfen, lässigen Ton. „Abgesehen von der Rolle, die sie bei der Erschaffung der Szene gespielt hat. Das hier sind Erinnerungen, Fee, schon vergessen? Du erhältst eine echte Einführung in die Welt der Götter."

Mein Magen verkrampfte sich. „Dann ist das wirklich passiert. Sie haben wirklich ... Thor hat ihnen geholfen, oder? Das war sein Hammer, der dich an der Flucht gehindert hat."

„Wir tun alle Dinge, auf die wir nicht besonders stolz sind, wenn wir im Eifer einer Menge gefangen sind, hmm?"

„Aber *warum*? Warum sollten sie das jemandem antun? Das ist einfach nur ..." Meine Hände ballten sich an meinen Seiten, als mich der Drang überwältigte, zurückzugehen und diese Arschlöcher zu Staub zu schlagen. Natürlich würde ich wahrscheinlich nur sehr wunde Knöchel erhalten und wer weiß was sonst noch.

Loki gluckste schwach und blieb stehen. Er lehnte sich an den Stamm einer Kiefer und sah mir endlich in die Augen. Ein wenig des üblichen frechen Funkelns kehrte zurück. „Nun, du musst verstehen, dass ich eine Wette abgeschlossen habe."

„Du hast was?"

Er deutete vage in die Richtung der Stadt, die wir verlassen hatten. „Ich sah eine exzellente Gelegenheit, eine Vielzahl an Waffen für die Götter zu gewinnen. Einige der Schwarzalben sind sehr geschickt im Umgang mit ihren Schmieden, weißt du. Von zwei Brüdern ließ ich Odins großen Speer und ein Schiff für Freyas Bruder Freyr anfertigen. Anschließend wettete ich mit anderen Handwerkern, dass sie nichts Besseres erschaffen könnten. Natürlich konnten sie nicht widerstehen, es zu versuchen.

Einer der wunderbaren Gegenstände, den sie schmiedeten, war Mjölnir."

„Ich verstehe nicht, warum dich die Götter angreifen, wenn du ihnen einen Haufen Geschenke gebracht hast", sagte ich.

Lokis Lippen krümmten sich zu einem Lächeln. „Nun, mein Kopf war der Einsatz, sollte ich die Wette verlieren."

Meine Augenbrauen schnellten empor. „Dein *Kopf*?" Ich begann allmählich, die Bemerkungen der anderen zu verstehen, dass sich der Trickster genauso viele Schwierigkeiten einhandelte, wie er löste.

„Es musste etwas sein, was sie nirgendwo anders bekommen konnten", erklärte er leichthin. „Ich dachte, die Götter würden zu meinen Gunsten entscheiden angesichts des gewaltigen Gefallens, den ich *ihnen* getan hatte, aber nun … Das Problem der Schwarzalben war, dass mein Hals nicht Teil des Wetteinsatzes war, und Brokkr konnte sich meinen Kopf nicht nehmen, ohne diesen zu beschädigen. Also gab er sich am Ende mit der Bezahlung zufrieden, die du gesehen hast." Er deutete mit den Fingern auf seinen Mund.

Die Geschichte gefiel mir nach wie vor nicht. Ich musterte sein Gesicht, das jetzt so lässig wirkte. „Warum entschieden sich die Götter nicht für dich? Warum halfen sie den Schwarzalben und ließen dich nicht entkommen? Sie sahen aus …"

Sie hatten ausgesehen, als hätten sie es *genossen*, ihn zu seinem Verderben zu schleppen.

Loki zuckte mit den Achseln. „Du erinnerst dich daran, wo wir sind und was ich dir darüber erzählt habe, was ich nicht bin, oder?"

„Du bist im Grunde genommen kein Gott, weil du nicht aus Asgard kommst", erwiderte ich. „Theoretisch gesehen bist du ein Riese. Aber du bist Odins Blutsbruder. Du hast hier mit dem Rest der Götter gelebt … wie lange?"

Sein Blick wandte sich erneut ab und ein Hauch von Melancholie legte sich über seine Züge, die er nicht ganz verbergen konnte. „Es spielt keine Rolle, wie lange. Die Asen haben sehr spezielle Vorstellungen von Riesen."

„Also mögen sie dich nicht, nur weil du keiner von ihnen bist." Mein Verstand reiste zurück zu den Schultyrannen, den kleinen Schlägereien in den Gängen, zu den Kindern, die sich über die Löcher und Flecken auf meinen Kleidern sowie meine unsauber geschnittenen Haare lustig gemacht hatten, bevor ich das nötige Kleingeld hatte, um dafür zu sorgen, dass ich wenigstens so aussah, als würde ich dazugehören. Als wäre dieses bisschen Schmerz ein Vergleich zu den Qualen, die ich gerade mitangesehen hatte. Ich wusste jedoch, wie es sich anfühlte. Ich wusste, wie sehr diese Ungerechtigkeit wehtun konnte.

„Das ist das Wesentliche", stimmte Loki zu. „Die Götter und Riesen sind sich häufig an die Gurgel gegangen. Ich muss zugeben, dass ich auch nicht viel für mein ursprüngliches Volk übrighabe. Sie sind größtenteils ein gewalttätiger, rüpelhafter Haufen, den man am besten mit seiner eigenen Brutalität allein lassen sollte."

„Aber *du* bist kein gewalttätiger Rohling", protestierte ich. „Jeder, der nicht auf den Kopf gefallen ist, kann das sehen."

„Nun, danke schön für diese netten Worte. Vorurteile lassen sich allerdings nicht immer so leicht zerstreuen, oder? Und … nun, lass uns einfach sagen, sie haben eine Menge anderer Gründe, mir gegenüber nicht nur freundschaftliche Gefühle zu hegen. Es ist eine komplizierte Situation."

Das hatte Hödur auch gesagt. Hödur hatte jedoch kein Geheimnis daraus gemacht, dass er Loki die Schuld an einem Großteil der Komplikationen gab. Ich hatte nie gehört, dass Loki einen der Götter namentlich kritisiert hatte, außer zum Scherz. Wie gerechtfertigt waren Hödurs Nörgeleien und wie viel entsprang einfach Vorurteilen?

Mein Kiefer mahlte und ein Beben der Wut durchlief mich. Loki fing meinen Blick auf und lachte.

„Du siehst so entrüstet um meinetwillen aus. Es besteht kein Grund, mich zu rächen, Fee. Das alles ist sehr lange her."

Hödur hatte erst heute Morgen mit ihm gestritten. Freya hatte ebenfalls Kommentare gemacht … Meine Kehle schnürte sich zu.

„Ist es das?", fragte ich.

Etwas Neues entzündete sich in Lokis Blick, als er meinen erwiderte. Es loderte hell, jedoch tief in seinen bernsteinfarbenen Augen. Er stieß sich von dem Baum ab, legte seine Hand an meine Wange und bückte sich, um mich zu küssen.

Dieser Kuss war nicht wie die Küsse, die wir zuvor geteilt hatten. Es loderten nicht sofort Flammen auf. Sein Mund bewegte sich sanft auf meinem, als würden wir das Feuer zwischen uns Stück für Stück anfachen und von diesem ersten kleinen Funken zu etwas Größerem wachsen lassen. Es war, als *bräuchte* er meine Anwesenheit, meine Berührung, damit diese Flamme zum Leben erwachen konnte. Sehnsucht füllte meine Brust und ich erwiderte den Kuss stürmisch.

Mit einem gierigen Laut schlang er seinen Arm um meine Taille und zog mich näher. Ich packte seinen Hals und meine Finger vergruben sich in den seidigen Haarsträhnen, die sich dort befanden. Licht schien am Rand meiner Augenlider aufzuflammen.

So musste es sein, wenn man mitten in dem weißglühenden Zentrum einer Feuersbrunst stand, im Auge eines Sturms, eingehüllt in Strahlen und Hitze, jedoch ohne zu verbrennen.

Der Trickster wich eher zurück, als ich es wollte, sein Kopf blieb allerdings über meinen gebeugt. Mein Herz hämmerte wie wild. „Loki …"

„Ich weiß", sagte er, lächelte und richtete sich auf. „Keine

Verpflichtungen, keine Bekundungen. Es gibt einfach Momente, in denen ich dir nicht widerstehen kann."

Ich hatte den Eindruck, dass er sich gerade von mir zurückgezogen hatte, was mir nicht gefiel. Das waren nicht die Worte, die mir auf der Zunge lagen. Allerdings hatte ich keine Ahnung, was ich tatsächlich sagen *wollte*, weshalb ich den Mund schloss. Und wieder öffnete. Als ich meine Lippen befeuchtete, schmeckte ich sein würzig süßes Aroma auf meiner Zunge.

„Was tun wir jetzt?", zwang ich mich, zu fragen. „Ich schätze, wir sollten nach den anderen suchen?"

„Oder nach einem Ausgang", erwiderte Loki. „Und hier scheint es keinen zu geben." Sein Lächeln wurde scharf. „Mal sehen, was der Rabe in diesem großen Abenteuer noch für uns auf Lager hat."

KAPITEL ACHT

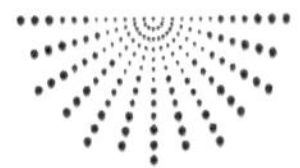

Loki

„ℳunin hat bei diesem Ort wirklich exzellente Arbeit geleistet", stellte ich fest, als wir durch den Wald schlenderten, der die Stadt des falschen Asgard umgab. „Ich schätze, es ist keine Überraschung angesichts dessen, dass sie mit so vielen detaillierten Erinnerungen arbeiten konnte. Und auch wenn ich dieses Konstrukt gerne zerstören und hinter mir lassen würde, muss ich ihr Punkte für ihre Fähigkeiten geben."

Ari gab einen unverbindlichen Laut von sich. Sie hatte ihre Flügel eingezogen, ihre Anspannung zeigte sich jedoch in ihrem Rücken und ihren Schultern. Sie war bereit, sie hervorzuholen, sobald sie das Gefühl hatte, wir müssten fliehen. Vor ein paar Wochen hatte sie die Flügel getragen, als wären sie eine Last, und jetzt verließ sie sich auf sie wie auf jeden anderen Körperteil.

Sie nahm ihre Rolle als Walküre wahrhaftig an. Die Rolle der Walküre, die ich ausgesucht hatte. Trotz des

Wirbelsturms an Emotionen, den ich zu ersticken versuchte, verspürte ich deswegen einen Anflug von Stolz.

„So ist Asgard also in Wahrheit?", fragte sie. „Abgesehen von den kleinen Details, die sich seit den Erinnerungen geändert haben, die Munin benutzt?"

Ich atmete den Kiefernduft tief ein, der warm war, allerdings einen Hauch herbstlicher Kälte enthielt. Der Rabe machte sich nicht zu viele Gedanken darum, die Jahreszeit beständig zu halten. Das Rascheln getrockneter Kiefernnadeln unter unseren Füßen, die Neigung der Sonne, die durch die Bäume fiel – alles an der Illusion war glaubhaft. Ich hatte diesen Spaziergang vermutlich hunderte Male gemacht.

„Wenn ich nicht schon alles gesehen hätte, was ich gesehen habe, würde ich glauben, dass das hier Asgard *ist*", erzählte ich. „Wenn wir das echte Asgard erreichen, wirst du feststellen, dass es dir bereits vertraut ist. Dort werden jedoch zum Glück nicht plötzlich schreckliche Ereignisse aus der Vergangenheit erscheinen." Ich zwinkerte ihr zu, als würde ich scherzen. Als könnte ich nicht noch immer das Brennen der Lederschnur um meine Lippen und den schärferen Stich des göttlichen Gelächters spüren, das erklungen war, während Brokkr meinen Mund zugenäht hatte.

„Und ich vermute, die anderen Götter sind kaum dort?", erkundigte sie sich. „Du hast zuvor gesagt, dass ihr viele von ihnen seit langer Zeit nicht mehr gesehen habt."

Ich nickte. „Die Welt hat sich ohne uns weitergedreht und manche hat das schwerer getroffen als andere. Eine Menge der niederen Götter sind einfach gegangen. Vielleicht haben sie eine hübsche Hütte an einem tropischen Strand gefunden und führen ein entspanntes Leben. Andere sind zu allen möglichen Abenteuern aufgebrochen, die ihnen eingefallen sind, und nie zurückgekehrt. Viele der Wanen sind zu ihrem ursprünglichen Zuhause zurückgekehrt – Freyr ist womöglich noch dort. Ich habe ihn seit einer Ewigkeit nicht mehr besucht. Allerdings ist es ohnehin unwahrscheinlich, dass er sich über einen Besuch von mir freuen wird."

Ich grinste Ari an, doch sie richtete ihre verdammten grauen Augen auf mich, denen kaum etwas entging, wie ich allmählich begriff. Das sollte es auch nicht bei den Talenten, die wir ihr geschenkt hatten, als wir sie als Walküre von den Toten zurückgeholt hatten. Ihre Instinkte, die sie auf den Straßen Philadelphias verfeinert hatte, hoben diese grundlegenden Fähigkeiten eindeutig auf ein höheres Level, als es bei den drei Frauen der Fall gewesen war, die wir vor ihr auf die Suche nach Odin geschickt hatten.

Natürlich hatte sie deswegen überlebt und die anderen nicht, soweit wir wussten.

„Nun, ein Glück, dass wir sie los sind, wenn der Rest von ihnen so war wie die anderen." Sie deutete zu der Halle, die wir zurückgelassen hatten. Scham kribbelte heiß über meinen Rücken, als sie mich an die Szene erinnerte, die sie beobachtet hatte, bevor mein Mund zugenäht worden war. Es war nicht mein beeindruckendster Moment gewesen, von diesen Rüpeln davongeschleift zu werden. Ich würde Munin gerne den Hals umdrehen, weil sie Ari in genau dem Moment dorthin gebracht hatte.

Unsere Walküre hatte allerdings nicht gezögert. Mich hatten mindestens zwanzig Götter umgeben und Ari hatte sich auf sie gestürzt, als wollte sie es mit allen auf einmal aufnehmen, nur um mich zu befreien. Es hatte sie so sehr gestört, wie grob sie mit mir umgegangen waren, dass sie ihr Leben bei dem Versuch aufs Spiel gesetzt hatte, sie aufzuhalten.

Sie hatte buchstäblich ihr Leben riskiert, denn Illusionen hin oder her, ich hatte gesehen, wie hart sie der Schlag getroffen hatte. Nur die Nornen wussten, was Munin ihre Kreationen mit unserer Walküre hätte machen lassen, wenn sie weitergekämpft hätte. Jeglicher Kampfgeist in *mir* war in jenem Moment verflogen, in dem sie zusammengebrochen war und kurz regungslos auf dem Boden gelegen hatte.

Einige Minuten peinlicher Qualen, in denen der verdammte Schwarzalb meine Lippen zunähte, waren ein guter Handel, um sie zu schützen. Ich hatte das ungebärdige Temperament der Götter viele Male ertragen. Sie sollte nicht an meiner Stelle leiden müssen.

„Sie hatten ihre Momente, sogar diejenigen, die ich nicht besonders mochte", erwiderte ich. „Ich fand Möglichkeiten, mit ihnen klarzukommen."

„Ich schätze, dir muss etwas an diesem Ort gefallen haben, wenn du hiergeblieben und nicht nach Hause gegangen bist, obwohl sie dich so behandelt haben."

„Gutes Essen, eine angenehme Unterkunft, ein mäßiges Klima – was kann man daran nicht lieben." Ich schüttelte den Kopf und lächelte nachdenklich. Sie wusste nicht, wovon sie sprach, wenn sie das Reich der Riesen mein *Zuhause* nannte. „Du darfst nicht vergessen, dass meine Alternative ein karges Land voller aggressiver Idioten war, deren Lieblingshobby darin bestand, jemanden zu finden, dem sie den Kopf einschlagen konnten. Wie du dir vorstellen kannst, verstand ich mich mit meinen Nachbarn dort auch nicht besonders gut."

„Nein, ich schätze nicht", brummte sie und trat gegen einen heruntergefallenen Ast. „Ich kann einfach nicht … Sogar *Thor* war bereit, dir wehzutun."

Sie hing noch immer an dieser Erinnerung fest, was? Ich vermutete, dass es für mich einfacher war, sie beiseitezuschieben, da ich so viele andere Erinnerungen hatte, die um die Vorherrschaft kämpften.

„Keiner von ihnen wollte mir dauerhaften Schaden zufügen", sagte ich mit beruhigender Stimme. „Sie haben bloß sichergestellt, dass ich meinen Teil der Wette einhielt." Obwohl es ihre Schuld gewesen war, dass ich verloren hatte. Odin hatte das endgültige Urteil gefällt. „Und Thor kannte mich zu der Zeit noch nicht lange. Erst nachdem wir gemeinsam auf Abenteuersuche gegangen waren, mit Monstern, Riesenkönigen und Hochzeitsgewändern gekämpft hatten – das ist eine Geschichte, die ich dir irgendwann detailliert erzählen muss – entwickelten wir eine viel bessere Kameradschaft. Du hast gesehen, wie wir jetzt miteinander umgehen. Es gibt kein böses Blut mehr zwischen uns."

„Hödur grollt dir anscheinend schon", meinte Ari leise.

Die Furcht, die ich tief in meinen Magen verdrängen konnte, bebte erneut durch meine Nerven. Je weniger wir *darüber* sprachen, desto besser. Falls Munin *das* noch nicht auf ihre Liste an Schrecken gesetzt hatte, mit denen sie uns quälen wollte, wollte ich von diesem Thema lieber die Finger lassen.

„Und er darf das gerne tun", erwiderte ich lässig. „All diese finsteren Blicke halten ihn auf Trab. Ich vermute, ihm wäre sehr langweilig, wenn er jemals damit aufhören würde."

„Aber ..."

„Ari." Ich blieb stehen, drehte mich zu ihr um und legte meine Hände auf ihre schmalen Schultern. Einige Strähnen ihrer dunkelblonden Haare fielen in ihre Stirn und ich konnte dem Impuls nicht widerstehen, sie aus ihren Augen zu streichen. Vielleicht lag das teilweise an dem Begehren, das bei meiner Berührung in ihrem Blick funkelte. Ich konnte mir nicht vorstellen, dass ich dem jemals überdrüssig werden würde. Ihre Leidenschaft war in all ihren Formen ein Geschenk.

„Du musst dir keine Sorgen um mich machen", versicherte ich ihr. „Ich passe schon länger auf mich selbst auf, als du dir vorstellen kannst. Ich war glücklich damit, wie alles war, abgesehen von Odins mysteriöser Abwesenheit, und ich bin noch glücklicher jetzt, da du dich uns angeschlossen hast. Die Vergangenheit ist die Vergangenheit ganz gleich, was Munin daraus zu machen versucht."

Ari musterte mein Gesicht, als würde sie versuchen, eine tiefere Wahrheit in meinen Worten zu finden. Ich zeigte ihr in dem Lächeln nur Wärme und gute Laune. Der Rest war ohnehin nicht ihre Bürde.

Sie ging auf die Zehenspitzen und drückte einen Kuss auf meine Lippen, den ich nicht kommen sah. Ein angenehmer Schauder durchlief meinen Puls, als ich mich zu ihr neigte. Oh ja, ich hatte gut gewählt, als ich diese Seele ins Auge gefasst hatte.

Ich glitt mit der Zunge über ihre Lippen, die sich daraufhin mit einem begierigen Laut öffneten. Unsere Zungen tanzten heiß miteinander. Sie lehnte sich an mich und ihre kleinen Kurven pressten sich an meine Brust. Ich hätte mir womöglich einen Augenblick dieser Ruhepause gegönnt, um zu erkunden, welche anderen Laute ich ihr mit meinen Händen und meiner Zunge entlocken konnte, doch da schallte eine verärgerte, jedoch elegante Frauenstimme durch den Wald.

„Oh, verdammt."

Ich hob den Kopf und Ari sank wieder auf die Fersen. „Ich glaube, wir haben unsere verschwundene Göttin gefunden", stellte ich fest.

Ari drehte sich um und Hoffnung erhellte ihr Gesicht. Sie war genauso erpicht darauf wie ich, diesem Ort den Rücken zu kehren. Vor welchen Erinnerungen, die Munin heraufbeschwören könnte, fürchtete sie sich? Ich wusste, dass ich bisher nur einen winzigen Blick auf diese erhalten hatte, denn sie hatte sie gut weggesperrt.

Wir eilten durch den Wald zu der Stelle, wo er am Rand von Asgards Obstgarten lichter wurde. Zwischen den knorrigen Apfelbäumen tigerte Freya hin und her. Ihre goldenen Haare fielen herab und hüllten ihr Gesicht in Schatten, während sie ihre Hände anstarrte. Ihr Mund verzog sich angespannt.

„Nicht schon wieder", schimpfte sie und hob die

Stimme, „Rabe, hör *sofort* damit auf!"

„Ich glaube nicht, dass sie auf dich hören wird", sagte ich und schlenderte zu ihr. „Wenn überhaupt, freut sie sich, dass du aufgebracht bist." Ich legte den Kopf schief und betrachtete ihre Hände, die so glatt und schlank wie eh und je aussahen. „Was genau ist das Problem?"

„Tu nicht so, als könntest du es nicht sehen", blaffte Freya. „Es war schon beim ersten Mal deine Schuld. Ich verschrumple erneut. Werde alt."

Ich zog eine Augenbraue hoch, musterte ihr jugendliches Gesicht und lachte. „Nein, das tust du nicht, oh Göttin der Schönheit. Sie spielt dir nur Streiche. Du bist immer noch du selbst, so wie bei unserer Ankunft hier. Sie kann unsere Gestalt nicht ändern."

„Aber ..." Freya hielt ihre Hände vor sich, als würde ihr die Entfernung eine bessere Perspektive verschaffen. Die einzige Linie auf ihrem reizenden Gesicht war die tiefe Furche auf ihrer Stirn. Munin hatte es nicht geschafft, sie alt aussehen zu lassen, es war ihr jedoch gelungen, die Göttin lächerlich zu machen. Ich konnte nicht behaupten, dass mich dieser Streich besonders störte.

„Er hat recht", bestätigte Ari und drängte sich an mir vorbei. Sie nahm Freyas Hände. „Ich verspreche dir, du siehst genauso aus wie bei unserer ersten Begegnung. Lass nicht zu, dass der Rabe deinen Verstand durcheinanderbringt."

Die Berührung von Aris Fingern brach die Illusion scheinbar. Die Göttin seufzte erleichtert und tastete ihr Gesicht ab. „Das war ein fürchterlicher Streich."

Was für eine eitle Frau doch vor mir stand. War das wirklich die *schlimmste* Situation, die sie in ihrem langen Leben erlebt hatte? Ich würde gerne sehen, was sie mit einigen meiner Erinnerungen tun würde.

„Das war also das Schlimmste, was du dir vorstellen kannst, liebe Freya", zog ich sie auf. „Die entsetzlichste

Erinnerung, die Munin aus deinem Kopf pflücken konnte, war das eine Mal, als du zu altern begannst?"

Sie verzog das Gesicht. „Wenn ich mich richtig erinnere, war keiner der Götter besonders erfreut über die Situation. Und das hatten wir dir zu verdanken."

Ari sah mich an. „Wie hast du die Götter älter werden lassen?"

Ich wedelte mit der Hand. „Noch eine lange Geschichte. Vor langer Zeit brauchten wir die Äpfel eines besonderen Baums in diesem Garten, um unsere Jugend zu bewahren. Aufgrund eines unglücklichen Unfalls wurde die Göttin entführt, die diese Äpfel pflückte. Mit etwas Geistesgegenwart und schnellem Fliegen holte ich sie zurück und alles war gut."

„Ich weiß nicht, wie es ein *Unfall* sein kann, wenn sie absichtlich aus Asgard geführt wurde", wandte Freya ein.

„Ich konnte nicht wissen, was der Adler von ihr wollte", protestierte ich. „Vielleicht wollte er bloß mit ihr plaudern."

Ari drehte sich im Kreis und betrachtete den Obstgarten. „Müsst ihr diese Äpfel noch immer essen, damit ihr nicht altert ... und sterbt?"

„Nein, Asgard sei Dank nicht", antwortete ich. „Unsere Wiedergeburt nach Ragnarök hat diese Notwendigkeit nichtig gemacht. Freya weiß das bestimmt sehr zu schätzen, da sie sich dadurch nie wieder Sorgen um ein graues Haar oder eine Falte machen muss."

„Oh, halt die Klappe", schimpfte Freya. „Was ist schlimmer – bestürzt zu sein, weil man seine Jugend verliert, oder sich darüber zu freuen, dass es anderen passiert?"

Die Erwiderung wurmte mich. Ich hatte mich nicht gefreut. Es war gut für die Seele, Humor in heiklen Situationen zu finden, nicht dass sie das verstehen würde. Was *hatte* Odin in ihr gesehen, dass er sie zu seiner zweiten Frau gemacht hatte? Hatte sie sein Gehirn mit Schönheit und oberflächlichem Charme benebelt?

„Ich war zu sehr damit beschäftigt, mein Leben aufs Spiel zu setzen und das Problem zu lösen, um viel Freude zu empfinden", entgegnete ich und verdrehte die Augen, behielt jedoch einen lässigen Ton bei. „Ich erinnere mich nicht, dass du viel zu den Anstrengungen beigetragen hast, abgesehen davon, dass du mir deinen Falkenumhang geliehen hast. Ich schätze, deine restliche Energie wurde für die Trauer um deine Schönheit benötigt."

Freyas Kiefer mahlte. „Du hättest sie ebenfalls betrauern sollen, denke ich. Wie hättest du dir ohne diese Schönheit so viele Pläne ausdenken können, bei denen ich mit diesem oder jenem Wesen verheiratet werden sollte?"

„Oh, es gab eine Menge hübsche Gesichter in Asgard. Ich vermute, ich hätte deine Tochter anbieten können."

Ich wusste, dass meine Zunge mit mir durchgegangen war, als ein Schatten über das Gesicht der Göttin huschte. Es war allerdings nicht so, als hätten ihre göttlichen Kollegen *meinen* Kindern jemals irgendeine Rücksichtnahme entgegengebracht.

Sie hob die Hand, um einen anschuldigenden Finger auf mich zu richten, als donnernde Schritte den Boden erschütterten. Ich wirbelte herum und sah keinen anderen als Thrym höchstpersönlich, der einst der König der Riesen gewesen war und nun durch die Bäume auf uns zu stapfte.

KAPITEL NEUN

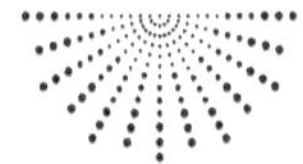

Aria

Der ganze Obstgarten erzitterte, als die gewaltige Gestalt zu uns trampelte. So hochgewachsen wie Loki und beinahe so muskulös wie Thor warf der riesige Mann einen Baum mit einer Bewegung seines gewaltigen Arms um und riss einen anderen brüllend samt Wurzel aus. Lederfetzen hingen von seinem vernarbten Körper. Eine eingedellte Eisenkrone saß schief auf seinen drahtigen braunen Haaren.

„Oh, perfekt", sagte Freya und wich in den Schutz des dichten Waldes zurück. „Jetzt hast du den König der Riesen zum Leben erweckt. Genau das, was wir brauchen."

Loki schnaubte. „*Ich* habe ihn zum Leben erweckt? Ich erinnere mich nicht daran, Einladungen verschickt zu haben."

„Du hast all deine Pläne angesprochen und all die Arten, auf die du mich für deine Wetten benutzt hast. Anscheinend hast du die größte Wette mit ihm abgeschlossen. Woher denkst du, hatte der Rabe der Erinnerungen *diese* Idee?"

„Ah, ich glaube, du warst diejenige, die angefangen hat, sich über meine Pläne und die verschiedenen Wetten auszulassen, die ich im Übrigen nie initiiert habe. Das kann ich dir versichern. Nun, zumindest nicht die, bei denen eine Ehe mit dir angeboten wurde, auch wenn dieser Preis sehr gefragt war."

Der tobende Riese riss noch einen Baum aus und schleuderte ihn in unsere Richtung. Ich eilte rückwärts und duckte mich hinter eine Kiefer. „Ähm, könnt ihr zwei diesen Streit auf später verschieben und euch um den Riesenkönig kümmern, der uns jetzt zerschlagen will?"

„Mit Vergnügen", verkündete Loki und zückte seinen Dolch, der metallisch aufblitzte. „Ich habe eine Menge Übung darin, die Schlamassel aus der Welt zu räumen, die sich die Göttin einbrockt." Er strahlte Freya an.

„Die *ich* mir einbrocke?", schimpfte Freya. „Wenn ich versuchen würde, zu zählen, wie oft uns deine angebliche Gerissenheit auf eine Katastrophe zugesteuert hat …"

„Das musst du nicht tun. Denk weiterhin über deine wiederhergestellte Schönheit nach und ich nehme es mit dem Riesen auf."

Der fragliche Riese trampelte näher. Ich entfaltete meine Flügel und blendete den Rest ihres Gesprächs aus. Ich würde jedenfalls etwas unternehmen, damit uns Munins jüngste Kreation nicht zu Kleinholz verarbeitete. Der schwerfällige Riese sah für die Götter womöglich nicht bedrohlich aus, aber ich wollte nicht herumsitzen und darauf warten, dass er versuchte, mich zu zerquetschen.

Ich zückte mein Klappmesser und schwang mich in die Luft. Die gewölbten Äste ringsum um mich herum erschwerten es mir, einen Luftvorteil zu erringen. Der Riese hatte jetzt fast den Wald erreicht und eine Spur der Verwüstung durch den Obstgarten gezogen. In einem

Nahkampf hätte ich keine Chance gegen ihn, das war offensichtlich. Doch wenn ich eine Schwachstelle finden konnte, wie ich es bei der Decke in Walhalla getan hatte … Ein gut platzierter Schlag und er sollte wie die Wargs zu Staub zerfallen, so wie es auch die Götter getan hätten, die Loki gepackt hatten, hätte ich einen Treffer anbringen können.

Vielleicht die Augen? Falls ich seinem Gesicht nah genug kommen könnte, um diese zu erreichen. Bei dem Gedanken, dorthin zu fliegen, bereit, diese beinahe menschliche Gestalt auf die gemeinste Weise zu erstechen, schlingerte mein Magen.

Er war nur ein Konstrukt aus Erinnerungen, rief ich mir ins Gedächtnis. Es war wie ein Übungsschießen. Nichts Echtes. Es würde kein Leben verloren gehen.

Nicht, dass ich behaupten konnte, dass an meinen Händen kein Blut klebte, nachdem ich all die Schwarzalben getötet hatte, die wir auf unserem Weg zum angeblichen Odin abschlachten mussten. Diese Brücke hatte ich bereits überquert.

Mit gezücktem Klappmesser glitt ich näher zu dem Riesen. Er brach einen riesigen Ast von einem der Apfelbäume und schwang ihn wie eine Keule vor sich. Seine roten Augen hefteten sich auf mich.

„Ich werde mich nicht derartig demütigen lassen!", knurrte er. „Entweder bringst du sie zu mir oder ihr geht alle unter."

Ich hatte keine Ahnung, wovon er sprach, er schien jedoch kein Interesse daran zu haben, mich auf den neuesten Stand zu bringen. Bevor ich eine Gelegenheit hatte, irgendetwas zu tun, schlug er mit dem Ast nach mir. Ich stieß mich von einem Baumstamm in der Nähe ab, stieg höher und schnellte über einen Baumwipfel hinweg. Meine Flügel trugen mich über seinen Kopf.

Der Riese schlug schneller mit dem Ast zu, als ich

angesichts seiner Masse erwartet hatte. Mit einem Flügelschlag flog ich zur Seite, das zackige Ende krachte allerdings trotzdem gegen meine Rippen.

Ich taumelte gegen einen anderen Baum und zischte vor Schmerz. Mein Oberkörper pochte entlang meiner linken Seite. Weitere Blutergüsse für meine wachsende Sammlung.

Im Wald fluchte Loki. „Ari!", rief Freya. Zersplittertes Holz knackte unter ihren Füßen, als sie beide in den Obstgarten stürmten.

Ich warf mich erneut aus dem Weg der riesigen Keule des Riesen und knirschte wegen meiner brennenden Rippen mit den Zähnen. Mein Klappmesser. Meine Hände waren leer. Es musste mir entglitten sein, als mich der Ast getroffen hatte.

Mein Herz setzte einen Schlag aus und mich packte eine schärfere Panik, als der Riese in mir ausgelöst hatte. Dieses Messer war das Einzige, was mir von Francis geblieben war. Ich durfte es nicht verlieren. Munins Welt der Illusionen würde es womöglich verschlucken, wenn ich es nicht schnell zurückholte.

Ich kletterte rasch den Baum hinab, in dem ich gelandet war. Der Riese brüllte noch einmal, bevor Freya zwischen mich und die schwerfällige Gestalt sprang. Ihr Schwert funkelte im Sonnenlicht.

„Du willst mich, oder nicht, Thrym?", fragte sie und nahm eine Kampfhaltung ein. „Warum kommst du nicht und holst mich?"

„Ich verlange Freya als Braut!", brüllte der Riesenkönig. „Ein fairer Handel, die Göttin für den Hammer des Gottes. Ich *werde* meinen Preis bekommen."

Sie grinste wild und ihre Schönheit brannte regelrecht. „Ich bin hier. Es ist so traurig, dass so viele von euch vergessen, dass ich genauso sehr die Göttin des Kriegs bin, wie ich die Göttin der Liebe bin. Und ich weiß genau, welche Seite von mir du verdienst. Wag es ja nicht, unserer Walküre noch ein Haar zu krümmen."

Die Wut in diesen Worten jagte einen Stich durch meine Brust. Sie verteidigte nicht nur sich, sondern auch mich. Ich sollte mich besser beeilen, ihr dabei zu helfen.

Ich suchte den Boden nach meinem Messer ab. Der dumpfe Knall von Metall, das auf Holz traf, erklang hinter mir. Dann ein Knistern und ein Brüllen, das mehr gequält als wütend klang.

„Oh, und ich dachte, Flammen wären ein reizender Zusatz für die Waffe deiner Wahl", rief Lokis lässige Stimme. „Schau dir nur diesen Ast mit seinen fröhlichen Flammen an."

Ein blaues Funkeln fiel mir ins Auge. Dort! Ich sprang zu dem Klappmesser und schnitt mir fast in die Finger in meiner Hast, es an mich zu reißen. Schmerzen durchfuhren meine Rippen, die ich jedoch ignorierte. Meine Hand schloss sich fest um den Plastikgriff. Ich wirbelte herum, um mich dem Kampf anzuschließen.

Es gab allerdings kaum etwas, dem ich mich anschließen konnte. Freya griff den Riesenkönig von einer Seite an und Loki reizte ihn mit Dolchstößen und Feuerblitzen auf der anderen. Ein Riese, auch wenn er ein König war, konnte es offensichtlich nicht mit zwei mächtigen Göttern aufnehmen. Außerdem konnte Loki über sein Erbe sagen, was er wollte. Als ich ihn jetzt beobachtete, glühte sein Gesicht vor Macht, während er den Riesen lange genug ablenkte, dass Freya ihre Klinge über die Kniekehlen des Rohlings ziehen konnte. Er hätte sich nicht stärker von dem Mann unterscheiden können, gegen den sie kämpften.

Dieses schwerfällige Monster war ein Riese. Loki war möglicherweise einst einer gewesen, obgleich es sich anhörte, als hätte er nie richtig dazugehört. Nach all seiner Zeit unter den Göttern konnte ich ihn bloß als einen Gott sehen.

Der Hieb von Freyas Schwert sorgte dafür, dass der Riese stöhnend auf die Knie fiel. Freya trat näher und im gleichen

Moment hob der Riese einen spitzen Speer aus abgebrochenem Holz vom Boden auf und holte damit aus.

Ich stieß einen warnenden Schrei aus und warf mich mit meinen verbesserten Walküre-Muskeln nach vorne. Meine ausgestreckte Ferse krachte gegen das Handgelenk des Riesen. Seine Finger zuckten und ließen den Speer fallen. Dann schlug er mit der Hand nach mir. Ich schwang mich in die Luft. Er packte meinen Knöchel, zerrte mich zurück – und Freya senkte ihr Schwert auf seinen Hals.

„Näher wirst du mir nie wieder kommen", verkündete sie und durchtrennte seine Kehle mit einem schnellen Hieb.

Es strömte kein Blut herab. Der Riese brach zusammen und löste sich in einer Wolke aus diesem schrecklichen Staub auf.

Freya stand keuchend über ihm. Dreck streifte ihre Arme und die Seite einer Wange, tat ihrer Schönheit jedoch keinen Abbruch. Ich war mir nicht sicher, wie irgendjemand vergessen konnte, dass sie die Göttin des Kriegs war, wenn er sie einmal so gesehen hatte.

Kein Wunder, dass Odin sie zu seiner Königin gemacht hatte.

„Danke", sagte ich und kehrte mit einem Flügelschlag zur Erde zurück. Ich steckte das Klappmesser in meine Tasche. „Ich wusste nicht, dass es dich so sehr stören würde, wenn ich herumgeworfen werde."

Ich hatte es scherzhaft gemeint, meine Worte kamen allerdings ein wenig nüchtern heraus. Freya warf mir einen Blick zu.

„Du bist *unsere* Walküre", sagte sie. „Unsere, auch wenn ich an deiner Beschwörung nicht beteiligt war. Wenn du nicht wärst, wären wir auf der Suche nach meinem Mann kein Stückchen weitergekommen. Du hast bereits viel mehr für mich gekämpft als ich für dich." Ihre Mundwinkel bogen sich nach oben. „Und es ist schön, eine Pause von dem ständigen männlichen Gehabe zu haben. Ich wollte wirklich nicht die erste Chance auf anständige weibliche Gesellschaft verlieren, die ich seit ein oder zwei Jahrhunderten habe."

Ich hatte nicht einmal Freunde gehabt, als ich noch am Leben gewesen war. Es war zu schwer, jemandem zu vertrauen. Ich hatte keine Zeit, die ich potenziellen Freunden widmen konnte, denn ich musste jede Minute damit verbringen, Geld zu verdienen, damit ich mich so gut es ging um Petey kümmern konnte. Es fiel mir schwer, zu begreifen, dass eine Göttin meine ‚Gesellschaft' wollte. Ich war mir nicht sicher, worüber wir reden würden, wenn wir mit den grundlegenden ‚erkläre mir, wie zur Hölle dieses oder jenes göttliche Ding funktioniert' Themen fertig waren, würde jedoch nicht protestieren. Jedenfalls nicht, solange sie noch das Schwert in der Hand hielt.

Loki schlenderte zu uns und wischte sich mit dem Ärmel seiner Tunika den Schweiß von der hohen Stirn. „Nun", sagte er, „wir können nicht behaupten, dass uns der Rabe nicht auf Trab hält. Falls ich mich jemals beschwert habe, dass unser Leben nicht aufregend genug ist, entschuldige ich mich zehnfach."

Freya zog die Augenbrauen hoch und steckte ihr Schwert in seine Scheide. Lokis Lächeln nahm verlegene Züge an. „Ich entschuldige mich auch dafür, dass ich angedeutet habe, du würdest nicht deine eigenen Schlachten schlagen, liebste Göttin. Möglicherweise habe ich dich ab und zu unterschätzt."

„Möglicherweise?", hakte Freya nach.

„Definitiv. Ich glaube allmählich, dass ich dein wahres Ich hätte mitnehmen sollen, um Thors Hammer zu holen, anstatt Thor in dieses Kleid zu stecken. Allerdings wäre uns allen dann das beeindruckende Spektakel des Kleids entgangen, also …"

Freya lachte. „Nein, ich denke, in dem Fall hast du die richtige Entscheidung getroffen. Den Anblick hätte ich um nichts in der Welt verpassen wollen."

Die Spannungen, die sich zuvor zwischen ihnen entwickelt hatten, lösten sich in Luft auf. Ich atmete scharf ein und die Bäume um mich herum schwankten.

Ich erstarrte und musterte sie. Ich spitzte die Ohren und kostete die Brise, wie es Hödur vorgeschlagen hatte. Ein grauer Streifen schimmerte zwischen zwei Bäumen und verschwand. Der Aschegeschmack kitzelte erneut meine Zunge.

„Es passiert wieder", verkündete ich. „Das falsche Asgard schwankt. Stärker als zuvor. Vielleicht …"

Ich erhielt keine Gelegenheit, irgendwelche Vermutungen anzustellen. Der Boden neigte sich nach oben und faltete die Bäume auf mich herab. Ein Baumstamm krachte gegen mich und schleuderte mich aus dem Obstgarten dorthin, wo mich Munin als Nächstes haben wollte.

KAPITEL ZEHN

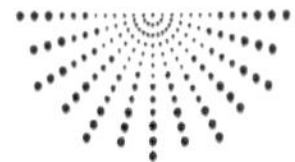

Aria

Dunkelheit umgab mich. Ich streckte die Arme aus und rief meine Flügel hervor in dem Versuch, mich an irgendetwas festzuhalten. Eine schwache Empfindung zupfte an meinem Herzen – einer der Götter, einer meiner ‚Schöpfer‘ war irgendwo in der Nähe. Ich warf mich mit aller Kraft zu diesem Eindruck.

Ich stieß mit einer harten Gestalt aus sehnigen Muskeln zusammen, die einen rauchigen Duft hatte. *Hödur*, erkannte ich, bevor mich Munins konstruierte Welt wieder umwarf. Wir fielen beide ausgestreckt auf einen Teppichboden.

Ich krabbelte von dem Gott, wobei ich darauf achtete, ihn nicht mit meinen Knien oder Ellenbogen zu rammen. Er setzte sich mit benommener Miene auf und rieb seinen Hinterkopf dort, wo er ihn am Boden angeschlagen hatte. „Ari?“, fragte er. Seine Finger streiften meine Haut, als er mein Handgelenk fand und es packte. „Bist du okay?“

„Etwas mitgenommener als bei unserem letzten

Gespräch, aber ich atme noch", berichtete ich. Der Sturz hatte den Schmerz in meinen Rippen geweckt sowie andere kleinere Wehwehchen vom Anfang des Tages, die ich nicht mitzählen wollte. Auch wenn ich mich sehr freute, Hödur sicher und relativ unbeschadet zu sehen, hätte ich nichts dagegen, Balder demnächst über den Weg zu laufen, damit er mir seine heilende Berührung spenden konnte. „Wohin hat sie dich geschickt?"

„Es ist besser, wenn wir nicht darüber reden", antwortete er grimmig.

Ich hatte gesehen, wie sehr die Erinnerungen, die Munin heraufbeschworen hatte, sogar den unerschütterlichen Loki getroffen hatten. Fürs Erste würde ich nicht nachhaken.

Ich richtete mich so weit auf, dass ich in der Hocke und bereit war, mich schnell zu bewegen, sollte die Situation es verlangen. Nichts in dem Raum sah wie eine Bedrohung aus. Der hellblaue Teppich war weich unter meinen Füßen. Ein Doppelbett, das ordentlich gemacht und mit einer Tagesdecke mit Raumschiffen überzogen war, stand zu unserer Rechten. Eine Ahornkommode sowie ein Stuhl und ein Tisch in Kindergröße befanden sich links von uns. Das Fenster über dem Tisch war geöffnet und der Vorhang flatterte daneben. Die Brise trug den Geruch von frisch gemähtem Gras herein.

„Hast du einen der anderen gesehen?", erkundigte sich Hödur.

Ich nickte. „Zuerst war ich allein und dann bin ich bei Loki und Freya gelandet."

„Aber keine Spur von Balder?"

Oh. Natürlich machte er sich vor allen Dingen Sorgen um seinen Zwillingsbruder. „Nein", antwortete ich. Ich wollte sagen, dass ich mir sicher war, Balder könnte allem standhalten, was immer ihm Munin entgegenschleuderte. Es war allerdings schwer, zu sagen, was wirklich unter der hellen Oberfläche des Lichtgottes vor sich ging. Manchmal erhielt ich den Eindruck, dass er das Strahlen verstärkte, um andere daran zu hindern, unter die Oberfläche zu spähen.

„Bisher hat sie niemandem etwas gezeigt, womit er nicht zurechtkam", sagte ich schließlich und betrachtete stirnrunzelnd den Raum. „Ich weiß nicht, was sie jetzt im Schilde führt. Ich bin mir ziemlich sicher, dass wir nicht mehr in Asgard sind."

„Es fühlt sich jedenfalls nicht so an", bestätigte Hödur. „Ich stelle es mir als einen Ort in Midgard vor. Erkennst du ihn?"

Ich schüttelte den Kopf. „Ich war noch nie hier." Die einzigen Kinderzimmer, in denen ich jemals gewesen waren, befanden sich im Haus meiner Mom und weder meines noch Francis' oder Peteys hatte jemals so ordentlich ausgesehen. Der Teppich in meinem war so fleckig gewesen, dass man Schach darauf hätte spielen können. Die Decken hatten Wasserflecken gehabt von den Lecks schlimmer Gewitter und in allen Zimmern hatte es deswegen leicht nach Schimmel gerochen. „Das hier entspringt definitiv nicht *meinen* Erinnerungen."

Hödurs Stirn runzelte sich. Sein Kopf drehte sich, als würde er den Raum betrachten, ich wusste jedoch, dass er ihn nicht sehen konnte.

„Was kannst du an diesem Zimmer erkennen?", fragte ich mit aufrichtiger Neugier.

„Anhand der Luftbewegungen erhalte ich ein Gespür für die Größe des Raums und die Standorte großer Objekte. Und Berührungen können viele Informationen liefern." Er tätschelte die Seite des Betts. „Aufgrund der Möbel gehe ich davon aus, dass es ein Schlafzimmer ist? Nicht besonders groß. Sauber." Er hielt inne und seine Brust dehnte sich, als er langsam einatmete. „Etwas daran riecht vertraut. Vielleicht war *ich* schon einmal hier."

„Ist es eine Angewohnheit von dir, wahllos Kinder zu besuchen?", fragte ich und spannte mich an, als sich die Tür öffnete. Eine kleine Gestalt blieb bei unserem Anblick auf der Türschwelle stehen. Mein Herz schlug einen Purzelbaum.

Oh. Es war kein wahlloses Kind.

Peteys dünne Augenbrauen zogen sich zusammen, als er uns mit großen grau-blauen Augen betrachtete. Jeder Teil von ihm war genau so wie in meiner Erinnerung, von den zerzausten gold-blonden Locken bis hin zu den dünnen Beinen – Beine, die aus Shorts ragten, die allmählich entlang der Säume ausfransten. Ich musste nicht fragen, aus wessen Kopf Munin diesen Teil der Illusion gezogen hatte.

Denn es musste eine Illusion sein. Petey war nicht wirklich hier. Das hinderte meinen Körper allerdings nicht daran, sich mit jeder Faser danach zu sehnen, zu ihm zu gehen.

Ich konnte zu ihm gehen, oder? Es konnte dem echten Petey nicht schaden, wenn ich diesen hier umarmte und ihm noch einmal sagte, wie sehr ich ihn liebte und dass ich zu ihm zurückkehren würde.

Bevor ich diesen Gedanken beendet hatte, bewegte ich mich bereits. Ich sprang auf die Füße und ging mit ausgestreckten Armen zu meinem kleinen Bruder. Hödur atmete hinter mir scharf ein.

„Ari …"

Oh, Gott, er würde jetzt nicht den Spielverderber spielen, obwohl es nur ein fake Wiedersehen war, oder? Ich ignorierte ihn und streckte die Hand aus, um eine verirrte Haarsträhne aus Peteys Augen zu streichen.

Petey zuckte zusammen und schreckte vor mir zurück. Er starrte mich an und seine Schultern wurden steif. „Wer bist du?", fragte er mit zittriger Stimme. „Was machst du in meinem Zimmer?"

Die Worte trafen mich wie eine Ohrfeige. Ich erstarrte. „Ich bin es, Petey. Ich bin's Ari."

Er wich einen Schritt zurück. „Ich kenne dich nicht. Du

solltest nicht in meinem Zimmer sein. Mom sagt, dass niemand hier drin erlaubt ist, außer man fragt mich vorher.“

Meine Brust zog sich so fest zusammen, dass ich kaum noch atmen konnte. „Ich wollte dich nur sehen“, erklärte ich. „Du *kennst* mich. Ari. Deine Schwester. Ich bin seit deiner Geburt Teil deines Lebens.“

„Du bist eine Fremde. Ich soll nicht mit Fremden reden.“

„Ari.“ Hödur war hinter mich getreten. Er legte seine Hand auf meine Schulter. Sein Griff war bestimmt, allerdings nicht hart. „Das hier ist sein Schlafzimmer im Haus seiner Pflegeeltern. Loki und ich haben es uns angeschaut, bevor wir ihn an jenem letzten Morgen abgesetzt haben. Wir sollten gehen. Sie versucht nur, dir wehzutun. Lass das nicht zu.“

„Aber ...“ Meine Augen waren heiß geworden. Petey starrte mich noch immer an. Sein kleiner Körper war stocksteif und sein Kinn zitterte, als hätte er Angst vor *mir*. „Kannst du ihn nicht dazu bringen, sich zu erinnern? Du hast die Erinnerungen verschleiert – du kannst sie bestimmt wieder hervorholen. Es wird nicht zählen. Er ist es nicht wirklich.“

„Er ist es nicht wirklich“, stimmte Hödur zu. „Und ich kann keine Magie auf ihn anwenden. Er benimmt sich so, wie Munin es möchte. Du hast ihn einmal gehen lassen. Du kannst es noch einmal tun.“

Zuvor musste ich nicht dastehen und mich Peteys verwirrtem Blick stellen. „Petey, bitte.“ Ich machte noch einen Schritt auf ihn zu und suchte in seinem Gesicht nach einem Funken des Erkennens. Er zuckte zurück und stolperte in den Flur.

„Mom!“, schrie er mit dünner Stimme. „Mom, hilf mir! Da ist eine Fremde ...“

Ein Schauder durchlief meinen Körper. Ich kniff die Augen zu, biss die Zähne zusammen und schloss die Zimmertür.

Schritte erklangen auf der anderen Seite. Der falsche Petey, der zu seiner falschen Mutter rannte? Ich lehnte meine Schulter an die Tür, senkte den Kopf und atmete schwer.

Hödur kam auf mich zu, doch ich hielt eine Hand hoch, um ihn aufzuhalten. Meine Finger krümmten sich in meine Hand. Ich stieß mich von der Tür ab, wirbelte herum und starrte finster in die Ecken des Zimmers, als könnte ich den Raben dort entdecken.

„Das war krank, Munin", sagte ich. „Einfach *krank*. Ich weiß nicht, warum du dich gegen Odin gewandt hast, aber falls du denkst, dass du hier irgendwie die Gute bist, erliegst du Wahnvorstellungen. Man *benutzt* ein kleines Kind nicht einfach … Hast du irgendeine Ahnung … Ja und? Dann wirkte Odin manchmal eben ein wenig herzlos! Du hast gerade bewiesen, dass du ein verdammtes Monster bist!"

Sie antwortete nicht. Ich hatte auch nicht erwartet, dass sie das tun würde. Mit einem erstickten Laut rammte ich meine Faust gegen die Wand. Sie dellte den Gips mit einem befriedigenden dumpfen Knall ein und ein ebenso befriedigender Schmerz schoss durch meine Fingerknöchel.

„Ari", sagte Hödur und klang jetzt drängender.

Ich sprang von ihm weg und trat mit dem Fuß gegen die gegenüberliegende Wand, bevor ich meine Ferse auf den Stuhl krachen ließ, sodass das Holz brach. „Das hier ist alles nicht echt. Das hier ist alles fake und Müll und … Ich habe nicht Jahre damit verbracht, mich aus dem Haus meiner Mom zu kämpfen, nur damit du mich in diesem dämlichen Gefängnis einsperren kannst. Lass uns *raus*!"

Ich schlug erneut nach der Wand, ehe ich mit meinen Flügeln emporschnellte und gegen die verdammte Decke trat. Gipsstaub regnete herab. Ich wirbelte mit bebender Brust herum und schluchzte erstickt.

Hödur stand neben dem Bett, den Mund zu einem gequälten Strich verzogen. Er wartete einfach darauf, dass ich meinen Wutanfall beendete. Denn wie könnte man das hier sonst nennen? Was zum Henker wollte ich mit diesem Gefuchtel erreichen?

Meine Schultern sackten herab. Die Wut in mir schwand, wodurch die Qualen mehr Raum erhielten.

„Bist du fertig, Walküre?", fragte der Gott der Dunkelheit, seine Stimme war jedoch sanft und nicht missbilligend.

„Ich wollte nur … Ich wollte ihn nur noch einmal umarmen."

Meine Stimme verklang. Ich trat vor und lehnte meinen Kopf an Hödurs Brust. Er schluckte hörbar. Seine Arme legten sich um mich und drückten mich an ihn.

„Ich weiß", sagte er.

„Selbst wenn er nicht real war …"

„Ich weiß."

Ich entspannte mich in seiner Wärme, die geringer allerdings beständiger als Lokis war. Er hatte nicht viel gesagt, doch allein diese Kenntnisnahme linderte den schlimmsten Schmerz so weit, dass ich sagen konnte: „Nun, wir sind jetzt allein, aber ich bin mir nicht sicher, wie du das Ganze mit einem Kuss besser machen kannst."

Ein Glucksen löste sich aus Hödurs Kehle. Seine Hände hoben sich, umfingen mein Gesicht und neigten es sachte nach hinten. Eine gierige Dunkelheit füllte seine blinden grünen Augen. „Ich könnte es versuchen", sagte er mit einer leisen Stimme, die einen wohligen Schauder durch mich sandte.

Eine andere Art von Schatten flatterte am Rand meines Sichtfelds. Mein Kopf fuhr herum in dem Versuch, ihm zu folgen. Dort. Ein Flattern von Flügeln in dem wehenden Vorhang.

Dieses Mal zögert ich nicht. Ich sprang von Hödur weg zu diesem flüchtigen Eindruck des Raben. Meine greifenden Hände streiften eine Empfindung wie zerzauste Federn – und der Raum sowie der Gott wirbelten von mir weg.

Die Welt verschwamm um mich herum. Der Boden neigte sich. Ich stolperte über meine Füße und fiel auf die Knie, die zu diesem Zeitpunkt mein am meisten lädierter Körperteil waren.

Dieses Mal gab es keinen Teppich, sondern nur Holzbretter. Ein offenes Wohnzimmer und Bücherregale an einer Wand zu beiden Seiten eines Steinkamins. Ein Deckenventilator bewegte die schwüle Luft über meinem Kopf. Ich war von zwei leeren Sesseln und einem übergroßen Sofa umgeben, auf dem zwei Gestalten dicht nebeneinandersaßen. Die Ränder des Zimmers waren unscharf, als wäre das hier eher ein Traum und kein physischer Ort. Nicht, dass die Orte, an denen ich hier zuvor gewesen war, real gewesen waren.

„Du könntest gehen", sagte der Mann. Seine Stimme war so dünn wie seine hochgewachsene Gestalt und seine Schultern waren nach vorne gebeugt. Seine Haare fielen glatt und weiß um seine leicht spitzen Ohren. Eine zackige Narbe verlief über seine linke Gesichtshälfte. Die andere Seite war vom Alter gezeichnet. „Ich weiß, dass es zuvor nicht leicht war. Es kann nicht leicht sein, es noch einmal zu tun. Ich komme allein zurecht. Ich bezweifle, dass der Tod zulassen wird, dass ich mich verirre."

„Nein", protestierte die Frau heiser, die an ihn gekuschelt war. Sie hob den Kopf, den sie an seine Brust gepresst hatte, und ihre glänzenden schwarzen Haare ergossen sich über ihre schmalen Schulterblätter, woraufhin ich erkannte, dass es Munin war. Das gleiche locker sitzende schwarze Kleid, die gleichen düster entschlossenen Augen wie bei unserer ersten Begegnung.

Wann war das? *Wer* war das? Ich hatte das Gefühl, dass ich irgendwie in eine Erinnerung der Rabenfrau gestolpert war. War das ihre Absicht gewesen? Das hier fühlte sich persönlich an und ich konnte mir nicht vorstellen, dass sie mir das zeigen wollte.

„Ich werde mir keinen Augenblick mit dir entgehen lassen", sagte sie und ihre Finger vergruben sich in dem Hemd des Mannes. „Wenn ich könnte, würde ich mehr heraufbeschwören."

Er streichelte ihr Gesicht. „Wir hatten viele Augenblicke miteinander. Mehr als ich jemals zu hoffen gewagt habe. Du hast viele Erinnerungen erhalten, Frau Rabe. Halte nicht zu stark an ihnen fest."

„Man kann nie zu viele Erinnerungen haben", brummte sie. Ihr Kopf neigte sich wieder nah zu seinem. Sie drückte einen Kuss auf seine Lippen und seine Augenlider schlossen sich, als er den Kuss erwiderte. Mein Gesicht wurde heiß.

Nein, ich sollte das hier nicht beobachten. Es bedeutete jedoch etwas, dass es mir gelungen war, aus den Erinnerungen, die sie für uns erschaffen hatte, in ihre zu stolpern, oder? Es musste hier etwas geben, was ich nutzen konnte.

Ich hatte mich gerade erst zu drehen begonnen, als die Szene um mich herum zusammenbrach und Dunkelheit über mich hinwegschwappte wie breite Flügel, die auf mich einschlugen. Ich hatte bloß genug Zeit, um nach Luft zu schnappen, bevor mich Munin mit leeren Händen aus ihrer Erinnerung warf.

KAPITEL ELF

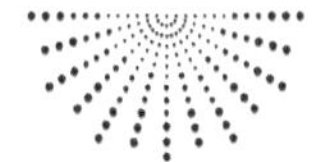

Thor

Ich konnte nicht erklären, wie es passierte. Sobald sich mir irgendetwas näherte, was sich wie eine Bedrohung anfühlte, veränderte sich etwas in meinem Verstand und Körper. Der Schlachtrausch verdrängte Logik und alle anderen praktischen Gedanken in meinen Hinterkopf. Eine Woge der Macht strömte durch meine Glieder. Mein Puls hämmerte wie ein Trommelschlag in meinen Ohren, meine Füße trampelten über den Boden und meine Hand schwang Mjölnir, ohne einen anderen Gedanken, als jeden tödlichen Hieb am schnellsten anzubringen.

Schlage sie alle nieder. Schlage sie schnell nieder. Lass das Blut fließen, bis mir und den meinen keiner mehr ein Haar krümmen kann.

Das war einfach mein Wesen. Ich arbeitete so, wie ich arbeitete, und es hatte uns in den Schlachten im Lauf der

Jahrhunderte gut gedient, als wir noch genügend Schlachten zu schlagen hatten.

Das Traurige war, dass ich nicht mit Sicherheit sagen konnte, welche Schlacht ich in diesem Moment erneut durchlebte. Eine von Munins Landschaftsveränderungen hatte mich auf ein Feld geworfen, wo eine große Gruppe Riesen bereits auf mich zu rannte, die Zähne gebleckt, die Stimmen zu Kriegsschreien erhoben und die Waffen gezückt. Ich war mit dem Hammer in der Hand losgestürmt, sobald meine Füße Halt gefunden hatten.

Wir hatten in einer Menge Schlachten gegen die Riesen gekämpft. Ich konnte mich an keine erinnern, in der ich allein gewesen war, andererseits schien Munin nicht auf Genauigkeit abzuzielen. Sie schien hauptsächlich darauf aus zu sein, uns zu zerstören.

Das konnte sie vergessen. Ich würde jeden einzelnen dieser Riesenschädel einschlagen und könnte mir danach noch immer einen Weg zu Ari und den anderen erkämpfen. Ein kleiner Rabe würde mich nicht überwältigen.

Meine Muskeln spannten sich an, als ich in diese und jene Richtung wirbelte und den Hammer, den die Schwarzalben gemacht hatten, hier in eine Stirn und dort in einen Kiefer hieb. Ich schleuderte ihn in eine ganze Reihe meiner Feinde, die wie Dominosteine umfielen, bevor er wieder in meine Hand flog. Hätte es eine kleine Kampfpause gegeben, hätte ich womöglich innegehalten, um einen Donnerschlag oder Lichtblitz heraufzubeschwören, doch der Strom der Angreifer riss nicht ab.

Die Riesen schonten mich nicht, es war allerdings eine sauberere Schlacht als jede, die ich in der Realität gekämpft hatte. Mit jedem Todesstoß zerbarsten die Körper zu Staub, bis das Gras ringsum damit bedeckt war. Es war besser als Blut, das mich und meine Umgebung normalerweise in einem derartigen Kampf bespritzte. Ich konnte nicht behaupten, dass ich den metallischen Blutgestank in der Luft vermisste, dessen Geschmack in meinen Mund kroch.

Ohne die Blutspritzer und herumliegenden Leichen wurde das Brüllen des Schlachtrauschs jedoch leiser. Ich kämpfte allerdings weiter und schlug die Riesen nieder, die mich zu zweit oder zu dritt angriffen, weil ich andernfalls einen Speer in den Magen oder eine Keule gegen den Kopf kassieren würde.

Ich schwang nach links, wich nach rechts aus und versuchte, mit dem Schwung mehr Eifer heraufzubeschwören. Es funktionierte nicht. Ein Gewicht ließ sich in meinem Magen nieder, als ich den nächsten Körper zu Staub zerfallen ließ.

All diese Leute hatte ich schon einmal getötet. All diese Leben hatte ich ausgelöscht. Sie waren in der echten Welt auch nicht mehr als Staub. Ich hatte sie innerhalb eines Herzschlags getötet und kaum einen Gedanken an sie verschwendet.

Mir wurde flau im Magen. Doch was konnte ich tun, außer weiterzukämpfen, bis ich sie alle aus dem Weg geräumt hatte?

Ich schlug zu, um einen Riesen umzuwerfen, der hinter mir herangeeilt war, und erkannte, dass ich nicht mehr allein war.

Ari war am Rand des Feldes herabgefallen. Sie taumelte und fand ihr Gleichgewicht. Mein Magen verkrampfte sich stärker, als sie den Kopf hob und sich umsah.

Sie sah, wie ich Mjölnir im Kopf eines Riesen vergrub. Wie ich ihn in dessen Gesicht knallte. Weiterer Staub regnete mit einem leicht säuerlichen Geruch herab.

Ich schwang meinen Arm schneller, härter und mein Puls beschleunigte sich. Die Riesen könnten sie als Nächstes angreifen. Sie waren nicht echt. Falls sie jemals gelebt hatten, dann vor langer Zeit. Ich konnte erst aufhören, wenn ich sie alle vernichtet hatte. Wenn ich diese verdammte Erinnerung erobert hatte, in die mich Munin geworfen hatte.

Der feurige Zorn züngelte wieder durch meine Adern. Ein Brüllen entriss sich meiner Lunge. Ich schlug, trat und warf den Angreifern einen endlosen Strom an Bewegungen entgegen, als sie zu mir stürmten. Schweiß rann über meinen Rücken. Die Körper und Schreie verschwammen miteinander. Mein Hammer hieb auf Fleisch und Knochen ein, bis er nur noch auf leere Luft traf.

Ich hielt schwankend inne. Waren die Riesen wirklich alle fort? Auf der Ebene lag nichts außer Staub.

Meine Hammerhand sank an meine Seite. Ein Beben durchlief meine Muskeln. Die unangenehme Empfindung legte sich um meinen Magen.

Ari starrte mich an. Sie trat an den Rand des Feldes, umklammerte ihr Klappmesser und entfaltete ihre Flügel. Sie atmete zittrig ein. War das *Entsetzen* auf ihrem Gesicht?

„Ich hätte geholfen", sagte sie. „Aber ich … ich war mir nicht sicher, ob ich dir am Ende nur im Weg wäre. Ich schätze, du hattest es unter Kontrolle."

Ihr Tonfall wurde bei dem letzten Satz leicht sarkastisch. Das nagte an mir. Bevor ich mich entscheiden konnte, wie ich ihr antworten sollte, erschien eine weitere Gruppe Riesen am Horizont. Mein Herz sank. Nicht noch einmal. Dachte der Rabe wirklich, dass sie mich so zu Fall bringen konnte?

Ari richtete sich auf und ihre Muskeln spannten sich an. Bei Hel, nein, ich wollte sie nicht bei mir im Schlachtgetümmel haben, wo sie den Schlachtrausch aus noch größerer Nähe erleben würde. Wo sie einen Schlag meines Hammers oder einen meiner Blitze riskierte, falls ich nicht gut genug gezielt hatte.

„Zurück", befahl ich barsch und gab ihr ein Zeichen. „Halte dich fern. Das hier ist mein Kampf."

Munin, schick sie woanders hin. Es musste doch einen besseren Ort als diesen geben. Nicht, dass der Rabe Interesse daran hatte, unsere Situation zu verbessern. Wenn ich mich durch diese *Szene* zu ihr kämpfen, sie und ihr Gefängnis zerschlagen könnte … Nicht, dass ich ihr bisher näher gekommen war.

„Ich kann kämpfen", protestierte Ari.

„Ich will nicht, dass du es tust", blaffte ich. Die Riesen waren fast bei mir. Mit knirschenden Zähnen schleppte ich mich von Ari weg, um mich dem Angriff zu stellen.

Dieses Mal war es eine kleinere Gruppe. Ich stampfte zweimal mit den Füßen auf und sandte Lichtblitze vom Himmel dorthin, wo sie sich am dichtesten drängten. Die anderen zerschlug ich noch schneller als ihre Vorgänger. Meine Lunge begann, vor Anstrengung zu brennen. Der Schlachtrausch, der mein Gehirn im Griff hatte, konnte mein Bewusstsein von Ari irgendwo hinter mir jedoch nicht komplett übertünchen. Ari beobachtete noch immer Thor den Zerstörer.

Oft war ich auf diese Rolle stolz. In den letzten zwei Wochen hatte sie von mir allerdings kaum etwas anderes gesehen, oder? Ich hatte ihr beigebracht, wie sie ihre Feinde ausschalten konnte. Außerdem hatte ich ihr gezeigt, wie sie ihren Frust abarbeiten konnte, indem sie das Gelände unseres Hauses in Midgard mit meinem Hammer zertrümmerte. Vor ihren Augen hatte ich all die Schwarzalben getötet, die uns umschwärmt hatten.

Vielleicht förderten diese fremden Augen, die auf mir lagen, Schuldgefühle zu Tage, die immer dagewesen waren, ich jedoch normalerweise tief in mir unter Verschluss hielt.

Ich zögerte kurz, bevor ich meinen Hammer in den Schädel meines letzten Angreifers krachen ließ. Zornerfüllt sah das Gesicht des Riesen vermutlich nicht viel anders aus als meines. *Rohlinge*, nannte Loki sie gerne. Wie würde man mich nennen?

Der Körper fiel mit einem dumpfen Knall und löste sich

in einen Haufen Staub auf. Ich ließ meinen Blick über das Feld schweifen. Für den Moment regte sich nichts.

„Thor?", fragte Ari nun zaghaft. Meine Finger spannten sich um Mjölnirs Griff an.

„Wie bist du hier gelandet?", fragte ich, ohne mich umzudrehen.

„Ich weiß es nicht", antwortete sie. „Ich scheine nach euch greifen zu können, wenn ich in eure Nähe komme, während uns Munin herumwirft. Allerdings bin ich noch nicht dahintergekommen, wie ich das zu meinem Vorteil nutzen kann. Ich vermute, zusammen sind wir immer besser dran als allein. Dann ist die Chance größer, dass wir ihre Illusionen auseinandernehmen können."

Ihre Schritte flüsterten durchs Gras in die Staubwehen. Der Staub der Körper, die ich niedergeschlagen hatte und die sich für eine Illusion viel zu solide angefühlt hatten. Mein Magen verkrampfte sich. Ich wirbelte herum und deutete in eine andere Richtung. „Dann lass uns nachschauen, ob wir einen Weg finden können, diesen Ort zu verlassen."

Ari wartete, bis ich sie erreichte, und lief anschließend neben mir her. Ich wich ein Stückchen nach rechts aus, um ihr mehr Raum zu geben, konnte jedoch nicht anders, als sie aus dem Augenwinkel zu beobachten.

Sie klappte ihr Messer zu und schob es mit gesenktem Kopf in ihre Tasche. Ihre Flügel waren eingezogen. Innerhalb von wenigen Sekunden sah sie wie eine gewöhnliche junge Frau aus, wenn auch eine entschlossene und sehr hübsche Frau. Nicht einmal meine Übelkeit konnte die Woge des Verlangens aufhalten, die in meinem Bauch aufstieg.

„Ist zwischen uns alles okay?", fragte sie eine Minute später nach wie vor zaghaft.

Mein Kopf fuhr herum. „Was?"

„Ich meine nur … du wirkst aufgebracht. Vielleicht bist du sauer auf mich. Ich weiß es nicht. Das Zeug, das uns Munin entgegengeschleudert hat, die Streiche, die sie uns spielt … Ich weiß nicht, was sie dir gezeigt hat. Ich wüsste gerne, dass zwischen uns alles in Ordnung ist."

Sie sah zu mir auf und Sorge sowie Verwirrung schimmerten in ihren Augen. Wenn mein Magen zuvor angespannt war, so verdrehte er sich jetzt zu einem gigantischen Knoten. Sie dachte, ich hätte ein Problem mit *ihr*. Scheiße.

Ich blieb wie angewurzelt stehen und drehte mich zu ihr um. „Zwischen uns ist alles in Ordnung", antwortete ich. „Es ist alles in bester Ordnung. Es tut mir leid, Ari. Du hast nichts Falsches gemacht. Wir sehen uns gerade zum ersten Mal, seit wir auf dem Hof getrennt wurden. Ich … ich freue mich, dich zu sehen und zu wissen, dass es dir gut geht."

Sie verschränkte die Arme vor der Brust, reckte das Kinn und mehr von ihrer üblichen Energie kehrte zurück. „Warum *bist* du dann aufgebracht? Denn etwas bedrückt dich ganz offensichtlich. War es etwas von der Schlacht? Schlechte Erinnerungen?"

„Nicht unbedingt. Ich …" Ich stieß harsch die Luft aus. „Ich möchte nicht, dass du so an mich denkst, wie du mich dort draußen gesehen hast – wie du mich bereits öfter gesehen hast, als mir lieb ist. Ich kämpfe, weil ich muss, und vielleicht kann ich Spaß daran finden, während ich mitten in einem Kampf stecke, aber ich genieße das Töten nicht. Ich suche es nicht aktiv auf."

Möglicherweise stimmte das nicht vollkommen. Lange vor Ragnarök hatte es Zeiten gegeben, in denen ich mit Loki oder einem meiner anderen Brüder auf Reisen gegangen war in dem Wissen, dass es vermutlich zu Kämpfen mit jemandem kommen würde. Allerdings immer mit jemandem, der es verdiente. Diesen Drang, einen Kampf zu suchen, hatte ich seit langer Zeit nicht mehr verspürt.

Nicht, seit ich beobachtet hatte, wie mein Zuhause und all die Leute darin von einem tosenden Feuer verschlungen worden waren, vor dem sie kein Hammer schützen konnte.

„Hey." Ari berührte meinen Arm. Wärme erblühte unter ihren Fingern. „Ich verurteile dich nicht. Wie viele Leben habe ich gestohlen, als wir es mit den Schwarzalben aufgenommen haben?"

„Das ist nicht das Gleiche", protestierte ich. „Du verlierst dich nicht darin." *Du fragst dich nicht, ob du die Kontrolle hast oder ob dich der Zorn antreibt.*

Ihr Mund verzog sich. „Ich weiß, wie es ist, sich in Emotionen zu verlieren und jemanden so sehr verletzen zu wollen, dass man alles andere in dem Moment vergisst. Ich mag das auch nicht."

Ich runzelte die Stirn. Meine Hand bewegte sich wie von selbst und streichelte ihre Haare. „Ich bin mir sicher, wenn du jemals so für jemanden empfunden hast, hat derjenige es verdient", erwiderte ich leidenschaftlich.

Sie schloss die Augen und ihr Gesicht entspannte sich bei meiner Berührung. Als würde sie diese so sehr genießen, wie ich sie ihr anbieten wollte. Beim Himmel, konnte ich solches Glück haben?

„Und die Horde, mit der du gerade gekämpft hast, hat es nicht verdient?", fragte sie.

Ich befeuchtete meine Lippen. „Ich habe mich verteidigt. Also schätze ich, dass sie es verdient haben. Ich erinnere mich nicht einmal daran, worum wir in der Erinnerung gekämpft haben, aus der Munin diese Szene gezogen hat."

„Wieso verspürst du dann Schuldgefühle?"

Ich hielt inne. Die Antwort blieb mir in der Kehle stecken. „Manchmal bereue ich es … Wir haben die Riesen immer als unsere Feinde betrachtet, weißt du. Eine ganze Weile lang habe ich nicht einmal Loki getraut. Die Wahrheit ist jedoch, dass meine Mutter eine Riesin war."

Ari zog die Augenbrauen hoch und blickte zu mir auf. „Odin und all seine Reisen", sagte sie, wobei sie belustigt klang.

„Im Grunde genommen", stimmte ich zu und ein Teil

meiner Scham über das Geständnis verflog. „Er hat mich als seinen Sohn nach Asgard mitgenommen und ich habe immer so getan, als wäre ich bloß sein Kind. Soweit ich weiß, habe ich Cousins oder Onkel oder wer weiß welche Verwandten auf dem Schlachtfeld getötet. Ich habe nie innegehalten, um nachzufragen."

„Sie haben dich auch nicht gefragt", merkte Ari an.

„Findest du nicht, dass das irgendwie verkorkst ist?"

Sie zuckte mit den Achseln. „Ich finde nicht, dass Blut viel bedeutet. Mein Dad hat sich aus dem Staub gemacht, bevor ich alt genug war, um mich an ihn zu erinnern. Meine Mom verbrachte mehr Zeit damit, mich in meine Schranken zu weisen, als sich um mich zu kümmern. Ich würde eher einem Fremden helfen als ihr. Geboren zu werden, ist kein Versprechen an jemanden."

„Du würdest allerdings auch keinen von ihnen zu blutigem Brei schlagen."

„Ich war vor kurzem möglicherweise versucht, genau das zu tun", brummte sie, nahm meine Hand, die noch auf ihren Haaren ruhte, und krümmte ihre Finger um meine. „Du willst wissen, was ich von dir halte, Thor? Ich sehe Kraft, Hingabe und ein riesiges Herz, das den Gedanken nicht ertragen kann, dass jemand verletzt wird, der unter deinem Schutz steht, was im Grunde genommen die gesamte Menschheit ist." Sie grinste. „Oh, und lass uns den gewaltigen Appetit und das enthusiastischste Lachen nicht vergessen, das ich jemals gehörte habe."

Ich konnte fast mein Spiegelbild in ihren grauen Augen sehen. Ich brauchte Balders spezielle Sinne nicht, um zu wissen, dass sie die Wahrheit sagte. Die Spannung, die sich durch meinen Magen geschlängelt hatte, legte sich.

Aris Kopf zuckte zur Seite. Ihre Augen wurden schmal. „Was?", fragte ich. Noch als die Worte meine Lippen verließen, fing ich den Hauch von etwas auf. Ein dunkler

Schimmer, eine kurze Bewegung hinter der Wiese, bevor sie wieder verschwand.

„Die echte Welt ist wieder durchgebrochen", verkündete Ari und drehte ihre Hand, die nach wie vor meine festhielt. „Dieses Mal habe ich etwas mehr gesehen. Es war dunkel, doch dort war ein rötliches Licht und kurz war mir so heiß …" Sie sah mich wieder an, ihr Blick war jedoch in die Ferne gerichtet. „Es passierte auch, als Loki und Freya miteinander sprachen."

„Ich habe ebenfalls einen kurzen Blick auf etwas erhascht", berichtete ich. „Gerade eben. Allerdings war es nur ein Schimmer."

Ein Lächeln breitete sich auf Aris Gesicht aus. „Das hast du? Dann wird die Wirkung der Illusionen schwächer. Wir kommen einem Ausbruch näher. Es fühlt sich beinahe an, wie … Als es zuvor passierte, entschuldigte sich Loki bei Freya dafür, dass er nicht anerkannt hatte, was für eine großartige Kriegerin sie ist. Und gerade habe ich dich vielleicht dazu gebracht, über dich und all die Kämpfe ein wenig anders zu denken?" Sie musterte mein Gesicht.

„Das hast du", stimmte ich zu. „Denkst du, dass das den Bruch verursacht hat?"

„Ich weiß es nicht. Aber wenn wir unsere Meinung über etwas ändern oder realisieren, dass wir etwas in der Vergangenheit in einem falschen Licht gesehen haben … Vielleicht könnte das Munins Konstrukt erschüttern? Alles, was unsere Erinnerungen und die Art ändert, auf die wir an sie denken, sollte die Illusionen ins Schwanken bringen, da Munin die Erinnerungen als Fundament für diesen Ort benutzt. Etwas mehr davon und wir können das ganze Teil aufbrechen."

Meine Laune hob sich. „Wir können es hoffen."

„Ja, das können wir. Lass dich nicht von ihr mürbe machen, okay?"

Sie schlang ihre Arme um mich und ich lehnte mich in

ihre Umarmung. Der Duft von Klee stieg von ihren weichen Haaren auf und mischte sich mit dem Geruch einer frisch entzündeten Flamme. Jeder Nerv in meinem Körper vibrierte in ihrer Nähe.

Als sie zurückwich, streifte ihre Wange meine. Mir stockte der Atem. Sie zögerte. Ihre Lippen waren nur wenige Zentimeter von meinen entfernt. Hitze stieg in dem Raum zwischen uns auf.

„Thor", flüsterte sie.

„Ari." Meine Stimme klang rau. „Du und Loki …" Die Erinnerung daran, wie er sie auf dem Hof geküsst hatte, durchbohrte mich.

„… wir wissen beide, dass ich im Moment nicht auf der Suche nach etwas Dauerhaftem bin", beendete sie den Satz. Ihr Atem kitzelte über meinen Kiefer. „Was gut ist, denn ich weiß nicht, ob ich glücklich sein könnte, wenn ich nur einen von euch wählen dürfte. Außer du willst nicht …"

„Zu Hel damit", erwiderte ich und zog ihre Lippen an meine.

Sie küsste genauso süß, wie sie roch, und die Freude über unseren kleinen Sieg bebte zwischen uns. Ich schob meine Finger tiefer in ihre Haare und ein zufriedenes Murmeln entfuhr ihr. Ihr Körper schmiegte sich an mich, als bräuchte sie die Kraft, von der sie gesprochen hatte – meine Kraft – damit sie das hier durchstehen konnte, wenn auch nur in diesem Moment.

Sie warm und begierig an mir zu spüren, sorgte beinahe dafür, dass ich auf ganz andere Art den Verstand verlor. Es erinnerte mich jedoch auch daran, dass wir dieses Gefängnis noch nicht verlassen hatten. Widerwillig wich ich von ihr zurück. Sie strahlte mich an. Der Anblick ihrer roten Wangen und die Röte ihrer Lippen nach dem Kuss sandte einen Lustblitz in meinen Schritt. Es kostete mich sämtliche Selbstbeherrschung, sie nicht sofort wieder an mich zu ziehen.

„Wir haben noch viel vor uns“, sagte ich.

„Ja.“ Sie drehte sich, ließ ihre Hand allerdings auf meinem Arm liegen, und riss die Augen auf. Ihr Kiefer erschlaffte und dann klappte sie den Mund zu. „Ich sehe …“

Ich beugte mich vor, um zu sehen, was sie entdeckt hatte, woraufhin eine unsichtbare Kraft zwischen uns emporschoss und Ari von mir wegriss. Mit einem Schrei sprang ich ihr nach. Meine Finger schlossen sich jedoch bloß um leere Luft.

KAPITEL ZWÖLF

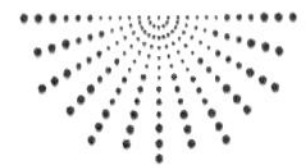

Aria

Die Welt drehte sich um mich herum. Ich versuchte, mich zurück zu Thor zu schubsen. Der Wind peitschte meinen Körper nach vorne und zwischen den Blitzen von Gras und Stein blieb mein Blick an einer gekrümmten Gestalt hinter den dicken Stäben eines Käfigs hängen, der von einem Ring aus Feuer umgeben war. Die Gestalt hob kaum merklich den Kopf und zeigte einen silbergesprenkelten Bart und ein vernarbtes Auge – *Odin*. Es zupfte in meiner Brust: die Verbindung, die ich gespürt hatte, als ich zuvor nach ihm gesucht hatte. Das hier war der echte Gott. Doch wo war er? Ich musste mir jeden Hinweis merken, den ich finden konnte …

Der Geruch von Asche und von etwas äußerst Bitterem verstopfte meine Nase und Mund, bevor ich auch von dort weggerissen wurde. Meine packende Hand schloss sich um festes Fleisch. Ich klammerte mich daran, das Handgelenk entglitt jedoch meinem Griff.

Der Druck in meinen Ohren ließ nach. Ich landete mit dem Hintern auf Marmorfliesen, die mir so vertraut waren, dass ihre harte Oberfläche beinahe eine Erleichterung war. Ich war wieder in dem Asgard, das wir ursprünglich betreten hatten. Die gewaltigen Steinhallen ragten um mich herum auf und die heiße Sommersonne fiel zwischen sie. Vor mir hatte sich eine riesige Gruppe Götter – Konstrukte, vermutete ich – in einem Kreis auf einem kleineren Hof versammelt, der von dicht stehenden Gebäuden umgeben war. Sie jauchzten und jubelten wegen dem, was sie beobachteten.

Ich rappelte mich auf und fing mein Gleichgewicht an der Seite der Halle, neben der ich gelandet war. Ich hatte Thor nicht komplett verloren. Er richtete sich gerade dort auf, wo er anscheinend vor den Nachbargebäuden gelandet war. Sein Blick heftete sich auf die Menge, bevor er mich fand. Er versteifte sich und sein normalerweise rötliches Gesicht erbleichte.

Was? Mein Kopf fuhr herum, um die Menge abzusuchen, aber ich war zu klein, um über die Köpfe der Götter zu schauen. Ich wusste nur, dass das, was sie taten, sie zum Lachen und Plaudern brachte. Es klang ziemlich gut gelaunt. Thor sah allerdings offensichtlich etwas, was sich mir entzog.

Oder er erinnerte sich an etwas, was ich nicht kannte.

Ich kletterte auf einen Vorsprung an der Seite eines Gebäudes, damit ich eine bessere Sicht hatte. Ich klammerte mich an die kalten Steine, drehte mich wieder zu der Menge um und erstarrte.

Balder stand auf einer freien Fläche mitten in dem Kreis der Götter. Verzweiflung, eine schärfere Emotion, als ich jemals bei ihm gesehen hatte, beherrschte seine Gesichtszüge. Einer der Götter am Rand des Rings warf ein Messer auf ihn, ein anderer einen Stein, ein wieder anderer etwas, was wie eine Karotte aussah. Er schlug sie mit Lichtexplosionen weg und sein Mund verzerrte sich noch stärker.

Was zum Henker taten sie da? Warum bewarfen sie ausgerechnet Balder mit Gegenständen? Zur Hölle, sie sahen *glücklich* dabei aus. Lächeln dehnten alle Gesichter und das Lachen, das ich zuvor gehört hatte, schallte durch die Versammlung. Als wäre das ein freundschaftliches Spiel, ein harmloser Spaß. Konnten sie nicht sehen, dass er es hasste?

Nein, sie konnten gar nichts sehen. Sie waren nur Konstrukte. Das durfte ich nicht vergessen. Konstrukte, die Munin erstellt hatte und wie Marionetten führte.

Doch etwas daran musste aus einer Erinnerung stammen. Es ergab keinen Sinn.

Ich stützte mich gegen die Wand, um meine Flügel rauszulassen, doch bevor ich in die Luft springen und zu Balder fliegen konnte, schob sich eine dunkelhaarige Gestalt durch die Menge.

„Balder!", brüllte Hödur.

Sein Zwillingsbruder drehte sich um. Ein Anflug von – war das *Panik*? – huschte über Balders Gesicht, bevor sich ein Ausdruck der Erleichterung darauf ausbreitete.

Hödur legte seinen Arm um Balders und bahnte sich mit seinen Schatten einen Weg, um den Gott des Lichts aus dem Kreis zu führen. Ich beobachtete sie, bis ein Flackern auf der freien Fläche meinen Blick auf sich zog. Mein Mund klappte auf.

Balder war wieder in der Mitte des Kreises erschienen. Aber …

Mein Blick zuckte hin und her. Es gab jetzt zwei Balders. Einer stand bei Hödur am Rand der Menge und schüttelte mit einem Lächeln den Kopf, das noch immer ein wenig gequält aussah wegen dem, was sein Bruder sagte. Der andere, der aus dem Nichts erschienen war, befand sich in der Mitte der Götter.

Der neue Balder stand vollkommen gelassen mit ausgebreiteten Armen da, als würde er die Wurfgeschosse willkommen heißen. Ich sah kein magisches Leuchten um ihn herum, als jedoch immer mehr Götter an dem ‚Spiel‘ teilnahmen und einen Teller, eine Kartoffel oder einen Speer auf ihn warfen, prallte jedes Objekt einfach von seinem Körper ab und fiel zu Boden.

Huh. Das hier wurde immer seltsamer.

Vielleicht hatte Balder vor langer Zeit wirklich dort gestanden und war aus irgendeinem verrückten Grund beworfen worden. Jemand hatte sich eindeutig an diesen Vorfall erinnert.

Thor hatte anscheinend seine Brüder entdeckt – Halbbrüder aufgrund dessen, was er mir über seine Mutter erzählt hatte. Er marschierte um den äußeren Rand des Kreises, um sich ihnen anzuschließen. Ich hüpfte von meinem Aussichtspunkt und eilte ihm hinterher. Es gab nur einen Ort, an dem ich Antworten erhalten würde. Es war ein gutes Zeichen, dass wir uns fast alle wiedergefunden hatten, oder? Wir hatten eine bessere Chance, Munins Gefängnis zu zerstören, wenn wir mehr Köpfe zusammenstecken konnten. Zumindest hoffte ich das.

„… dazu wird es nicht kommen", sagte Hödur gerade mit rauer Stimme, als ich sie erreichte. „Lasst uns einfach gehen. Wir müssen uns ihre Folter nicht gefallen lassen."

„Ich glaube nicht, dass es reichen wird, einfach zu gehen", wandte Balder ein. Seine normalerweise melodische Stimme klang unheimlich kleinlaut. „Ich kann es spüren. Die Dinge, die sie auf diese Erinnerung von mir werfen. Ich kann alles spüren."

Falls ich gedacht hatte, Thor wäre zuvor bleich geworden, so war das nichts im Vergleich zu der fahlen Blässe, die Hödurs Gesicht bei dieser Information annahm. Seine Hände ballten sich zu Fäusten.

„Dann werden wir die anderen Konstrukte suchen, die sie heraufbeschworen hat, und sie aufhalten, bevor es dazu kommt."

„Bevor es zu was kommt?", fragte ich und musterte

nacheinander ihre Gesichter. „Was zur Hölle ist dort drüben los?"

Hödurs dunkle Augen schwenkten automatisch zu meiner Stimme und irgendwie wich noch mehr Farbe aus seinem Gesicht. „Wenn wir gehen, musst du es niemals herausfinden, Walküre", erwiderte er und marschierte los. Ein Schattenstab huschte vor ihm über den Boden. „Hat irgendjemand Loki gesehen? Die ein oder andere Version von ihm muss irgendwo hier sein."

„Ich werde ihn finden, falls er hier ist", grollte Thor und marschierte in die entgegensetzte Richtung davon, um einen anderen Teil des Hofs abzudecken. Balder folgte seinem Zwilling. Seine Furcht bebte so dicht unter der Oberfläche, dass ich sie spüren konnte, obwohl ich normalerweise nur diese träumerische Ruhe bei ihm wahrnahm.

Ich eilte ihnen hinterher und wurde langsamer, als ich Balder einholte. „Was ist los? Warum haben sie dir das angetan? Das ist wirklich passiert, oder?"

„Das ist es", bestätigte er, wobei sein Blick nach wie vor seinem Bruder folgte. „Hödur hat recht. Es wäre besser, wenn wir es einfach aufhalten und das ganze Ereignis nicht noch einmal durchleben müssen."

„Warum?" Die andere Version von ihm, die erinnerte, hatte überhaupt nicht beunruhigt gewirkt. Er schien den Angriff willkommen zu heißen. „Ich verstehe es nicht. Sind einfach alle einen Tag lang verrückt geworden oder war …"

„Aria." Seine Stimme blieb sanft, wurde jedoch von einer stählernen Note begleitet. „Ich will nicht darüber sprechen. Lass das Thema ruhen. *Bitte*."

Ich hatte angefangen, mich zu empören, der Kummer in diesem letzten Wort riss allerdings an meinem Herzen. Mein Mund klappte zu. „Es tut mir leid", entschuldigte ich mich nach einem Augenblick. „Ich werde versuchen, euch zu helfen. Wonach genau suchen wir?"

Da sah Balder auf mich hinab. Irgendeine Emotion, die

ich nicht lesen konnte, schimmerte hell in seinen blauen Augen. Er legte seine Hand auf meinen Arm und drückte ihn sachte. Die Berührung flutete mich mit einer plötzlichen Wärme. Um Himmels willen, diese Götter waren viel zu attraktiv. Ich hatte gerade erst Thor geküsst, davor hatte ich Hödur zu einem weiteren Kuss verlockt und Loki, nun … Und jetzt setzte mich eine möglicherweise rein freundschaftliche Geste von Balder in Brand.

Dass ich neulich morgens mein Verlangen mit Loki befriedigt hatte, hatte meine Gier definitiv nicht gestillt. Ich glaubte, dass es ihr nicht einmal die Schärfe genommen hatte. Wenn überhaupt wollte ein Teil von mir jetzt noch erpichter herausfinden, wie es mit den anderen wäre. Als wäre das hier auch nur annähernd die richtige Zeit oder der richtige Ort dafür.

„Loki sollte irgendwo hier sein", sagte Balder. „Möglicherweise gibt es ihn zweimal, da du auch zwei von mir sehen kannst. Und womöglich gibt es noch einen anderen Hödur. Je mehr wir von ihnen entdecken können, desto besser."

„Ich kümmere mich darum." Ich salutierte und stieß mich mit einem Flügelschlag vom Boden ab. In Zeiten wie diesen waren meine Flügel recht nützlich.

Jemand in der Menge schleuderte eine Axt auf den Erinnerungs-Balder. Sie prallte von seiner Haut ab und die Götter jubelten. Ich verzog das Gesicht, obwohl sie mich scheinbar nicht sehen konnten, und segelte über den Kreis.

Freyas heller Schopf kam in Sicht. Sie eilte zu Hödur, der die Menge umkreiste. Ihre Miene war bereits angespannt. Sie wussten alle, was hier vor sich ging, oder bald geschehen würde. Alle außer mir. Was immer es war, es würde eindeutig schrecklich sein.

Ich kreiste über der Menge und entdeckte hellrote Haare, die zwischen den Schatten der Gebäude leuchteten. Loki schlenderte aus einer Seitengasse auf der anderen Seite des Hofs. Er betrachtete die Szene und seine Lippen pressten sich zusammen.

Wenn er nichts Amüsantes an einer Situation finden konnte, wusste man, dass es wirklich schlimm war.

„Hödur!", rief ich, deutete zu dem Trickster und erinnerte mich daran, dass der blinde Gott meinen ausgestreckten Arm nicht sehen konnte. Thor hatte mich allerdings ebenfalls gehört. Er eilte um die Menge herum zu Loki und gemeinsam hasteten sie dorthin, wo die anderen drei stehen geblieben waren. Ich tauchte nach unten und meine Füße berührten den Boden, als sich die fünf Götter trafen.

„Habt ihr die Stelle noch nicht gefunden?", fragte Loki.

Hödur empörte sich. „Nach all dieser Zeit und bei dem Trubel hier ist es schwer, den richtigen Standort zu finden."

„Nun, dann kommt. Ich muss hier offensichtlich alles tun."

Loki marschierte um den Kreis herum davon und der Rest von uns eilte ihm hinterher. Sein Blick zuckte von einer Seite zur anderen. Dann spannten sich seine Schultern an und er beschleunigte seine Schritte zu einem Sprint.

Eine Sekunde später sah ich warum. Die Sonne fing einen weiteren Schopf hellroter Haare ein, der sich ein Stück vor uns in der Menge befand. Der zweite Loki. Ich schwang mich mit meinen Flügeln in die Luft, um besser sehen zu können.

Es war nicht nur ein zweiter Loki. Ein zweiter Hödur stand so jugendlich wie eh und je neben ihm. Lediglich seine Haare fielen etwas länger um sein Gesicht. Der Erinnerungs-Loki führte ihn mit einer Hand auf seinem Ellenbogen. Der Erinnerungs-Hödur umklammerte einen kleinen Ast, an dem noch einige Blätter hingen, die so dunkelgrün wie seine Augen waren. Das Ende des Zweigs war angespitzt worden.

Der echte Loki fluchte und drängte sich durch die Menge. Sein anderes Ich und der zweite Hödur hatten jedoch gerade den inneren Ring des Kreises erreicht. Dieser Loki beugte sich dicht zu Hödurs Ohr, als wollte er ihm etwas zuflüstern. Er zog die Hand des Gottes zurück, die, die den Zweig festhielt, und nickte knapp.

Mein Loki sprang vor und packte den Arm des anderen Loki. Der zweite Hödur hatte den Zweig bereits geworfen. Er wirbelte durch die Luft. Der Erinnerungs-Balder drehte sich zu seinem Bruder um und der Ast traf ihn direkt über dem Herzen.

Er traf ihn und bohrte sich in seine Brust. Blut quoll um den Ast herum hervor.

Ein erstickter Laut löste sich aus meiner Kehle. Ich tauchte hinab, doch Balders Beine knickten bereits ein. Der Gott des Lichts brach auf dem Boden zusammen. Blut pulsierte aus der Wunde und sammelte sich auf den Marmorfliesen. Der Fluss verlangsamte sich, als sein Herz zu schlagen aufhörte.

Ich schlug so hart auf dem Boden auf, dass ich auf die Knie fiel. Sie krachten auf den harten Stein, aber ich spürte den Aufprall kaum. Balders Kopf kippte zur Seite. Seine hellblauen Augen waren glasig. Mein Magen schlingerte.

Die Menge um uns herum war verstummt. Ein Wehklagen durchbrach die schockierte Stille. Immer mehr Stimmen fielen mit Keuchen und Schluchzen in den lauten Chor der Trauernden ein.

Ich hatte gerade erst einen zittrigen Atemzug genommen, als das Wehklagen so schnell verstummte, wie es erklungen war. Ich hob den Kopf. Die Menge war verschwunden. Es war niemand mehr übrig außer den echten Göttern und dem Balder aus ihren Erinnerungen, der in einer Lache seines Bluts lag und sehr, sehr tot aussah.

Er konnte nicht wirklich … Ich ließ mein Gesicht in die Hände fallen und mein Herz hämmerte schmerzhaft hart.

Ich hatte die ganze Zeit das Gefühl gehabt, er würde etwas verbergen. Die Gespräche darüber, dass man unangenehme Erinnerungen so tief vergraben sollte, dass man sich ihnen nie wieder stellen musste. Die Bemerkung, die er mit einer so seltsamen Stimme gemacht hatte, dass sie mir im Gedächtnis hängen geblieben war: *Ich war während Ragnarök nicht dort.*

Weil er noch vor Ragnarök gestorben war.

Gestorben … weil Hödur irgendeinen speziellen Ast auf ihn geschleudert hatte. Weil Loki den Gott der Dunkelheit dorthin geführt hatte.

Mein Blick zuckte nach oben. Der echte Loki, mein Loki, stand dort auf dem Hof, wo er versucht hatte, sein altes Selbst aufzuhalten. Ein Schatten hatte seine normalerweise strahlenden Augen getrübt. Sein Kiefer mahlte.

Ein dumpfer Schlag am Rand des Hofs zog unsere Aufmerksamkeit auf sich. Der echte Balder hatte sich abgewandt und seine Hand gegen die Wand einer Halle gestützt, als würde er so seinen Körper aufrecht halten. Seine Schultern zitterten, spannten sich an und zitterten wieder.

Ich kann es spüren, hatte er vor wenigen Minuten gesagt. *Ich kann alles spüren.* Was spürte er jetzt? Starb er wie sein Gegenstück? Ich rappelte mich vom Boden auf.

Hödur wirbelte zu Loki herum. Sein Gesicht wirkte noch härter als üblich.

Loki spreizte seine Hände. „Ich habe es versucht", beteuerte er. „Ich habe versucht, es aufzuhalten."

„Nicht, dass es etwas aufzuhalten gegeben hätte, wenn du es erst gar nicht getan hättest", spuckte der dunkle Gott aus.

Meine Beine wackelten. „Würde mir bitte jemand erklären, was gerade passiert ist?", fragte ich. „Ist Balder okay? Warum hat überhaupt *jemand* etwas auf ihn geworfen? Wie konnte dieser kleine Ast …"

„Ich … ich werde schon wieder", presste Balder hervor. Seine Stimme klang allerdings schwach und zittrig. Hödur blickte zu ihm, bewegte sich und spannte sich an, als wollte er zu seinem Zwilling gehen, es zugleich jedoch nicht tun.

Thor trat zu mir. Er legte eine Hand beruhigend auf meinen Rücken. „Vor langer Zeit – nicht allzu lange vor Ragnarök – begannen Balder und seine Mutter, die Göttin Frigg, von seinem Tod zu träumen. Frigg machte sich solche Sorgen um ihn, dass sie durch die Reiche zog und jedes Objekt bat, zu schwören, ihm niemals zu schaden. Den Mistelzweig überging sie mit der Begründung, dass er zu jung und schwach wirkte, um jemandem wehzutun.“

Mit diesem Wissen ergab die ursprüngliche Szene mehr Sinn. „Also dachten alle, sie würden diese Schwüre auf die Probe stellen?“, fragte ich. Nach dem zu urteilen, was ich gesehen hatte, hatte es funktioniert. Nichts hatte Balder den geringsten Schaden zugefügt.

„Es war wie ein Spiel“, erklärte Loki mit scharfer Stimme. „Ein dummes, leichtsinniges Spiel. Lasst uns so tun, als würden wir den Gott töten, der seit kurzem so große Angst vor dem Sterben hat.“

„Besser, als ihn tatsächlich zu töten“, wandte Freya ein.

„Das habe ich nicht getan, oder?“, entgegnete der Trickster und wirbelte herum. „Ich habe den Mistelzweig mitgebracht. Ich habe ihn Hödur angeboten. Auf mich wirkt es so, als hätte er ihn freiwillig angenommen. Er wollte mitmachen und ich ließ ihn.“

„Du wusstest, dass ihn der Zweig töten könnte“, blaffte Hödur. „Wer hat das Ende zu einem Speer geschnitzt? Du hast mir nicht verraten, was ich in der Hand hielt.“

„Du hast nicht gefragt. Wolltest du es überhaupt wissen?“

Eine wütende Röte breitete sich auf Hödurs blassem Gesicht aus. „Du willst doch nicht ernsthaft andeuten, dass ich mir dieses Ergebnis gewünscht habe.“

„Woher soll ich das wissen?“, fragte Loki. „Du hast Bitterkeit verbreitet wie ein Stinktier seinen Gestank. Es war ein dummes Spiel, gespielt von dummen Göttern, die versuchten, zu ignorieren, dass die Welt kurz vor dem Zusammenbruch stand. Und ich habe dir das Mittel gegeben, ihnen die Augen zu öffnen."

„Du hast ihn getötet", sagte Hödur. „Du hast ihn mit meiner Hand getötet und dafür haben sie mich ebenfalls getötet, wohingegen du unbescholten davongekommen bist. Und wir wissen alle, wie du das dem Rest von Asgard vergolten hast."

Loki fuchtelte mit einer Hand vor ihm herum. „Schau dich doch nur an. Was ist dir wichtiger: Auf mich loszugehen oder nach deinem geliebten Bruder zu schauen?"

„Du ..." Das Wort kam erstickt heraus. Hödur stürzte sich auf den Trickster.

„Stopp!", schrie ich. Thor packte seinen Bruder an der Schulter und blickte Loki finster an.

Loki schaute von den beiden zu dem zitternden Balder und anschließend zu Freya, die die Szene mit anklagendem Blick verfolgte. Er wandte sich an mich. Seinen Bewegungen und seinem Gesicht haftete eine Wildheit an, die ich noch nie zuvor gesehen hatte. Sie war verzweifelt und brutal. Ich trat einen Schritt zurück.

„Es ist wirklich so passiert, oder?", fragte ich. „Du hast ihn wirklich getötet." Es war kein Streich. Es war keine Schwierigkeit, aus der er sich herausreden konnte. Es war kaltblütiger, vorsätzlicher Mord gewesen. Und er verteidigte seine Taten sogar jetzt noch.

Mein Magen schlingerte erneut. Lokis Gesicht verschloss sich.

„Na schön", verkündete er. „So ist es immer, so war es immer. Als hättet ihr auch nur die geringste Vorstellung ... Genießt eure hohen Rösser in euren Glashäusern."

Er machte auf dem Absatz kehrt und flog auf seinen Flugschuhen davon. Hödur sah aus, als wollte er versuchen, ihn zu jagen, ging jedoch stattdessen zu seinem Zwilling. Freya fing Thors Blick auf und schüttelte den Kopf, als wollte sie sagen: *Was für eine Schande, doch was konnten wir anderes erwarten?*

Mein Magen war noch immer verknotet. Ich schwankte einen Schritt zurück und stellte fest, dass ich rückwärts aus dem Hof und in die Dunkelheit von Munins Verstand gewirbelt wurde.

KAPITEL DREIZEHN

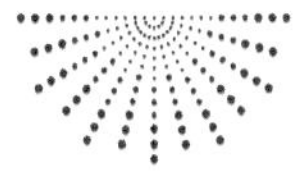

Aria

Ich stolperte in einen Raum, der vermutlich ein Büro war. Ein großer Eichentisch stand an einem Ende umgeben von Bücherregalen. Auf der anderen Seite, wo ich war, standen sich zwei altmodische, kastanienbraune Sessel gegenüber. Zwischen ihnen befand sich ein kleiner Tisch mit gewölbten Beinen. Meine Sneaker sanken in den flauschigen Teppich unter mir. Ein schwacher Rauchgeruch hing in der Luft, dieses Mal war es jedoch Holzrauch, nicht die chemische Asche, die ich zuvor bemerkt hatte. Wahrscheinlich stammte er von dem Kamin in der Ecke.

Wessen Erinnerung war das? Die Möbel sahen aus, als wären sie von Menschen gemacht worden, und der Raum war nicht so prächtig, wie ich es bisher in Asgard gesehen hatte. Allerdings war er kleiner und gemütlicher als das Büro im Zuhause der Götter in Midgard, das hauptsächlich Hödurs Revier zu sein schien. Abgesehen von jenem Haus war ich noch nie in einem gewesen, das ein Büro besaß.

Ich drehte mich, um die Tür zu öffnen, stellte jedoch fest, dass die Wand, an der eine Tür sein sollte, solide und mit nichts als einer gelb-goldenen Tapete mit Rosenmuster verziert war. Ein klaustrophobisches Jucken kroch trotz der gemütlichen Wärme des Raums über meine Schultern.

Eine schwarze Gestalt flatterte an mir vorbei. Ich fuhr herum und sah, wie ein Rabe auf einem der Sessel landete. Er legte den Kopf schief und betrachtete mich, was eine viel zu vertraute Geste war. Dann verwandelte sich der Vogel mit einem Zucken seines Körpers in eine Frau.

Munin ließ sich auf dem Sessel nieder, steckte den Rock ihres lockeren, schwarzen Kleides unter ihre schlanken Beine und beobachtete mich mit ihren dunklen Augen so eindringlich, wie sie es in der Rabengestalt getan hatte. Mein Herz setzte einen Schlag aus. Die ganze Zeit hatte sie sich vor uns versteckt und mich jedes Mal weggeschickt, wenn ich einen Blick auf sie erhascht hatte – sie hatte sogar Gebäude auf mich geworfen. Was hatte es zu bedeuten, dass sie sich mir jetzt offenbarte?

„Walküre", sagte sie mit ihrer süßlich heiseren Stimme. „Warum setzt du dich nicht?"

„Nun, fürs Erste fühle ich mich auf meinen Füßen sicherer nach allem, was du mir bisher entgegengeschleudert hast", erwiderte ich.

Sie blinzelte, als würde sie nicht ganz verstehen, worauf ich mich bezog. Momentan sah sie wie eine Person aus und sie war definitiv so klug und wissend wie jedes menschliche Wesen, dem ich begegnet war. Nach dem zu urteilen, was ich bisher von ihr gesehen hatte, folgte ihr Verstand allerdings gleichermaßen der Logik eines Raben und der eines Menschen. Ich war mir nicht sicher, ob sie Konzepte wie Fair Play oder Mitgefühl verstand.

„Ich verspreche, dass dir in diesem Zimmer kein Leid widerfahren wird", sagte sie. „Und dass ich dich nicht von hier wegschicken werde, bis wir unser Gespräch beendet haben."

In den Worten schwang eine magische Wucht mit, die ein unheimliches Kribbeln über meine Haut sandte. Ich hatte genug Zeit in der Gesellschaft von Göttern verbracht, um zu vermuten, dass sie an diesen Schwur gebunden war.

So, wie alle Dinge an den Schwur gebunden waren, um den Balders Mutter sie gebeten hatte? Mein Magen verkrampfte sich erneut, als ich mich an die Szene erinnerte, aus der mich Munin geholt hatte. Ich hatte noch immer am ganzen Körper Schmerzen und meine Beine waren ein wenig wacklig. Sich hinzusetzen, war womöglich gar nicht so schlecht, nun, da sie diesen Schwur abgelegt hatte.

Ich sank auf den anderen Sessel, wobei ich die Rabenfrau unverwandt ansah. Sie strich ihre glatten schwarzen Haare mit einer flattrigen Geste aus ihrem Gesicht und betrachtete mich ebenfalls.

„Möchtest du etwas essen?", erkundigte sie sich.

Trotz der Anspannung in mir und des Entsetzens darüber, was ich gerade gesehen hatte, knurrte mein Magen. Ich leckte mir über die Lippen. „Etwas, was ich tatsächlich essen *kann*?"

„Selbstverständlich. So eine schlechte Gastgeberin bin ich nicht." Sie deutete zum Tisch und ein Silberteller erschien. Darauf lagen ein Brötchen, das mit Käse und Wurstscheiben belegt war, sowie einige Trauben und ein Stück Himbeerkuchen.

Das Wasser lief mir im Mund zusammen, als mir der Brotgeruch in die Nase stieg. Ich schaffte es, das Brötchen nicht sofort an mich zu reißen, sondern es fest in die Hand zu nehmen und ruhig an meinen Mund zu heben. Ich wappnete mich, als ich zubiss – und meine Zähne sanken in echtes Brot, echten Cheddarkäse, echten Schinken.

Innerhalb von Minuten hatte ich das ganze Ding sowie die Trauben und den Kuchen verschlungen. Wer wusste schon, wann Munin entscheiden würde, sie mir wegzunehmen? Ich konnte nicht anders, als die letzten Krümel von meinen Fingern zu lecken, da ich mich nicht darauf verlassen konnte, dass sie noch einmal so großzügig sein würde. Irgendwann war auch ein Glas Wasser auf dem Tisch erschienen. Ich nahm es und leerte es in einem Zug.

Munin saß schweigend da und beobachtete mich beim Essen. Als ich fertig war und mir den Mund mit dem Handrücken abwischte, lächelte sie mich an.

„Erfrischt?", fragte sie.

„Ja." Ich zögerte. „Warum hast du mir das gegeben? Warum bin ich hier?"

Sie zuckte mit den Achseln. „Ich wollte einfach mit dir reden. Du hast seit deiner Ankunft hier viel gesehen. Wozu die Götter von Asgard in der Lage sind. Wie sie sich amüsieren. Wie sie ihrem Unmut Luft machen. Es ist kein ganz so schönes Bild, wie sie es dir vermutlich von dem Ort gezeichnet haben, stimmt's?"

„Sie haben mir nicht viel darüber erzählt", antwortete ich ehrlich. Hatte sie uns aus diesem Grund in die Erinnerungen geworfen? Nicht nur, um jeden von uns mit Einblicken in die theoretische oder tatsächliche Vergangenheit zu quälen, sondern auch als eine Art Demonstration? Genauso wie sie versucht hatte, mir Walhalla in dem negativen Licht ihrer Erinnerungen zu zeigen. Meine Hände verkrampften sich auf meinem Schoß.

„Ich kann mir jedenfalls nicht vorstellen, dass du besonders beeindruckt bist", meinte sie. „Und es gibt noch so viel mehr, was ich dir zeigen könnte. Jahre um Jahre gehässiger interner Machtkämpfe und Vorurteile, Herzlosigkeit und Gewalt. Daraus scheinen die Götter zu bestehen, wie es scheint."

„Das ist alles vor langer Zeit passiert", erinnerte ich sie. „In der Zeit, in der ich mit ihnen zusammen war, haben sie sich nicht so verhalten."

„Abgesehen von gerade eben, als ich sie *gezwungen* habe, sich an ihre Vergangenheit zu erinnern?" Munin beugte sich vor. „Sie haben eine kleine Show für dich abgezogen. Für ihre kostbare Walküre und ihre kostbare Mission, Odin zu finden. Du bist ihnen genauso egal, wie Loki Balders Leben egal war, wie Thor die zahllosen Leben egal waren, die er abgeschlachtet hat, und wie es Odin egal war, ob seine Krieger wirklich würdig waren."

„Tust du uns das hier deswegen an? Weil du die Dinge nicht magst, die sie getan haben? Redet da nicht der Topf über den Tiegel, wenn du *sie* der Grausamkeit beschuldigst? Wie viele Male hätte einer von uns von dem Zeug getötet werden können, das du dort drin erschaffen hast?"

Meine Anschuldigungen schienen die Rabenfrau kalt zu lassen. „Wenn ihr einfach abgewartet und das Reich akzeptiert hättet, das ich euch gegeben habe, hätte ich gar nichts tun müssen. Aber ihr habt versucht, auszubrechen. Maßnahmen verlangen Gegenmaßnahmen."

Ich hatte das Gefühl, dass ich sie nicht so bald von meiner Sichtweise überzeugen würde. „Okay", sagte ich. „Na schön. Das beantwortet trotzdem nicht meine Frage, warum ich hier bin." Oder warum sie uns in dieses Gefängnis gesperrt hatte. Allerdings erwartete ich nicht, dass sie mir das verraten würde.

Ihr Lächeln kehrte zurück. „Ich hoffe, du wirst zur Vernunft kommen", erklärte sie. „Du hast deine Meinung von der Zelle, die ich erschaffen habe, deutlich kundgetan. Und es stimmt, ich habe kein Problem mit dir. Du hast dich einfach in schlechter Gesellschaft aufgehalten. Also wollte ich dir ein Angebot machen."

Mein Körper versteifte sich auf der weichen Polsterung des Sessels. „Was für ein Angebot?", hakte ich nach, als sie innehielt.

„Lass sie in Ruhe", sagte sie und sah mir eindringlich in die Augen. „Lass sie mit ihren Erinnerungen allein. Sie durchleiden ohnehin nur das, was sie sich selbst eingebrockt haben. Was ich tue, fällt mir allein nicht leicht. Ich könnte eine Walküre an meiner Seite gebrauchen. Sie verdienen deine Loyalität nicht."

Ich verkniff mir ein Lachen. „*Du* aber schon?"

„Ich würde es mir verdienen. Ich erwarte nichts, solange ich dir nichts gegeben habe, so wie sie es häufig tun. Außerdem wärst du frei. Du würdest mir nicht dienen – wir wären Verbündete. Ebenbürtige."

„Denkst du wirklich, dass ich dir jemals vertrauen könnte nach all den Malen, die du uns angelogen hast, nach all den Gefahren, in die du uns gebracht hast?"

Sie blinzelte, dieses Mal allerdings langsamer. „Ich gebe zu, dass du nicht mit ihnen hättest bestraft werden sollen. Du kannst der Bestrafung jetzt entgehen. Falls du dich entschließt, zu ihnen zurückzukehren … Ich werde tun, was ich muss, um das Gefängnis aufrechtzuerhalten. Ich kann keine Versprechungen darüber machen, was du aus deinem Gedächtnis sehen wirst."

Meine Gedanken stolperten zurück zu Petey in seinem neuen Zuhause. Ein Schauder lief mir übers Rückgrat. „Wenn du meinen Bruder noch einmal benutzt …"

Ihre Augenbrauen hoben sich. „Welchen? Es gibt so viele Dinge, die ich in deinen Erinnerungen gesehen habe, die du wahrscheinlich meiden willst."

Ich schluckte schwer. Dies war ein Angebot, ja. Es war aber auch eine Drohung. Allein beim Gedanken an all die Dinge aus meiner Vergangenheit, die sie heraufbeschwören könnte, wenn ich mich weigerte, gefror mir das Blut in den Adern.

Ich musste nicht herausfinden, was sie mich noch durchleiden lassen würde. Ich könnte ihr Angebot annehmen. Ich könnte die Götter und Göttin zurücklassen und schauen, was mich außerhalb dieses Raums erwartete, der vermutlich auch nicht Munins echte Umgebung war.

Vielleicht hätte ich von außen eine bessere Gelegenheit, die anderen zu befreien.

Oder dachte ich das nur, um vor mir selbst zu rechtfertigen, dass ich mir das Leid ersparen würde?

Ich rutschte auf dem Stuhl hin und her und widerstand dem Drang, die Knie wie ein Kind vor mich zu ziehen. „Wie würde das funktionieren? Dieses Bündnis? Woher weiß ich, dass du dein Versprechen wirklich halten wirst?" *Wie willst du sicherstellen, dass ich meines halte?*

Munin spreizte ihre zierlichen Hände. „Ein einfacher Schwur sollte alle Bedenken abdecken. Auf beiden Seiten. Wir wollen beide eine gewisse Sicherheit bei diesem Deal, nehme ich an." Ihre Augen funkelten, als hätte sie meine Gedanken genauso wie meine Erinnerungen gelesen.

Wenn ich ihr Loyalität schwor, hätte ich sie am Hals. Außerdem würde es mich vermutlich daran hindern, den Göttern zu helfen, gegen die sie war. Ich saugte an meiner Unterlippe.

Alles in mir sträubte sich bei der Vorstellung, zurück in diese Erinnerungen zu waten – meine und die der Götter. Nach den Szenen, die ich beobachtet hatte, wusste ich nicht, was ich von Loki oder Hödur halten sollte. Welche anderen Geheimnisse hüteten Thor, Freya und sogar Balder, die ich noch nicht kannte? Sie hatten eine Menge vor mir geheim gehalten, oder?

Doch obwohl Furcht an mir nagte und darauf pochte, dass ich mich von den Göttern löste, trieben andere Erinnerungen an die Oberfläche. Hödur, der mit mir auf dem Dach auf der anderen Seite des Hauses von Peteys Pflegefamilie saß, während ich mich von ihm verabschiedete. Der mich mit seinen Worten beruhigte und in die Arme nahm, als ich nach ihm griff. Balder, der die vielen Wunden, die ich mir zugezogen hatte, mit seinem normalerweise unerschütterlichen Lächeln heilte. Freya, die mein Unbehagen mit mir besprach und mir ihren Frust darüber anvertraute, dass sie nicht mehr für ihren Ehemann tun konnte. Thor, der mir seinen Hammer lieh, damit ich einen Teil meiner Anspannung abarbeiten konnte, und der mich vorhin mit solch unerwarteter Verletzlichkeit geküsst hatte.

Und Loki. Mein Trickster. Mein Magen verknotete sich erneut, als ich mich daran erinnerte, wie er mit Hödur gesprochen und begründet hatte, warum er Balders Tod herbeigeführt hatte. Wie konnte das der gleiche Mann sein, der zuvor einfach die Folter abgeschüttelt hatte, mit der ihn die Götter gequält hatten, und der mir versichert hatte, dass *ich* nicht um seinetwillen wütend sein musste?

Ich hatte gewusst, dass er gefährlich sein konnte. War dies sein Wesen, so wie das Feuer, das er heraufbeschwören konnte? Brodelte es heiß unter der Oberfläche, bis es eine scharfe Windböe zu einem Inferno entfachte, das alle um ihn herum verbrannte?

Diese Antworten hatte ich noch nicht. Ich hatte kaum eine Gelegenheit gehabt, Fragen zu stellen. Munin hatte angedeutet, dass die Götter viel von mir erwartet hatten, ohne mir etwas im Gegenzug zu geben. Allerdings hatten sie mir viel gegeben. Ohne sie wäre ich nicht mehr am Leben. Ich hätte diese Kräfte nicht. Sie waren bis jetzt bei mir gewesen und hatten mich auf jedem Schritt dieser Reise unterstützt.

Nein. Ich konnte sie nicht im Stich lassen. Zur Hölle, allein der Gedanke daran, was sie momentan möglicherweise durchmachten, sorgte dafür, dass mein Herz wehtat.

„Danke für das Angebot", sagte ich und stand auf, „aber ich muss es ablehnen. Also tu, was du tun musst. Ich bleibe bei ihnen."

Munin blieb in ihrem Sessel sitzen, ihr Blick folgte mir jedoch und ihr Kiefer spannte sich an. „Hast du das wirklich durchdacht?"

Was für eine Rolle spielte es für sie? Dort drin war ich nur eine weitere Person, die sie quälen konnte, oder nicht?

Ich konnte nicht nachvollziehen, warum sie einen Gehilfen brauchte, den sie nicht unter den Schwarzalben finden konnte.

Ich hielt inne. Es ging nicht wirklich darum, wie ich ihr helfen konnte, oder? Es ging darum, dass ich ihr dort drin schaden konnte.

„Du hast recht", antwortete ich. „Ich hatte es nicht komplett durchdacht. Du willst eigentlich gar kein Bündnis mit mir, oder? Du machst dir nur Sorgen, wenn ich in deinem kleinen ‚Gefängnis' bin, weil ich nicht so viele Erinnerungen mit den anderen gemeinsam habe. Für mich ist es zu einfach, deine Konstrukte zu durchschauen, wenn ich mit ihnen zusammen bin. Für mich ist es zu leicht, ihre Erinnerungen mit meiner Außenperspektive zu erschüttern."

„Du weißt gar nichts", entgegnete sie in einem hochmütigen Ton. Ihr Kinn reckte sich.

„Ich weiß, dass ich dieses Gefängnis zerschlagen werde", erwiderte ich. „Ich weiß, dass du das ebenfalls weißt, andernfalls hättest du nicht so große Angst vor mir und würdest nicht versuchen, mich mit Essen und Trinken zu beeinflussen. Vielleicht sollte ich dir Angebote machen. Lass uns jetzt raus und wir werden nicht …"

Sie gab einen erstickten Laut von sich und streckte die Hände aus. „Dann nimm die Welt, die du willst. Es wird nur noch schlimmer werden."

Ich stolperte rückwärts – durch eine geöffnete Tür, die vor einem Augenblick noch nicht da gewesen war.

KAPITEL VIERZEHN

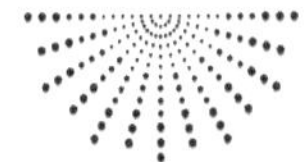

Balder

Ich versuchte, mich zusammenzureißen. Ich versuchte es mit aller Kraft. Die Dunkelheit stieg jedoch in mir auf und löschte den Hof, die Mauer, an der ich gelehnt hatte, und meine Götterkollegen aus. Löschte *mich* aus. Ich war nicht mehr als ein Gedanke in einer unendlichen Leere, in einem dunklen kalten Raum, der sich endlos ausdehnte und dennoch so fest um mich schloss, dass ich Probleme mit dem Atmen hatte.

Stille hallte in meinen Ohren. Kein Aroma traf meine Zunge, kein Geruch erreichte meine Nase. Keine Empfindung berührte mich abgesehen von eisigem Nichts.

Mein Verstand erschauderte. Ich verspürte den Impuls, die Augen zu schließen, die ich nicht mehr fühlen konnte, als könnte ich die Dunkelheit mit mehr Dunkelheit aussperren. Vielleicht waren sie bereits geschlossen. Ich versuchte, nach etwas zu greifen und um mich zu schlagen, konnte allerdings nicht feststellen, ob ich mich überhaupt bewegte. Ein Schauder rasselte durch meine Gedanken.

Nicht das schon wieder. Bei allem, was heilig war, *nein*.

Es würde vorübergehen. Ich klammerte mich an diese Tatsache in dem Moment, in dem die Dunkelheit in meinem Verstand aufzog. Das hier war nicht für immer. Es war nur ein Trick von Munin. Sie ahmte die kalte Dunkelheit des Todes nach, in der ich jahrelang verharrt hatte. Damals hatte es sich wie eine Ewigkeit angefühlt, da ich gedacht hatte, dass es eine Ewigkeit sein könnte. Beim ersten Mal hatte ich keine Ahnung gehabt, dass ich wiedergeboren werden würde. Soweit ich wusste, war ich dazu bestimmt, in diesem kalten Nichts zu treiben, bis sich meine Gedanken vollkommen aufgelöst hatten und …

Nein. Es würde mir nichts nützen, mich an diese Angst zu erinnern. Ich musste dagegen ankämpfen. Munin wollte uns zerstören und ich durfte das nicht zulassen.

Wenn sie ihre Waffen nur nicht so gut gewählt hätte.

Konzentriere dich auf das, was danach kam. Konzentriere dich auf die Wärme und das Licht. Licht, das die Dunkelheit wegbrennen konnte, die Munin heraufbeschworen hatte. Ich klammerte mich fester an meine Gedanken und lenkte sie in diese Richtung.

Es *war* warm und hell gewesen, als ich die Augen geöffnet und eine Wiese am Rand von Asgard gesehen hatte. Das hohe Gras hatte ringsum in der Frühlingsbrise geflüstert und die Sonne über mir geschienen. Als mich all diese Empfindungen nach so langer Zeit in der Leere plötzlich gleichzeitig getroffen hatten, hatte ich nicht gewusst, wie ich sie verarbeiten sollte. Ich hatte gefühlte Stunden lang einfach dagelegen und die Empfindungen aufgesaugt, während sich meine Gedanken hinter einem Nebel der Ruhe beruhigt hatten, den ich mit Licht heraufbeschworen hatte. Diesen Nebel hatte ich zuvor gebraucht, um alles andere zu übertönen: die Kälte, die Dunkelheit und das Nichts.

Vielleicht hatte meine Zeit in der Dunkelheit gar nicht so lang angedauert. Als ich auf der Wiese aufstand, rappelten sich die anderen Götter und Göttinnen ebenfalls gerade erst auf. Wir drehten uns um und betrachteten einander sowie die Hallen unserer prachtvollen Stadt, die hoch und glänzend hinter dem Gras zu sehen waren. Einige der anderen begannen, vor Freude zu lachen. Tränen kullerten über das Gesicht einer Göttin, während sie strahlend lächelte. Ich erwiderte das Lächeln automatisch. Ich wusste nicht, was die anderen Götter durchgemacht hatten, konnte ihre Freude allerdings verstehen.

Ich drehte mich erneut um und fand mich Hödur gegenüber.

Das letzte Mal, als ich ihn gesehen hatte – *nein*. Ich unterbrach diesen Gedanken, diese Erinnerung und das Aufflammen von Dunkelheit, das damit einherging.

„Bruder", sagte er barsch.

Ich wusste nicht, wie er mich erkannt hatte. Wir waren seit dem Augenblick unserer Geburt so oft zusammen gewesen, dass er meine Präsenz vermutlich am Rhythmus meiner Atemzüge erkennen konnte oder daran, wie ich mein Gewicht verlagerte. Er hatte mir einmal erzählt, dass er das Licht in mir spüren konnte, obwohl er es nicht sehen konnte.

Ich öffnete die Arme und er trat in sie. Wir hatten uns nie besonders oft umarmt, nicht einmal als Kinder, doch jener Moment schien der richtige Zeitpunkt zu sein. Er drückte mich fest und trat zurück. Sein ganzer Körper war angespannt.

„Bruder, ich ..."

Ich unterbrach ihn instinktiv und mein Verstand sank tiefer in diesen Nebel aus Licht. „Es ist schön, zurück zu sein, oder?" Ich ließ meine Fingerspitzen über die Grashalme gleiten. „Es ist wundervoll."

Er schluckte und sein Adamsapfel hüpfte. „Ja. Ja, das ist

es. Alles fühlt sich so wie zuvor an. Sieht es auch genauso aus?"

Ich betrachtete erneut die Stadt. War der Glanz etwas gedämpfter? Ich wusste nicht, ob ich meinen Erinnerungen trauen konnte, die ich vor der Leere gesammelt hatte. Sie war in jeden Teil von mir gekrochen und hatte sämtliche Bilder getrübt, die ich je gesehen hatte.

Ein kalter Schauder durchfuhr mich und ich sank tiefer in den Nebel.

„So prachtvoll wie eh und je." Ich gab ihm ein Zeichen, indem ich mit den Fingern über seinen Ärmel strich. „Lass uns nach Hause gehen."

Bei diesem ersten Versuch schafften wir es nicht ganz bis zur Stadt. Wir machten nur wenige Schritte, bevor sich uns eine hochgewachsene, eindrucksvolle Gestalt anschloss.

Unser Vater, der Göttervater, war wiedergeboren worden samt seines abgetragenen Umhangs, der um seine Schultern drapiert war, sowie seines eingedellten breitkrempigen Huts, der nach wie vor sein einzelnes helles Auge und die Narbe des anderen in Schatten hüllte. Er sah aus, als wäre er von einer Reise durch Midgard zurückgekehrt und nicht von den Toten.

„Meine Söhne", sagte er mit seiner tiefen Stimme. Er klopfte Hödur auf die Schulter und zog mich in eine kurze, jedoch feste Umarmung. „Es ist zu lange her."

Sein Blick wanderte über die Wiese und blieb auf Frigg, unserer Mutter, liegen. Sie beobachtete uns von dort, wo sie mitten in der Menge wiedergeborener Asen gezögert hatte. Etwas auf Odins Gesicht verdunkelte sich.

Damals hatte ich es nicht verstanden und mir nicht erlaubt, mich lang genug darauf zu konzentrieren, um eine Frage zu stellen. Später hatte ich jedoch erfahren, dass ihre Ehe kurz nach meinem Tod die ersten Risse bekommen hatte. Er hatte ihr die Schuld an den Schwüren, an dem Spiel, das diesen gefolgt war, und dessen tragischem Ende gegeben. Er schien ihr mehr Schuld gegeben zu haben als Loki, was für mich nie viel Sinn ergeben hatte in den flüchtigen Momenten, in denen ich mir erlaubt hatte, darüber nachzudenken. Die tiefergehenden Gedanken meines Vaters waren mir allerdings häufig ein Rätsel.

Nachdem er uns gefunden hatte, pikte er mich fest in die Seite, aber nicht so hart, dass es wehtat. „Die Schwüre, die deine Mutter für dich gesammelt hat, werden nach deiner Wiedergeburt nicht mehr gelten", erklärte er mit barscher Stimme. „Fordere das Schicksal nicht heraus, indem du Unverletzlichkeit vortäuschst."

„Natürlich nicht", erwiderte ich.

Daraufhin sah ich meine eigene Frau: die reizende Nanna. Sie rannte durchs Gras zu uns, hakte sich bei mir ein und lehnte ihren Kopf mit einem Seufzen an meine Schulter, das beinahe ein Schluchzen war.

Obwohl ich bei jenem ersten Mal meine Hand gehoben hatte, um sie näher zu mir zu ziehen, war der Nebel, den ich um mich gewickelt hatte, in den Raum zwischen uns gekrochen.

Ganz gleich, wie viel Licht ich heraufbeschworen hatte, um die Vergangenheit zu umwölken, ich hatte gewusst, dass ich nicht der Gott war, den sie geheiratet hatte. Ich hatte zu viel von mir in der Dunkelheit der Leere zurückgelassen. Nur wenige Ehen der Asen hatten das erste Jahrhundert nach Ragnarök überlebt, unsere war jedoch schneller als die meisten in die Brüche gegangen.

In der Gegenwart, in Munins falscher Leere, erschauderte ich. Es gab nicht viel Wärme in der Erinnerung daran, wie unsere Beziehung zerbrochen war. Wenn ich dortblieb, würde der Rabe gewinnen. Stattdessen ließ ich meinen Verstand weiterwandern.

Die einzige wichtige Gestalt, die ich an jenem Tag nicht auf der Wiese gesehen hatte, war Loki. Er war erst einige Zeit später zu mir gekommen, als ich einen Spaziergang durch den Obstgarten gemacht hatte. Es war ein weiterer heller Frühlingstag gewesen, allerdings konnte ich nicht sagen, ob es nur wenige Wochen nach unserer Wiedergeburt gewesen war oder im nächsten Jahr. Die Tage waren miteinander verschwommen, während der Nebel um meine Gedanken gelegen hatte.

„Oh, Heller", sagte er in seinem fröhlichen Ton und ging neben mir her. Er wahrte eine umsichtige Distanz zwischen uns und senkte ehrerbietig den Kopf. „Ich hoffe, du nimmst mir das Geschehene nicht übel – lasst die Vergangenheit ruhen und all das? Ich habe nie irgendeine Feindseligkeit für *dich* gehegt. Die Umstände waren, was sie waren … ich habe das Beste aus einer schlimmen Situation gemacht …"

„Ich hege keinen Groll gegen dich", informierte ich ihn. Ich wollte nichts fühlen, wollte nicht an die Zeit vor der Wiese denken.

Er schenkte mir sein strahlendstes Grinsen, das so hell war, dass es einem lodernden Feuer Konkurrenz machen konnte, und wir sprachen nie wieder darüber. Man konnte vieles über den Trickster sagen, er konnte jedoch absolut zurückhaltend sein, wenn er das Gefühl hatte, dass er es einem schuldig war.

Diese Erinnerung schickte mich zurück in die Dunkelheit der Gegenwart. Zu den scharfen Worten, die zwischen meinem Bruder und Loki gewechselt wurden, während ich immer tiefer in die Dunkelheit sank. Ich versuchte, diese Bilder aus meinem Verstand zu verdrängen.

Die Kälte zog sich fester um mich zusammen. Die Dunkelheit würgte die Kehle, die ich nicht spüren konnte. Panik zerstreute meine Gedanken.

Licht. Ich brauchte Licht. Das war die einzige Möglichkeit, wie ich das hier bekämpfen konnte.

Normalerweise konnte ich ein warmes Leuchten aus mir hervorlocken, einfach indem ich es wollte. Licht haftete an mir und wand sich durch mich hindurch, so wie die Schatten zu Hödur kamen. Ich zwang eine Lichtexplosion in den Raum um mich herum, als wüsste ich nicht bereits, wie das enden würde.

Das Licht und die Wärme wurden in dem Moment geschluckt, in dem sie mich verließen, und verschwanden in der Leere, als wären sie nie dagewesen. Die Kälte sickerte tiefer.

Ich trieb noch mehr Licht aus mir heraus und spürte, wie es verglomm, bevor ich es kontrollieren konnte. Es hatte keinen Sinn, der Dunkelheit Helligkeit zu füttern. Ich musste mich in mich selbst zurückziehen und an dem Licht festhalten, das ich dort finden konnte. Bei klarem Verstand zu bleiben, wäre bereits ein Sieg. Munin konnte mich verwunden, allerdings nur so tief, wie ich es ihr erlaubte.

Es hatte so viel Licht in meinem Leben gegeben, sogar in den Jahren, in denen wir in Midgard auf Odins Rückkehr gewartet hatten. Loki, in dessen Augen immer Schabernack funkelte, dessen Haare wie Feuer leuchteten und der mich anlächelte, wenn er seine durchtriebenen Witze machte. Thors heitere Stimme, wenn er vor Lachen brüllte und einen Teller mit Essen weitergab, während wir neben dem knisternden Kamin saßen. Die Spaziergänge, die ich mit Freya unternommen hatte und bei denen wir beide geschwiegen hatten in dem gegenseitigen Einverständnis, dass wir Gesellschaft, jedoch keine Konversation wollten.

Und Hödur, der so sehr in seiner eigenen Dunkelheit verweilte, dass selbst ein kleiner Lichtblitz von ihm einen Raum füllen konnte. Die Male, als er im Musikzimmer vorbeigeschaut und sich zurückgelehnt hatte, um mir beim Spielen zuzuhören, während ein seltenes Lächeln über sein Gesicht gehuscht war … Erinnerungen wie diese schätzte ich sehr.

In den letzten Wochen hatte ich sein Lächeln öfter gesehen, wenn er Aria beobachtet hatte. Unsere Walküre erhellte etwas in meinem Bruder, ohne es zu wissen.

Andererseits hatte sie fast so viel Feuer in sich wie Loki. Meine Erinnerungen an sie funkelten in meinem Verstand: ihre trällernde Stimme, als sie zu meinem Gitarrenspiel gesungen hatte, ihr Grinsen, das je nach Situation warm oder leidenschaftlich sein konnte.

Vielleicht war es kein Feuer. Ihre Kraft und Helligkeit waren wie Stahl, der aus Sonnenlicht geschmiedet wurde.

Noch während ich das dachte, verdunkelte sich die Erinnerung, in der ich mich versteckt hatte. Kälte kroch durch sie hindurch und dämpfte Aris Licht. Ich sprang mit meinen Gedanken von ihr zu Hödur zu Loki und zu unseren anderen Begleitern, aber die Dunkelheit folgte mir.

Das war zuvor auch schon passiert. Die Leere war in mich gekrochen, bis sie jeden Winkel in meinem Kopf gefüllt und meine schönsten Erinnerungen beschmutzt hatte.

Ich durfte das nicht zulassen. Ich durfte nicht noch einmal in diese endlose Grube fallen. Ich hatte beim ersten Mal zu viel zurückgelassen. Was wäre am Ende von mir übrig, wenn ich mich ein zweites Mal verlor? Die anderen, sie alle – sie brauchten mich in diesem Kampf.

Die Panik bebte durch mich hindurch. Ich versuchte, meine Gedanken zu drehen und zu fixieren, sie flitzten jedoch in alle Richtungen davon und entflohen der Kälte. Ich war nicht bereit dafür gewesen.

Ich hatte mir nicht erlaubt, mich vorzubereiten, da ich so große Angst gehabt hatte, dass ich nicht einmal in Erwägung ziehen wollte, dass es geschehen könnte.

Eine andere Erinnerung stieg in mir auf, die nicht hell oder warm, sondern von Reue gefärbt war. Hödur war erst vor wenigen Tagen zu mir gekommen und hatte über jenen Moment im Hof reden wollen und darüber, was ich danach durchgemacht hatte. Ich hatte ihn weggeschickt. Ich hatte ihm gesagt, dass kein Bedarf bestand. Ich hatte geschimpft und gewollt, dass er aufhörte.

Ich hatte mich geirrt. Wie hatte ich mich jemals davon

überzeugt, dass ich irgendwie meinen Frieden mit der Vergangenheit gemacht hatte? Ich hatte nur nicht darin verweilt und das Frieden genannt. Doch jetzt, da ich gezwungen war, wieder in der Vergangenheit zu weilen, hatte ich nicht die geringste Ahnung, wie ich sie abwehren konnte. Ich hatte nichts außer Panik und Grauen, die darunter anschwollen.

Atme einfach. Ich klammerte mich so fest ich konnte an diese Vorstellung. Atme einfach mit der Lunge, die du nicht spüren kannst, die Luft, die du nicht schmecken kannst. Ein und aus. Denk an nichts anderes. Ich *musste* so lange wie möglich durchhalten. Irgendwann würde das hier enden. Irgendwann würde Munin beschließen, dass ich genug gehabt hatte. Ich konnte nicht kämpfen, aber ich konnte es ertragen.

Ich hoffte nur, dass ich nicht zu viel verloren hatte, wenn sie schließlich nachgab. Und falls ich jemals eine zweite Gelegenheit erhielt, zu reden, den Nebel beiseitezuschieben und die Wahrheit mit jemandem in Angriff zu nehmen, dem ich wichtig war – bei den Himmeln, lasst sie mich nicht verschwenden.

KAPITEL FÜNFZEHN

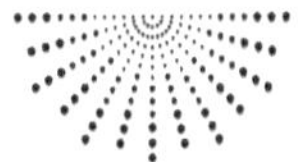

Aria

Ich hätte wissen sollen, dass ich nach Munins Warnung und der Wut auf ihrem Gesicht an einem schlimmen Ort landen würde. Doch ich war nicht darauf vorbereitet, im Wohnzimmer meines alten Hauses anzukommen, wo ein säuerlicher Geruch von dem fleckigen Teppich aufstieg und die Sofakissen in dem schwachen Licht durchhingen, das durch die Jalousien drang. All meine Muskeln spannten sich instinktiv an, obwohl ich allein im Raum war.

Allein in diesem kurzen Moment. Ich wirbelte herum und Mom erschien in der Tür zur Küche, das Gesicht so angespannt wie ein ausgewrungenes Handtuch.

Sie deutete mit einem Finger auf mich. „Schau mich nicht so an. Als würdest du auch nur die Hälfte der Zeit und Energie verdienen, die ich dir bereits gebe. Warum bleibst du nicht in deinem Zimmer, wo ich dein verkniffenes Gesicht nicht sehen muss? Dir schmeckt das Abendessen nicht? Besorg dir einen Job und kauf es dir selbst."

Es war ein Flickwerk aus Tiraden aus meiner Kindheit. Gott allein wusste, über welches Abendessen ich mich beschwert hatte – die meiste Zeit hatte sie einfach ein paar Brotscheiben und etwas Margarine auf den Tisch gestellt und Francis und mir gesagt, dass wir uns bedienen sollten. Als ich dreizehn Jahre alt wurde, ein Jahr nach seinem Tod, *hatte* ich angefangen, gelegentlich zu arbeiten, damit ich aus dem Haus rauskam und etwas mehr Essen in den Bauch bekam. Sie hatte diesen Vorschlag gemacht, seit ich fünf Jahre alt war, wenn sie sich überhaupt die Mühe gemacht hatte, auf eine Beschwerde zu reagieren, anstatt nur die Augen zu verdrehen und mir den Rücken zuzukehren.

„Warum besorgst *du* dir keinen Job?", blaffte ich jetzt, bevor ich eine Gelegenheit hatte, es mir anders zu überlegen. Meine Nerven zitterten. Wer würde noch erscheinen? Diese Frisur – strähnig, schulterlang und zu einem gelblichen Blond gebleicht – stammte schätzungsweise aus ihrer Trevor-Zeit. Ein eisiger Schauder durchlief mich.

„Sprich nicht so mit mir, du kleines Miststück!", kreischte Mom. Ich stürzte bereits zur Tür am anderen Ende des Raums, hastete durch den Haushaltsraum, der eher ein großer Mülleimer war, in den Garten, wo die rostige Schaukel quietschte, die die vorherigen Hausbesitzer zurückgelassen hatten.

Wenn ich weit genug wegrannte, würde mich Munin dann einfach wieder ins Haus werfen? Ich konnte es genauso gut herausfinden. Ich wollte lieber rennen, als darauf zu warten, dass die echte Horrorshow begann. Wirklich wichtig war, dass ich mindestens einen der anderen Götter fand. Die Rabenfrau hatte es quasi mit ihren Reaktionen bestätigt. Wenn wir zusammen waren und die Erinnerungen infrage stellten, wurde ihr Gefängnis viel instabiler.

Ich kletterte über den verbeulten Maschendrahtzaun und rannte über die Einfahrt des Nachbarn. Das Grollen eines vertrauten Motors hallte durch die Straße. Ein Geräusch, das mir beigebracht hatte, mich tief unter meiner Decke zu verkriechen, wenn ich es spätnachts hörte – als würde mich das schützen.

Mein Herz setzte aus. Ich sprintete in die entgegengesetzte Richtung.

Ich war jetzt stärker. Wenn er mich angriff, wenn Munin es so weit kommen ließ, würde ich seine verdammte Kehle aufschlitzen. Dieser Gedanke war ekelerregend und befriedigend zugleich.

Ich bog um die Ecke und passierte den Waschsalon und einen Billig-Burgerladen. Wie weit würde sie mich rennen lassen? Vielleicht sollte ich einfach in den Park gehen. Dort könnte ich joggen und mir die Beine vertreten, während ich einen Weg aus diesem Schlamassel fand.

Ich bog auf die nächste Straße und Loki stolperte links von mir aus einer Gasse. Er schaffte es, sich mit solch selbstsicherer Anmut aufzurichten, dass man beinahe meinen könnte, er würde sich absichtlich so herumwerfen.

Sein heller Blick heftete sich auf meinen. „Da bist du. Hast du irgendeine Ahnung, wie schwierig es ist, dich in diesem Erinnerungslabyrinth aufzuspüren?"

Ich wurde langsamer, als ich mich zu ihm umdrehte, trat jedoch einen Schritt zurück und dann noch einen. Eine andere Art von Anspannung legte sich um meinen Magen. Ich wollte zwar einen der Götter finden, war mir allerdings nicht sicher, ob ich bereit war, mich diesem zu stellen. Loki sah viel ruhiger aus als bei unserer letzten Begegnung. Das Bild seines fiesen Gesichtsausdrucks und die Schärfe seiner Worte waren mir jedoch allzu deutlich im Gedächtnis geblieben. Wie konnten wir gemeinsam kämpfen, wenn ich nicht darauf vertrauen konnte, dass er mir nicht in den Rücken fallen würde?

„Wenn ich mich richtig erinnere, bist du von uns weggerannt", sagte ich.

Er verzog das Gesicht. „Irgendwie bezweifle ich, dass ich die Situation verbessert hätte, wenn ich geblieben wäre. Ich dachte, ich wäre bereit, selbst wenn sie diese Erinnerung hervorholt, aber … Ari, es war nicht so, wie es aussah."

„Du hast Hödur nicht reingelegt, damit er seinen eigenen Bruder ermordet?"

„Ich …" Er unterbrach sich mit einem rauen Seufzen. „Es ist kompliziert. Ich bitte dich nur, nicht anhand dieses einen Augenblicks zu urteilen, wenn das Gesamtbild so viel größer ist."

„Kompliziert", wiederholte ich. „Mir fallen keine Komplikationen ein, die dieses Vorgehen rechtfertigen würden. Weißt du, Hödur hat das Gleiche gesagt und ich dachte, dass er damit nur entschuldigen wollte, dass er dich grundlos hasst. Doch nachdem ich das gesehen habe, bin ich überrascht, dass er es überhaupt ertragen kann, sich in deiner Gegenwart aufzuhalten."

Loki zuckte zusammen. Er streckte eine Hand nach mir aus. „Fee …"

Die schmeichelnde Note in seiner Stimme zerrte an mir – zu hart. Ich war nicht hier, damit er mir Mitgefühl für sich einredete. Ich traute mir nicht, dass ich mich nicht trotz allem überreden lassen würde. Er war zu raffiniert.

„Nicht", entgegnete ich. „Gib mir keine Spitznamen und tu nicht so, als sei ich auf deiner Seite. Wenn du dabei helfen willst, einen Weg nach draußen zu finden, klasse. Halten wir uns daran. Ich will hier weg und nicht über Möglichkeiten reden, wie man einen Mord rechtfertigen kann."

Ich wirbelte herum. Loki eilte hinter mir her.

Und die Vision meiner Nachbarschaft aus Kindertagen brach mit einem Donnerschlag auseinander.

Ich drehte mich schneller und meine Ohren klingelten, als mich Dunkelheit umhüllte. Mein Herz hämmerte. Ich wartete darauf, dass mich die Dunkelheit in eine neue Erinnerung spuckte … doch das tat sie nicht.

Mein Gespür für meinen Körper erstarrte und begann, zu verblassen. Ich schwebte in Schwärze und Kälte. Was für eine Folter war das?

Ich drehte mich so gut ich das noch konnte, während meine Haut und die Muskeln darunter taub wurden. Der Faden einer Empfindung drang in meine Brust. Einer der Götter, die dabei geholfen hatten, mich zur Walküre zu machen, war irgendwo in der Nähe. Dieses Mal war es nicht Loki, glaubte ich.

Erleichterung vibrierte durch mich hindurch. Ich griff nach diesem Eindruck, klammerte mich daran und zerrte mich mit aller Kraft zu ihm. Die Kälte biss sogar in meine Knochen und ein Keuchen entwischte mir. Ich bewegte mich schneller.

Meine Hand schloss sich um einen Ellenbogen, um feste, jedoch kalte Haut. Meine Finger glitten über einen muskulösen Arm. Ich zog mich näher und der Geruch einer frischen Frühlingsbrise wusch über mich hinweg.

Balder. Was zur Hölle war dieser Ort, an dem er gelandet war? Ich konnte ihn noch immer nicht sehen, konnte nichts sehen außer dieser schrecklichen endlosen Dunkelheit, aber ich hielt ihn fest. Ich neigte den Kopf an seine Schulter und er drehte sich zu mir, als hätte er gerade erst bemerkt, dass ich da war. Sein Arm glitt um meine Taille. Kalt. Viel zu kalt.

Ich legte meinen Arm um ihn und presste mich vollständig an seinen Körper. Versuchte, die Hitze mit ihm zu teilen, die ich noch in meinem Körper hatte. Konnte er an diesem Ort erfrieren? Alles, was ich gesehen hatte, deutete darauf hin, dass Munin erfreut wäre, wenn ihre Folter damit endete, dass sie uns tötete. Dann hätte sie weniger Scherereien.

„Aria", murmelte Balder und durchbrach die dumpfe

Stille um uns herum. Seine Lippen streiften beim Sprechen meine Stirn. „Du solltest nicht hier sein.“

„Und du solltest es?“, fragte ich. Ich konnte jetzt spüren, dass sein Herz in seiner Brust schlug. Wärme begann, dort unter seiner Haut zu fließen, wo sie meine berührte. Es musste seine Erinnerung sein. Wie konnten wir aus dieser ausbrechen?

Ich umarmte ihn fester. „Ich *bin* hier. Ich bin bei dir. Ich weiß nicht, wie du diese Erinnerung erhalten hast, aber sie ist jetzt anders. Du bist nicht allein.“

„Ich bin gestorben“, erzählte er abgehackt, als hätten die Worte auf dem Weg aus seinem Mund etwas aus ihm gerissen. „Hier landet man, wenn man stirbt.“

Ein Reich aus Kälte und Dunkelheit und nichts. Oh Gott. Es war schrecklich genug für mich und ich lebte nicht so von Licht wie Balder. Kein Wunder, dass er nicht darüber sprechen wollte, wo er während Ragnarök gewesen war.

Was sagte man zu jemandem, der gestorben war, so lange an diesem Ort verweilt hatte und diese Folter jetzt noch einmal ertragen musste? Was könnte ihn davon überzeugen, dass es nicht die Folter war, die er gespürt hatte? Alles, was ich hätte sagen können, blieb mir in der Kehle stecken. Ich öffnete den Mund, schloss ihn wieder und zwang mich, zu sprechen.

„Du hast es einmal überlebt. Du wirst es wieder überleben. Wie ich. Schlimme Dinge passieren und wir machen einfach weiter. Außerdem hast du dieses Mal mich zur Gesellschaft. So ist es bereits wärmer, stimmt's? Du musst bloß das Licht hervorrufen.“

Er regte sich an mir und das Spiel seiner Muskeln sandte einen viel angenehmeren Schauder durch mich hindurch. „Ich habe es versucht, doch ich verliere es. Es entgleitet mir.“

„In Ordnung.“ Ich beugte den Kopf wieder an seine Brust. „Dann werde ich einfach hier bei dir in der

Dunkelheit bleiben, bis wir es durchgestanden haben." Und hoffen, dass es reichte.

Seine Hand schloss sich an meinem Rücken. Sein Kopf senkte sich über meinen und als seine Lippen dieses Mal meine Haare streiften, fühlte sich die Geste vorsätzlich an. Es fühlte sich wie ein Kuss an. Mein Herz setzte einen Schlag aus. „Balder …"

Er atmete scharf ein. Ich öffnete die Augen zu einem schwachen Leuchten, das von seiner Gestalt ausging. Er war jetzt in der Dunkelheit sichtbar und leuchtete wie eine durchsichtige Qualle, die durch die Tiefen des Ozeans trieb. Natürlich hätte ich nicht gewollt, dass mich eine Qualle so festhielt.

Etwas, was ich gesagt hatte, musste zu ihm durchgedrungen sein. Wir machten Fortschritte. Die kühle Dunkelheit klammerte sich noch immer fest an uns, war jedoch nicht mehr undurchdringlich.

„Da hast du's", sagte ich und schaute lächelnd zu ihm auf. „Du hast das Licht gefunden."

„Du hast mich gefunden", entgegnete er und erwiderte mein Lächeln. Sein Gesicht war allerdings angespannter und präsenter, als ich es gewohnt war. Die Verträumtheit war weggefallen. „Danke schön."

„Ich bin mir nicht sicher, ob ich so viel getan habe", sagte ich. „Es ist nicht gerade schmerzhaft, dich zu umarmen."

Er gluckste. Seine Finger streichelten über meine Haare und meinen Rücken, wodurch sie eine Spur der Wärme durch mich zogen. „Das ist es nicht … Ich bin froh, dass du bei uns bist, weißt du. Ich glaube, das habe ich dir noch nie gesagt, obwohl ich es gedacht habe. *Du* hast ein Licht, das du in unser Leben bringst und wir alle gebraucht haben."

Ich fühlte mich nicht besonders strahlend, aber er war der Gott des Lichts und sollte eigentlich wissen, wovon er sprach. Und … „Hödur hat etwas Ähnliches gesagt."

„Hat er?" Das sanfte Lächeln kehrte zurück. Seine

Augen, die noch heller waren als der Rest von ihm, blickten suchend in meine. „Du fühlst dich ihm nahe. Und Loki ebenfalls."

„Nun, das tat ich jedenfalls." Die Leichtfertigkeit fühlte sich in diesem Moment fehl am Platz an. Ich wusste nicht, wonach er in mir suchte. Etwas, was er brauchte, um diese Illusion vollständig zu brechen? Ehrlichkeit hatte zuvor am besten funktioniert. „Ich mag euch alle. Ich will euch alle." Hitze breitete sich in meinem Hals aus, als ich das so freiheraus sagte, doch es stimmte. „Ist das ein Problem?"

Kurz schien er nicht zu wissen, was er sagen sollte. Er umfing mein Gesicht und senkte seines, sodass seine Nase meine streifte. „Aria … Ich habe so lange Abstand zum Rest der Welt gehalten. Ich weiß nicht, wie ich das sein kann, was du brauchst. Ich wünsche mir allerdings, ich könnte es sein. So sehr."

Sehnsucht färbte seine Worte. Sie sprach ein entsprechendes Verlangen in mir an. Scheiß auf Munin. Scheiß auf ihr dummes Gefängnis. Sollte sie doch sehen, wie wenig ich mich für *sie* und ihre Machenschaften interessierte. Vielleicht konnte ich diesen Ort zerbrechen. Dieser Mann vor mir – er war wichtig. Und sie hatte versucht, ihn erneut zu brechen.

„Du denkst immer darüber nach, nicht wahr?", fragte ich sanft. „Was andere Leute brauchen. Wie du ihnen das Leben erleichtern kannst. Wie du die Harmonie zwischen uns wahren kannst. Vielleicht solltest du ausnahmsweise mal darüber nachdenken, was *du* brauchst und willst."

„Was ich will", murmelte er. Er neigte mein Kinn an und sein Mund fand meinen.

Wenn Loki Feuer in seine Küsse brachte, so brachte Balder die Sommersonne. Sanfte Hitze strahlte durch mich hindurch und weckte ein heißeres Verlangen tief in meinem Bauch. Ich erwiderte den Kuss mit all der Sehnsucht, die ich in mir hatte, und ließ die Hitze in ihn zurückfließen. Keine Kälte, die Munin schickte, konnte das hier durchbrechen.

Balders Atem stockte, als sich sein Mund auf meinem bewegte und neigte, um einen tieferen Winkel zu finden. Meine Hände glitten abwärts, um seine muskulöse Brust durch sein Hemd hindurch zu erkunden. Seine Finger schoben sich in meine Haare und ihre Berührung sandte ein freudiges Beben durch meine Nerven. Ich küsste ihn stürmischer. In seiner Helligkeit zu ertrinken, war das Fantastischste, was ich mir in diesem Moment vorstellen konnte.

„Aria." Mein Name erklang als Seufzen. Sein Mund wanderte von meinem und zog einen heißen Pfad über meinen Kiefer und die Seite meines Halses. Eine Hand sank auf meine Taille und begann, aufwärts zu gleiten, immer näher zu den Kurven meiner Brüste.

Ich wölbte mich ihm wimmernd entgegen. Die Dunkelheit um uns herum fiel weg, als sich sein Leuchten ausdehnte. Noch etwas mehr und wir wären womöglich vollkommen frei, zumindest von diesem Ort. Doch obwohl mich die Bewegungen seiner Lippen vor Verlangen zum Brennen brachten, schoss eine andere Form von Kälte durch meine Nerven.

Wir gingen zu schnell vor. Das hier wurde gefährlich. Wie weit wollte ich gehen? Ich wollte ihn – oh, fuck, ja, ich wollte ihn – die Schatten der Erinnerung, die Munin viel zu nah an die Oberfläche gebracht hatte, nagten jedoch an den Rändern meines Verstandes.

Anscheinend hatte ich mich leicht angespannt, denn Balder hielt inne. Er wich nur wenige Zentimeter zurück und musterte mein Gesicht. Begehren schimmerte in seinen strahlend blauen Augen, aber er sagte: „Du weißt, du musst nicht …"

Die Dunkelheit warf sich gegen uns und zerbrach unsere

Umarmung. Innerhalb eines Wimpernschlags entriss sie Balder meinen Armen.

KAPITEL SECHZEHN

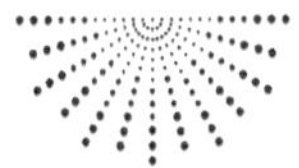

Aria

Eine wilde Entschlossenheit fegte durch mich hindurch. Ich würde Munin *nicht* erlauben, alle Bedingungen vorzugeben. Ich hatte sie zumindest teilweise durchschaut. Wir hatten ihre Dunkelheit erhellt. Ich konnte mich wehren.

Ich richtete all meine Energie auf Balder und warf mich zu ihm zurück. Meine Hand erwischte seinen Knöchel. Wir segelten gemeinsam durch die Luft und landeten in einem Haufen nebeneinander auf kühlen Marmorfliesen. Der Aufprall jagte einen stechenden Schmerz durch mein bereits wundes Knie. Der Stoff meiner Jeans riss und entblößte die aufgeschürfte Haut.

Ich rollte mich herum. Wir waren wieder in dem Asgard, das ich kannte, auf dem Hauptpfad, der die Hallen miteinander verband. Der Hof und sein Springbrunnen schimmerten in der Ferne im Mondlicht. Munin hatte die

Nacht herbeigeführt, eine dunkle Stille, die mich nach der undurchdringlichen Schwärze, aus der wir gerade gestolpert waren, kaum aus der Ruhe brachte.

Und sie hatte nicht ganz ihren Willen bekommen. Balder saß neben mir und seine weiß-blonden Haare flogen umher, als er den Kopf schüttelte. Ich hatte es geschafft, uns zusammenzuhalten, obwohl sie nur einen von uns hierher hatte schicken wollen. Ich sah noch nichts Bedrohliches, zu diesem Zeitpunkt wusste ich es jedoch besser, als diesem ersten Eindruck zu vertrauen.

Balder wandte sich an mich und seine strahlend blauen Augen wurden groß. Es war das erste Mal, dass er mich richtig sehen konnte, seit ich ihn in diesem weiten Nichts gepackt hatte.

„Du bist verletzt", stellte er fest. „Lass mich …"

Anstatt weiterzusprechen, rutschte er einfach näher und legte seine Hand auf die Seite meines Knies. Obwohl die aufgeschürfte Haut noch brannte, sandte seine Berührung Hitze in meinen Innenschenkel.

„Ich kann nichts wegen des Risses in deiner Jeans unternehmen", sagte er. Die raue Note in seiner Stimme deutete darauf hin, dass ihn die Berührung auch nicht kalt ließ.

„Ich nehme, was du anbieten kannst", erwiderte ich und biss mir fast auf die Zunge.

Balder schenkte mir ein träges Lächeln, das kurz unerwartet verschmitzt wirkte. Es verschwand jedoch, sobald er sich wieder der vorliegenden Aufgabe widmete. Von einer Berührung seiner Finger schlossen sich die Kratzer auf meinem Knie. Er nahm meinen Arm und verzog das Gesicht beim Anblick der Blutergüsse.

„Ich habe eine Sammlung angelegt", erklärte ich.

Er lachte leise. „So sieht es jedenfalls aus. Ich kann sie zumindest teilweise heilen."

Seine Hand glitt meinen Arm hinauf, woraufhin mich

mehr Wärme flutete, die nichts mit der Heilung zu tun hatte. Ich widerstand dem Drang, an meiner Lippe zu knabbern – die Lippe, die er vor wenigen Minuten noch geküsst hatte. Als er mit beiden Armen fertig war, kehrte sein Blick zu meinem Gesicht zurück.

„Gibt es noch eine andere Stelle?"

Grundgütiger, gab es noch eine Stelle, die er berühren sollte? Ja und nein. Wie wäre es mit überall.

Der Gedanke sandte ein nervöses Beben durch mich hindurch. Meine Finger krümmten sich an den Marmorfliesen. Bevor ich mir überlegen konnte, wie ich antworten sollte, drang ein gedämpftes Stöhnen an meine Ohren. Mein Kopf fuhr herum.

„Da ist noch jemand."

Wir rappelten uns auf. Die Stadt war wieder verstummt, doch ich lief in die Richtung, aus der das Geräusch gekommen war. Wen quälte Munin hier – und was, wenn derjenige bereits schlimm verletzt worden war? Balder eilte neben mir her. Seine Schritte wurden erst langsamer, als wir uns in eine schmale Gasse zwischen zwei dicht nebeneinanderstehenden Hallen duckten.

„Das ist …"

Wir blieben beide am Ende der Gasse stehen. Es war der Weg zum zweiten Hof, in dem wir uns zuletzt in Asgard befunden hatten. Der Hof, wo Loki Hödur in ihren gemeinsamen Erinnerungen dazu angeleitet hatte, den Mistelzweig-Speer zu werfen und Balder zu töten.

Der Mond stand so tief am Himmel, dass er den Hof kaum mit seinem Licht berührte. Es reichte jedoch, damit man Balders Leiche dort liegen sehen konnte, wo sie auch im Tageslicht gelegen hatte. Hödur kauerte mit gesenktem Kopf neben der Leiche. Dunkle Gegenstände übersäten die Marmorfliesen neben ihm. Ich brauchte eine Sekunde, um zu realisieren, dass es die zerbrochenen Stücke des Mistelzweigs waren.

Balder hatte sich versteift. Als ich zu ihm blickte, straffte er die Schultern. Mit behutsamen Schritten überquerte er den Hof und ging zu seinem Zwilling.

„Bruder", sagte er sanft. „Was machst du hier?"

Hödur hob den Kopf wenige Zentimeter. Sein Blick huschte von Balder zu mir, als ich hinter dem anderen Gott hervortrat. Ich glaubte, er verkrampfte sich noch stärker, bevor er den Blick wieder auf seinen Zwilling richtete.

„Der Rabe hat mich hierher gebracht ... was denkst du? Welcher Ort wäre besser?"

Balder setzte sich so nah neben ihn, dass er seine Leiche mit dem Fuß hätte anstupsen können, hätte er sein Bein ganz ausgestreckt. „Ich sehe nichts, was dich hier festhält."

„Oh, ich habe versucht, zu gehen. Glaub mir. Das ist nicht besonders gut gegangen."

Bei der Anspannung in seiner Stimme tat mir das Herz weh. Ich zögerte, während ich einige Schritte entfernt stand, weil ich mir nicht sicher war, ob ich diesen Moment unterbrechen sollte. Es war allerdings nicht so, als könnte ich woanders hingehen. Vielleicht würde ich eine Gelegenheit entdecken, Munins Gefängnis stärker zu schwächen.

„Geht es dir gut?", fügte Hödur hinzu, dessen Blick nach wie vor auf seinem Zwilling lag. „Ich kann mir nicht vorstellen, all das noch einmal durchzumachen ... Ich weiß, du redest nicht gern darüber, aber ich weiß auch, dass dich das erste Mal noch immer heimsucht."

Balder entglitten die Gesichtszüge. „Ich habe versucht, es hinter mir zu lassen und zu vermeiden, dass sich das, was ich damals spürte, auf jemand anderen auswirkt. Es tut mir leid, falls ich ..."

„Oh, beim Göttervater, ich sage nicht, dass du irgendetwas falsch gemacht hast. Nur ... wir waren seit dem Mutterleib zusammen, Balder. Ich merke es, wenn etwas nicht stimmt. Und etwas stimmt nicht seit dem ersten Moment, als wir unseren Weg zurück nach Asgard gefunden haben.“ Sein Mund spannte sich an. „Du lebst, als lägen zehn Schichten Gaze zwischen dir und dem Rest der Welt. Es ist, als würdest du denken, dass niemals etwas wehtun muss, wenn du jeden möglichen Schlag im Voraus abfederst. Niemand, dem es wirklich gut geht, muss solche Anstrengungen unternehmen, damit es ihm so geht.“

Balder befeuchtete seine Lippen und schaute auf seine Hände, die auf seinen Knien ruhten.

„Die Wahrheit in den Erinnerungen zu finden“, sagte ich leise. „Die Art und Weise zu ändern, wie ihr euch an das Geschehene erinnert … Es schwächt das Gefängnis. Es hilft uns, hier rauszukommen.“

Ich wusste, was Hödur mit den Schutzschichten meinte, die der Gott des Lichts scheinbar um sich gewickelt hatte. Diese Verträumtheit, die ich schon bei unserem ersten Aufeinandertreffen bemerkt hatte und die er fast wie eine Rüstung trug. Doch in diesem Moment, als er zittrig einatmete, änderte sich etwas an seiner Haltung. Er drückte sein Rückgrat durch und spannte seinen Kiefer an. Als hätte er absichtlich einige dieser Schutzschichten abgelegt.

Er hatte mich gehört und setzte alles daran, auf seine Weise zu kämpfen.

„Du hast recht“, bestätigte Balder. „Es war … Der Tod hat mich gebrochen. Er hat mich gebrochen und anschließend die Bruchstücke noch einmal gebrochen. Irgendwie haben sie sich wieder zusammengesetzt, als wir nach Ragnarök auf jener Wiese aufgewacht sind. Allerdings hat es sich immer so angefühlt, als würden sie nicht mehr so zusammenpassen, wie sie es sollten. Ich schätze, ich habe lange Zeit mit dem Versuch verbracht, zur Kenntnis zu nehmen, wie falsch zusammengesetzt ich zurückkam. Ich habe gehofft, dass es sich richten würde, wenn ich einfach lang genug gute Miene zu bösem Spiel mache.“

„Es tut mir leid“, sagte Hödur heiser. „Bei den neun Reichen, es tut mir leid.“

Balder packte seine Schulter. „Ich habe nie …"

Die Leiche erschauderte. Balders Stimme brach ab. Die Gestalt seines vorherigen Selbst, deren Tunika steif von getrocknetem Blut war, zog sich auf die Knie. Blut sprenkelte die Lippen und Zähne des toten Gottes. Die Augen der Leiche waren umwölkt und wiesen ein eisigeres Blau auf, als Balders echte Augen jemals gezeigt hatten. Sie richteten sich allerdings auf Hödur. Worte rasselten aus seiner Kehle. „Denkst du eine Entschuldigung reicht, Bruder?"

Oh Gott, was für ein Grauen hatte sich der Rabe jetzt ausgedacht? Die echten Brüder sprangen auf und stolperten rückwärts zu der Stelle, an der ich stand. Hödur starrte blind zu der Leiche. Seine Muskeln waren von Kopf bis Fuß angespannt. Das Ding rappelte sich auf und schwankte. Ein fauliger säuerlicher Geruch wie verwesendes Fleisch ging von ihm aus und brachte mich zum Würgen.

„Draugr", murmelte Balder mit angespanntem Gesicht.

„Was?", fragte ich und trat noch einen Schritt zurück, als die Leiche zu uns taumelte.

„So was wie ein Zombie", erklärte Hödur krächzend. „Die Toten, die wieder zum Leben erwachen. Aufgedunsen, verrottend und erpicht darauf, diesen Tod weiterzugeben."

Seine Hand ballte sich zur Faust, doch ich wusste nach einem Blick auf ihn, dass er dieses Ding niemals schlagen würde, obgleich es ganz eindeutig nicht sein Bruder war. Der echte Bruder war offensichtlich nie auf diese Weise von den Toten auferstanden. Munin mischte erneut Erinnerungen und verschmolz diesen Tod mit Monstern, mit denen die Götter bereits gekämpft hatten.

Das Wesen hob einen Arm. Es umklammerte den Mistelzweigspeer, der sich neu geformt hatte. Das spitze Ende war dunkelrot verfärbt und zielte auf Hödur. „Du hast mich getötet, mir mein Leben und mein Licht geraubt und willst sagen, dass es dir *leidtut*?", rief der Draugr.

Hödur zuckte zusammen. Balder packte seinen

Unterarm. „Das bin nicht ich", sagte der Lichtgott. „Das sind nicht meine Gedanken. Ich …" Sein Kiefer mahlte. „Vielleicht verstecke ich das ebenfalls vor mir. Vielleicht war ich sauer auf dich. Vielleicht wollte ein Teil von mir nicht mit dir reden, weil du dann ebenfalls von den Schmerzen befreit worden wärst. Das war jedoch nicht fair von mir. Ich bin der Gott der Gerechtigkeit und ich *weiß*, dass du das nicht verdient hast. Ich weiß, dass du mir nie wehtun wolltest."

„Aber das habe ich getan", protestierte Hödur. „Ich habe dich *getötet*. Es war mindestens genauso sehr meine Schuld wie Lokis."

„Alles deine Schuld", gurgelte der Draugr. „Alles deine …"

Er machte unerwartet einen Satz und schlug mit dem Mistelzweig aus. Ich hatte in Bezug auf Hödur recht gehabt. Sein Arm schnellte empor, allerdings nur, um den Schlag abzuwehren. Die Speerspitze schnitt sein Handgelenk auf und hinterließ eine dünne rote Linie. Panik huschte über Balders Gesicht. Er wäre womöglich ebenfalls in der Lage, den Draugr aufzuhalten, aber Gott, wie konnte jemand von ihm verlangen, *sich selbst* zu töten nach all den Schrecken, die er durchgemacht hatte.

Verzweiflung zerrte an mir. Der Draugr würde Hödur töten, wenn er die Gelegenheit bekam. Das war Munins Ziel.

Der Draugr taumelte mit einem weiteren Schlag nach vorne und ich hob meine Hände. „*Stopp!*"

Blitze knisterten durch meine Adern und brachen aus meinen Handflächen hervor. Die Leiche zuckte und erstarrte. Sie kippte vornüber, schlug auf dem Boden auf und verschwand in einer Staubwolke.

Ich senkte die Arme und zitterte am ganzen Körper. Ich wünschte wirklich, ich hätte etwas mehr Kontrolle darüber, wann ich diese Kraft einsetzen konnte, obwohl ich ziemlich glücklich über das Ergebnis war. Ich warf den Zwillingen einen Blick zu.

Balder nickte knapp. Hödur entwich ein raues Seufzen. Er rieb sich übers Gesicht.

„Dieses Ding und was es gesagt hat, waren zwar nicht echt", sagte er, „aber du musst wissen, dass es meine Schuld war. Wem kannst du sonst die Schuld geben?"

Der Lichtgott blickte zu mir und schluckte hörbar. „Wenn es die Wahrheit braucht, um Munins Gefängnis zu schlagen: Wie wäre es mit mir?"

Hödurs Kopf schnellte empor. „Wovon in Hels Namen sprichst du?"

„Ich war dort, oder nicht?" Balder deutete mit seiner Hand zur Mitte des Hofs. „Ich erlaubte Mutter, diese Schwüre zu sammeln. Ich ließ die anderen das Spiel spielen – was dämlich war. Loki hatte diesbezüglich recht. Ich gab mit der Fürsorge und Sicherheit an, die ich erhalten hatte. Wenn ich einfach zufrieden damit gewesen wäre, sie zu haben, wenn ich das Spiel unterbunden hätte ... Ich wäre nie in einer Position gewesen, in der mich jemand hätte verletzen können. Ich kann die Verantwortung dafür übernehmen."

Hödur starrte seinen Bruder an – so sehr er starren konnte. Ein Teil der Anspannung wich aus seinen Schultern. „Also wie machen wir jetzt weiter?", fragte er.

Balder holte tief Luft. „Nun, ich denke, zuerst müssen wir aus diesem Gefängnis raus. Doch danach ... Ich würde gerne noch ein wenig mehr mit dir darüber reden. Dunkelheit ist deine Stärke. Vielleicht kannst du mir helfen, meinen Frieden mit dem zu schließen, was ich durchgemacht habe. Wenn du nichts dagegen hast, einen Teil dieser Bürde zu übernehmen ..."

„Natürlich nicht", unterbrach ihn Hödur rasch. „Ich werde tun, was ich tun kann. Es wird keine Bürde sein, wenn es bei deiner Heilung hilft."

Ein kleines, jedoch strahlendes Lächeln breitete sich auf

Balders Gesicht aus. „Dann könnte ich nichts anderes verlangen, Bruder", sagte er.

Hödur erwiderte das Lächeln – und der Hof um uns herum schimmerte. Es funktionierte. Ich erstarrte und mein Herz machte einen Satz, als ich nach den Rissen in Munins Konstrukt suchte. Wir hatten erneut die Erinnerungen hinterfragt, die sie benutzte, und ihr Fundament erschüttert. Es musste …

Dort. Durch eine Furche in den Fliesen erhaschte ich einen Blick auf einen grauen Stein. Ich sprang dorthin und die Welt neigte sich wieder.

Nein. Meine Arme schnellten nach vorne. Ich richtete meinen Verstand auf dieses Bild, diesen Stein, das rötliche Leuchten und den Aschegeruch, den ich zuvor bemerkt hatte. Das war die echte Welt. Das war der Ort, den wir erreichen mussten.

Der Hof wirbelte in einer Nebelwehe davon. Teils rannte, teils schlitterte ich hindurch, wobei meine Füße über raue Felsen rutschten. Eine Szene erstreckte sich vor mir, die entlang der Ränder unscharf war wie bei dem Moment, den ich von Munin und dem Mann in ihrem mutmaßlichen Zuhause gesehen hatte.

Das hier war allerdings kein Haus. Ein dunkler Felsvorsprung ragte über mir auf und eine hochgewachsene Gestalt marschierte mehrere Schritte entfernt von mir neben einem rotglühenden Fluss. Die Gestalt trug einen verblassten Umhang und einen breitkrempigen Hut. Ein vertrautes Zupfen durchlief meine Brust.

„Odin!", begann ich, zu rufen, doch der Name blieb mir in der Kehle stecken. Als ich den Mund öffnete, stürzte sich eine Schar Männer und Monster von der Klippe und aus den Furchen im Boden daneben auf den Gott. Er zückte seinen Speer, der ihm jedoch sofort aus der Hand geschlagen wurde. Er brach unter der Masse der Angreifer zusammen.

„Da", ertönte Munins süßlich heisere Stimme irgendwo

in der Ferne. „Ich habe ihn gebracht. Ich habe meinen Teil der Vereinbarung eingehalten."

„Das hast du", antwortete ein Mann mit schneidender Stimme. „Aber bist *du* wirklich mit ihm fertig, Rabe?"

Eine Macht traf mich in den Bauch, schleuderte mich zurück in den Nebel und ihre Antwort verklang.

KAPITEL SIEBZEHN

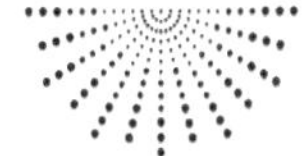

Hödur

Die Wärme in der Stimme meines Bruders schmolz einen Teil meines Kummers. Ich lächelte ihn an und spürte aufgrund der sanften Energie, die ihn überallhin begleitete, genau, wo er stand. Sie schien sich leise, jedoch beruhigend um mich zu legen. Hatten wir uns wirklich versöhnt? War unsere Beziehung wenigstens besser als zuvor?

Ari atmete erschrocken ein. Ihre Schritte polterten über die Fliesen und ich drehte den Kopf, um ihnen zu folgen. Die Luft um uns herum bebte. Ich trat instinktiv vor. Falls sie eine Gefahr gesehen hatte, musste ich für sie da sein.

Kurz meinte ich, das Rascheln eines Mantels und ein raues Husten zu hören, von dem ich hätte schwören können, dass es von meinem Vater stammte. Mir stockte der Atem. Dann traf mich etwas und riss mich von den Füßen.

„Hödur!", rief Aris Stimme aus weiter Ferne. Furcht durchschnitt mich. Ich griff nach ihr, rutschte jedoch aus und stolperte immer weiter weg.

Ich kämpfte gegen den Wind an, doch keine meiner Bewegungen hatte Einfluss auf meine Richtung. Er peitschte so heftig gegen mich, dass mir die Ohren klingelten. Ich schlitterte durch einen formlosen Raum, bis ich plötzlich am Rand eines dünnen Teppichs anhielt, der auf einem kühlen Steinboden lag. Meine Hand stützte sich auf die polierte Oberfläche.

Die Illusion des Raben hatte angefangen, zu zerbrechen. Das musste es sein – ich *hatte* einen kurzen Blick auf Odin erhascht, auf einen anderen Ort, der kein Teil ihres Konstrukts war. Ari hatte recht gehabt. Wenn wir änderten, wie wir über unsere Erinnerungen dachten und was wir an der Vergangenheit für wahr hielten, wurde Munins Griff um uns schwächer.

Und weil wir kurz davor gewesen waren, auszubrechen, hatte sie uns wieder wegkatapultiert.

Wenigstens war ich nicht mehr in diesem schrecklichen Hof. Was konnte sie mir Schlimmeres entgegenschleudern?

Allerdings sollte ich mir jetzt vermutlich keine Sorgen um mich selbst machen. Was sie Balder angetan hatte – jeder Teil von mir schmerzte, als ich mich daran erinnerte, wie er darüber gesprochen hatte. Wie gebrochen er sich fühlte. Wie *falsch*. Wenn sie ihm das noch einmal antat, wie viel länger konnte er sich zusammenreißen?

Oder vielleicht war er stärker, als ich ihm zutraute. Obwohl Schmerzen durch mich bebten, floss unter ihnen ein Gefühl der Erleichterung. Ich hatte endlich die Distanz geschlossen, die zwischen uns gewachsen war. Er öffnete sich mir. Er war gewillt, um meine Hilfe zu bitten, obwohl diese Gespräche für ihn schwieriger werden würden als für mich. Wenn ich ihn ein wenig aus dem Nebel ziehen konnte, in dem er sich versteckt hatte, wäre das all die Qualen wert, die ich hier durchlebt hatte.

Wo hatte Munin ihn jetzt hingeschickt? Was hatte sie mit Ari gemacht?

Der Rabe hatte unserer Walküre bereits so stark zugesetzt. Ich hatte nicht einmal Gelegenheit gehabt, mich zu vergewissern, dass es *ihr* gut ging, und sie zu fragen, was sie durchgemacht hatte. Ich war so in meinen eigenen Schmerzen verloren gewesen. Doch wenn Munin diese Erinnerungen für mich und meinen Zwilling hervorholte und sie so grausam verzerrte … Mein Magen verknotete sich bei dem Gedanken daran, womit sie Ari womöglich konfrontiert hatte.

Ich musste versuchen, einen Weg zurück zu ihr zu finden. Sie hatte es zuvor geschafft, mich zu finden, indem sie die Verbindung zwischen uns benutzt hatte. Das Gefängnis geriet stets ins Schwanken, wenn wir zusammenarbeiteten und gemeinsam die Wahrheiten entdeckten.

Ich füllte meine Lunge und machte mir ein inneres Bild meiner Umgebung. Ein großer Raum, durch den Luftströmungen an mir vorbeiwehten. Ein Streifen Wärme fiel über eine meiner Schultern, wo bestimmt Sonnenlicht durch ein hohes Fenster schien. Ein gedämpftes Murmeln drang durch dieses Fenster zusammen mit dem Schaben von Baumstämmen, die über den Boden geschleift wurden.

Mein Körper spannte sich erneut an. Ah. Munin hatte mich zeitlich nicht weit von meinem letzten Standort abgesetzt. Dort draußen wurde gerade der Scheiterhaufen für Balders Beerdigung errichtet.

Ein Wehklagen erscholl und verklang in einem Schluchzen. Nanna, Balders Frau. Ich schluckte schwer. Nachdem wir alle zurückgekehrt waren, hatte ich gehört, dass sie sich auf seinen Scheiterhaufen geworfen hatte, um mit ihm verbrannt zu werden. Man konnte beinahe sagen, dass ich zwei Götter getötet hatte, als ich ihn getötet hatte.

Manche *hatten* es gesagt.

Wenn nun dieser Tag war, befand ich mich in einer der unteren Kammern der Halle meines Vaters, in denen ich zuvor nie gewesen war. Die Tür hinter mir wäre abgeschlossen, bis …

Der Riegel wurde zurückgeschoben. Die Angeln quietschten leise, als der Göttervater mit langsamen Schritten hereinkam. Sie klangen schwerer als üblich. Ich konnte an seinem Ausatmen spüren, dass seine Schultern herabhingen.

Andere Schritte kamen neben ihm herein und so leise, dass ich sie nicht bemerkt hätte, wenn mich all meine Sinne hätten ablenken können. Der zweite Besucher blieb am Rand des Raums stehen und lehnte das Objekt, das er getragen hatte, mit einem dumpfen Knall an die Wand.

„Mein Sohn", sagte Odin.

„Vater", erwiderte ich. Eine Vorahnung hatte sich fest um meine Brust gelegt. Ich blieb abgewandt von ihm stehen und drehte mich zum Fenster und zur Sonne um. Als das hier zum ersten Mal passiert war, hatte ich mich ihm zugewandt, oder nicht? Es bestand jedoch kein Grund, diese Erinnerung detailgetreu nachzuahmen. Würde er die genau gleichen Dinge sagen, die gleichen Ausreden vorbringen?

Ein Teil von mir verkrampfte sich vor grimmiger Befriedigung bei der Vorstellung, dass er mit meinem Rücken sprechen musste, um mir seine Botschaft zu überbringen.

„Weißt du, wenn es nur nach mir ginge, wären wir nicht hier", erklärte Odin. Seine Stimme klang angespannt, jedoch resigniert. Er hatte bereits entschieden, dass er keine andere Wahl hatte. „Aber das Gleichgewicht ist nötig, jetzt mehr denn je, da der Sommer aus diesem Reich verschwindet. Wir brauchen Dunkelheit und Licht, aber die Dunkelheit kann nicht bleiben, wenn das Licht verschwunden ist."

„Ich weiß, Vater", erwiderte ich.

Ich wusste es nicht wirklich. Er hatte Angst vor dem Herannahen der Ragnarök gehabt; so viel war deutlich geworden. Das Gleichgewicht hatte in diesem Krieg allerdings keinen Unterschied gemacht. Er war trotzdem über

Asgard hereingebrochen. Hatte diese eine Tat wirklich etwas Bedeutsames geändert?

In dem ursprünglichen Moment hatte ich nicht besonders gründlich darüber nachgedacht. Ich war in meinen eigenen Schuldgefühlen und meiner Trauer ertrunken. Seine Erklärung hatte wehgetan, doch in gewisser Weise hatte ich sie auch willkommen geheißen. Der Tod war besser, als mit dem Wissen meiner Tat zu leben. Ich war an Dunkelheit gewöhnt. Ich konnte sie akzeptieren.

Jetzt hätte ich versuchen können, zur Tür zu rennen. Ich hätte versuchen können, mich an ihm vorbeizudrängen, stellte allerdings fest, dass ich mich nicht dazu bringen konnte, mich zu bewegen. Wie groß war die Wahrscheinlichkeit, dass ich weit genug kommen würde, bevor mich er und sein Begleiter aufhalten würden? Vielleicht würden seine Worte dieses Mal mehr Sinn ergeben.

„Wenn wir Asgards Gerechtigkeitssinn nicht befriedigen, könnten wir alles verlieren", fuhr mein Vater fort, als hätte ich nicht gesprochen. „Das ist die Bürde, die wir tragen."

Er trat vor und stellte sich neben mich, wo ich kniete. Seine Hand legte sich auf meine Schulter. „Wenn ich gewusst hätte, dass es sich so abspielen würde …"

Dann was? Hätte er etwas anders gemacht? Was *hatte* er auf all seinen Reisen gesehen, bei seinen Besuchen bei den Nornen und in seinen Visionen? Wir wussten alle, dass der Göttervater mit einem Auge mehr sah als jeder andere mit zwei Augen. Er hatte das andere geopfert, damit er einen Blick auf das erhaschen konnte, was hinter der gegenwärtigen Welt lag.

„Ich hätte zumindest gerne die Beerdigung bezeugt", erwiderte ich. „Ihm die letzte Ehre erwiesen." Als würde mir diese heraufbeschworene Version meines Vaters irgendeine Befriedigung gewähren.

Da sprach der Fremde an der Wand, was er in der Realität nicht getan hatte. Seine Stimme war ein leises

Grollen. „Der blinde Gott will etwas bezeugen? Der Mörder will seinem Opfer die letzte Ehre erweisen? Was für ein Witz."

„Ruhe", donnerte Odin. Sein Griff um meine Schulter spannte sich an. „Ich denke, es ist für uns alle besser, wenn die Tat davor vollbracht wird", erklärte er mir.

Besser für uns *alle*? Wut durchfuhr mich. Ich rappelte mich auf und drehte mich doch zu ihm um.

„Warum sagst du es nicht einfach, Vater?", forderte ich ihn heraus. „Anstatt über Taten und Gleichgewicht zu sprechen. Du wirst mich töten, so wie ich Balder getötet habe. Das sind die schlichten Tatsachen. Sollte dieses ‚um den heißen Brei Reden' nicht unter deiner Würde sein?"

Mit jedem Satz, der aus meinem Mund strömte, brannte die Wut in mir etwas heißer. Es war ein gutes Brennen voller Energie und Überzeugung. Ich hatte nicht gewusst, dass ich so viel davon in mir eingesperrt hatte.

Der Odin, der aus meiner Erinnerung gezogen worden war, schwieg kurz. Dann sagte er: „Vielleicht ist es das. Ich dachte einfach, dass es dir gegenüber freundlicher wäre, so viel Offenheit zu vermeiden."

„Freundlicher mir gegenüber?" Ein scharfes Lachen entfuhr mir. Eine stärkere, sengende Empfindung raste so schnell durch mich, dass ich keine Zeit hatte, sie in Augenschein zu nehmen, bevor die Worte aus meinem Mund platzten. „Sag mir die Wahrheit, Vater. Wenn ich als Erster gestorben wäre – wenn ich durch Balders Hand gefallen wäre – hättest du ihn geopfert? Dein Licht, deine Freude? Hätte es unsere Mutter überhaupt zugelassen?"

Die Fragen hinterließen einen säuerlichen Nachgeschmack auf meiner Zunge. Odin stand still und schweigend da. Jeder Augenblick, in dem er nicht sprach, verwandelte jegliche Scham, die ich wegen dieser Fragen möglicherweise empfunden hätte, in Wut.

„Bist du dir nicht sicher?", wollte ich wissen. „Oder liegt

es daran, dass du weißt, dass mir deine Antwort nicht gefallen wird, wenn du mir die Wahrheit sagst?"

Der Fremde an der Wand begann, gackernd zu lachen. Odin regte sich. „Welche Antwort hättest du gerne, mein Sohn?", fragte er mit tiefer Stimme. „Was könnte ich sagen, das dich zufriedenstellt?"

Diese Worte durchbohrten das ansteigende Triumphgefühl in mir. Jetzt zögerte ich. Ein Beben durchlief meinen Magen.

Wie lange hatte ich über diese Dinge gegrübelt, ohne sie auszusprechen, ohne sie bewusst zu denken? Die Emotion in ihnen fühlte sich sehr, sehr alt an. Knochentief und verbunden mit meinen Adern.

Wie viele Male hatte ich die anderen Götter, einschließlich unserer Eltern, dabei beobachtet, wie sie von Balder angezogen wurden, während sie mich allein ließen? Wann war unsere Mutter jemals losgezogen, um *mich* zu beschützen und sicherzustellen, dass mir nie ein Leid widerfuhr? Es war alles für Balder gewesen. Balder der Nette. Balder der Gerechte. Balder der Strahlende.

Warum sollten nicht alle seine Gesellschaft der des dunklen Gottes vorziehen, der sich in der Nacht am wohlsten fühlte?

Lokis schneidende Bemerkungen im Hof fielen mir wieder ein. *Du hast Bitterkeit verbreitet wie ein Stinktier seinen Gestank.* Vielleicht war es so gewesen. Denn diese reißenden Empfindungen in mir waren nicht nur Schuldgefühle oder Trauer. Ein Teil von mir war wahnsinnig eifersüchtig auf die Liebe gewesen, die mein Bruder immer wieder erhalten hatte und ich nicht.

Ich knirschte mit den Zähnen, konnte jedoch nicht verhindern, dass diese letzte Frage in meinem Kopf aufstieg. Hatte ich Balder tief in meinem Inneren wehtun wollen? Hatte ich ihn nur einmal fallen lassen wollen?

„Ich weiß es nicht", sagte ich zu meinem Vater. „Ich …

Das hier wollte ich nicht. Ich weiß, dass ich das hier niemals gewollt hätte."

„Es ist einfacher, unsere Entscheidungen im Nachhinein zu ändern", entgegnete der Göttervater. „Das bedeutet nicht, dass du deiner selbst nicht treu warst, als du sie getroffen hast."

„Er ist mein *Bruder*", widersprach ich, der Protest klang jedoch sogar in meinen Ohren schwach. Nannas Schluchzen drang zusammen mit den leiseren wehklagenden Lauten der anderen Götter durchs Fenster. All der Kummer, den ich diesem Ort gebracht hatte. Weil ich sauer darauf war, wie glücklich Balder sie gemacht hatte?

Odin packte wieder meine Schultern. Er beugte seinen Kopf dicht zu mir und drückte einen trockenen Kuss auf meine Stirn, der sich wie ein Segen anfühlte, so wie er es vor all den Jahrhunderten getan hatte. „Es ist Zeit. Ich schwöre, dass ich dich danach wieder sehen werde."

„Vater …" Ich wusste nicht, was ich noch sagen sollte.

Odin trat zurück, seine Füße flüsterten über den Teppich. Der Fremde hob seine Keule vom Boden und näherte sich mit schweren Schritten. Seine Kleider raschelten, als er die Arme hob. Ich wappnete mich und ballte die Hände an meinen Seiten zu Fäusten.

Selbst wenn ich verbittert und eifersüchtig gewesen war, ich konnte meinem Tod ehrenhaft entgegentreten. Ich konnte die Bestrafung akzeptieren, die mir bevorstand. Ich …

Ich sollte eigentlich nicht hier sein. Ich hatte diese Bestrafung bereits vor Jahren angenommen. Das hier war Munins Werk. Wenn ich mich in die Erinnerung ziehen ließ, könnte ich hier erneut sterben. Das hatte sie für mich im Sinn. Sie hatte gewollt, dass ich in die Erinnerung gesogen wurde, bis ich vergaß, mich zu wehren.

Die Luft bewegte sich, als mein Henker seine Keule schwang. Den Bruchteil einer Sekunde zu spät wich ich zur

Seite aus. Das schwere Holz schlug mir zwar nicht den Kopf auf, traf mich jedoch an der Schläfe.

Schmerz explodierte in meinem Schädel. Ich taumelte rückwärts, schwankte, kippte über eine Kante im Boden und fiel.

KAPITEL ACHTZEHN

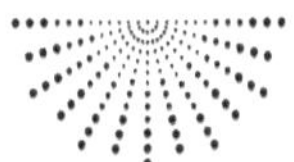

Aria

Dieses Mal schleuderte mich Munins Wille nach oben – hoch, hoch in eine Dunkelheit, die sich zu einem klaren, blauen Himmel öffnete. Als sie mich ausspuckte, holte ich meine Flügel hervor, um mich von der Brise tragen zu lassen.

Ich wirbelte herum. Ich schwebte allein über Asgard, die glänzenden Dächer waren unter mir verstreut.

Nein, ich war nicht allein. Ein braungefiederter Körper segelte an mir vorbei. Freyas Falke. Sie schlug so heftig mit den Flügeln, als hinge ihr Leben davon ab, so schnell wie möglich dorthin zu gelangen, wohin sie unterwegs war.

Ich flog ihr hinterher und musste mich anstrengen, um mit ihr mitzuhalten. „Freya!", rief ich. „Was ist los? Was stimmt nicht?" War dies eine ihrer Erinnerungen, in der sie von einem Monster verfolgt wurde? Ich sah nichts, was uns folgte.

Der Falke wurde nicht langsamer. „Freya!", rief ich erneut. Was, wenn sie es gar nicht war, sondern ein Konstrukt von ihr? Doch als ich meine Sinne ausstreckte, konnte ich sogar aus mehreren Metern Entfernung das Kribbeln ihrer göttlichen Lebensenergie spüren.

Ich beschleunigte meine Flügelschläge und sauste an ihr vorbei. Falls sie in einer Erinnerung gefangen war, konnte ich sie vielleicht aus dieser befreien, so wie Loki und ich es zuvor getan hatten.

„Freya, kannst du mir wenigstens ein Zeichen geben …"

Der Falke neigte sich bei meinem Anblick zur Seite. Mit einem Flügelschlag schlüpfte die Göttin aus dem Falkenumhang und legte ihn sich um die Schultern, damit ihr Körper in der Luft blieb. Sie starrte mich an. Ihre Augen waren leicht glasig, als würde sie mich noch nicht richtig sehen.

„Meine Tochter", murmelte sie. „Ich muss meine Tochter finden."

Mein Herz zog sich zusammen. „Freya", sagte ich und nahm ihre Hand, so wie ich es getan hatte, als sie gedacht hatte, sie würde altern. „Ich weiß nicht, was zuvor passiert ist, aber Munin will uns wehtun. Uns brechen. Wenn es dich so sehr aus der Fassung bringt, dass du deine Tochter nicht finden kannst, bezweifle ich, dass sie jemals zulassen wird, dass du sie findest. Aber du hast sie irgendwann gefunden, stimmt's?" Ich hatte Schwierigkeiten, zu glauben, dass Loki andernfalls darüber gescherzt hätte, sie Riesen anzubieten. Andererseits hätte ich auch Schwierigkeiten gehabt, zu glauben, dass er einen Mord einfädeln würde, also was wusste ich schon?

Freyas Atemzüge beruhigten sich. Sie rieb mit einer Hand über ihre Augen. „Also holst du mich wieder in die Realität zurück, Ari", sagte sie mit einem schiefen Lächeln.

„Ich habe diese Erinnerung ebenfalls schon gebraucht",

erwiderte ich und dachte an das Schlafzimmer im Haus von Peteys Pflegefamilie und Hödurs angespannte Stimme.

„Ich … habe meine Tochter gerade gesehen. Du hast jedoch recht. Munin will genau das – dass wir panisch sind und nicht versuchen, von hier zu fliehen." Die Göttin seufzte. „Lass uns zur Erde fliegen. Dort kann ich klarer denken."

Wir waren an der Stadt und dem Obstgarten vorbeigeflogen. Freya segelte zu einer Lichtung im dichten Wald. Wir landeten auf weichem Gras in der Nähe eines großen Steinbrunnens. Braune Erhebungen ragten am Rand der Lichtung aus der Erde, ihre Form und Textur passte allerdings nicht zu Felsen. Nach einem Augenblick erkannte ich, dass es gewaltige Baumwurzeln waren. Doch wo war der Baum?

„Das sind die Wurzeln von Yggdrasil", erklärte Freya und neigte den Kopf. „Ich schätze, der Rabe hat beschlossen, dass es nicht schaden kann, wenn wir Zugang zu ihnen haben." Sie ließ ihre Hand über den Rand des Brunnens gleiten. „Hier haben die Nornen früher ihre Zeit verbracht. Unter anderem haben sie gerne den Baum gegossen."

Unter anderem. „Ich habe dich und die anderen zuvor schon über die Nornen sprechen gehört", sagte ich. „Ich habe keine Ahnung, wer sie waren."

„Keiner von uns wusste das so richtig", erklärte Freya. „Die drei sind eines Tages einfach in Asgard aufgetaucht und haben sich hier niedergelassen. Sie spannen Prophezeiungen. Manche sagten, sie würden die Zukunft bestimmen. Ich glaube, sie lasen bloß die Zeichen, um zu schauen, wohin die Zukunft führte." Sie hielt inne. „Odin glaubte das ebenfalls. Wir waren damals nicht verheiratet, aber ich bemerkte, dass er sie häufig besuchte. Er wollte immer so viel wie möglich darüber wissen, was ist und was sein wird."

„Ich schätze, diese Angewohnheit hat ihn dieses Mal in große Schwierigkeiten gebracht."

„So scheint es." Sie schüttelte den Kopf und verzog das Gesicht, wobei ihre goldenen Haare über ihre Schultern fielen. „Ich hätte ihn allerdings nicht von seinen Wanderungen abgehalten, selbst wenn ich es gekonnt hätte. Ich vermisse ihn, wenn er weg ist, doch dieser Wissensdurst ist ein Teil dessen, was ihn zu dem Mann macht, den ich liebe."

Ich dachte an den Odin, den mir Munin in ihrer getrübten Version von Walhalla gezeigt hatte. Dieser Odin hatte nicht besonders liebenswert ausgesehen. Andererseits konnte Freya offensichtlich ebenfalls blutrünstig sein. Deswegen verstanden sie sich.

„Seid ihr schon lange zusammen?", wagte ich mich vor.

„Seine Beziehung mit der Mutter der Zwillinge zerbrach kurz nach der Szene mit dem Mistelzweig, die du gesehen hast", erzählte sie. „Ich hätte nicht gedacht, dass sich zwischen uns etwas entwickeln könnte, doch nach Ragnarök, als wir alle eine zweite Chance erhielten … Es schien albern zu sein, sich von etwas abzuhalten, was uns beide glücklich machen könnte."

Sie sah mich von der Seite an und zog neckend ihre Augenbrauen hoch. „Ich habe bemerkt, dass du dich selbst auf mindestens eine göttliche Tändelei eingelassen hast."

Mein Gesicht wurde heiß. Am schlimmsten war, dass ich nicht einmal wusste, von welchem Gott sie sprach. Vermutlich Loki. Sie hatte definitiv gesehen, dass er mich geküsst hatte.

„Das ist nur …", begann ich und wusste nicht, wie ich diesen Satz beenden sollte. Ich hatte keine Ahnung, was ich mit ihnen tat. Ich wusste nur, dass es sich gut anfühlte, wenn ich es tat, und das schien zu dem jeweiligen Zeitpunkt stets zu reichen. Mein Magen verknotete sich bei dem Gedanken, zu versuchen, etwas zu definieren, und dem Ganzen eine Bedeutung zu verleihen.

„Es ist in Ordnung", beruhigte mich Freya. „Du wirst

hier nicht verurteilt werden. Ich habe den Eindruck, dass du eine Frau bist, die weiß, wie sie ihr Herz schützen muss. Ich erwarte, dass du mit ihnen klarkommst.“

Ihnen. Okay, sie hatte definitiv bemerkt, dass auch mit den anderen etwas lief. Dies schien ein guter Zeitpunkt zu sein, um das Thema zu wechseln.

„Munin ist nach Ragnarök noch eine Weile bei Odin geblieben, oder?“, fragte ich. „Du musst sie damals ziemlich gut kennengelernt haben. Vielleicht wird uns etwas, was du damals gesehen hast, mehr Antworten darüber geben, wie wir von diesem Ort entkommen können.“

„Ich weiß nicht, ob man sagen kann, dass ich sie gut kannte.“ Freya lehnte sich nach hinten an den Brunnen und ihr Gesicht nahm nachdenkliche Züge an. „Damals konnte sie ihre Gestalt nicht ändern, weißt du. Sie war immer ein Rabe. Ein außerordentlich intelligenter und wissender Rabe, doch sie konnte nur mit Odin durch das mentale Band sprechen, das sie verband. Ich habe nie direkt mit ihr gesprochen. Danach zu urteilen, wie er über sie redete, hielt er sie allerdings für eine alte Freundin. Ich habe nie den Eindruck erhalten, dass er Grund dazu sah, an ihrer Loyalität zu zweifeln.“

„Hat er jemals erzählt, was passiert ist, kurz bevor sie gegangen ist? Wohin sie gegangen ist? Ob es irgendetwas …“

Bevor ich den Gedanken beenden oder Freya ihn beantworten konnte, explodierten die Mauern des Brunnens. Ein Mauerstück rammte mich zurück in die Dunkelheit, die die Lücken zwischen Munins Konstrukten füllte. Ich saugte Luft in meine Lunge und versuchte, mich aufzurichten, stolperte jedoch wieder zurück. Der Wind peitschte um mich herum, bevor er mich fallen ließ.

Munin wollte nicht, dass ich diese Fragen stellte. Okay. Ich kam der Zerstörung dieses Gefängnisses anscheinend näher.

Ich landete auf einem verkratzten Holzboden und meine

Hand schnellte vor, um instinktiv das Geländer zu packen. Freya war fort, zweifellos befand sie sich in einem neuen Albtraum. Der trostlose Geruch des Hauses meiner Mutter schloss sich um mich herum. Spannung legte sich um meine Brust.

Der Gang im ersten Stock. Ich war im Flur des ersten Stocks vor den Schlafzimmern. Als ich das realisierte und mein Gleichgewicht fand, drang von unten das Knarzen der Stufen herauf. Ein lauteres Knarzen, als es die Schritte meiner Mutter erzeugt hätten. Jeder Muskel in meinem Körper spannte sich an.

„Nein!", brüllte ich Munin an, wo immer sie war. „Wag es ja nicht."

Noch ein Knarzen. Mein Herz machte einen Satz. Mit all meiner Walküre-Kraft rannte ich zu der Wand am Ende des Ganges.

„Lass. Mich. *Raus*."

Zuerst rammte ich meine Fäuste in die Wand, die mit einem Staubregen aufbrach. Mit einem Tritt meiner Füße und einem panischen Flügelschlag beförderte ich mich in die Dunkelheit auf der anderen Seite.

Munins Wind peitschte um mich herum und riss mich zur Seite. Nicht dorthin zurück – nein, das würde ich nicht zulassen. Ich schlug so fest wie ich konnte mit den Flügeln und suchte nach etwas, an dem ich mich festhalten konnte. Ich hatte sie zuvor schon geschlagen. Ich konnte stärker als sie sein, wenn ich mich nur genug anstrengte.

Ein Wald wirbelte unter mir vorbei. Die unsichtbare Kraft schlug mich nach rechts. Als sich mein Kopf drehte, blitzten die Hallen von Asgard vorbei. War das Thor vor einer der Hallen? Ich griff nach ihm, doch der Wind riss mich zu schnell und zu stark zurück.

Ich machte einen Salto. „Ari!", rief Lokis Stimme. Sie war da und wieder fort, weggesaugt von dem Heulen der Luft um mich herum. Ich schnellte empor und fiel, stolperte über eine

Reihe Stufen – die meiner alten Grundschule? – katapultierte mich wieder hoch und fing den Eindruck eines anderen Gottes auf. Dort. Ich wollte dorthin gehen. Wir würden sie gemeinsam bekämpfen. Ich hatte es so satt, nach Gutdünken von der Rabenfrau herumgeworfen zu werden.

Meine Flügel schmerzten, aber ich schlug noch heftiger mit ihnen. Die Kraft zerrte an ihnen – und dann riss sie ab. Ich stolperte mit dem Kopf voran in einen dunklen Raum und landete auf dem Po.

Ein kalter Steinboden befand sich unter mir. Ein schmaler Mond leuchtete vor dem Fenster und ein gewaltiges Bett stand gegenüber von mir. Drei Gestalten drängten sich zu meiner Rechten an die hintere Wand. Und eine Gestalt, blass und schlank mit kurzen schwarzen Haaren, die zerzaust waren, als hätte der Wind sie vor nicht allzu langer Zeit hier abgesetzt, beugte sich über das Bett.

Hödur hatte mich anscheinend nicht bemerkt. Seine Hand wanderte über die Bettdecke – über den Körper, der unter dieser lag. Ein stockender, rasselnder Atemzug erklang aus der Richtung des Kissens, gefolgt von einem leisen Stöhnen. Hödurs Mund spannte sich an. Er krümmte seine Finger zur Handfläche und zog die letzten Lebensreste in seine Dunkelheit. Diese Empfindung hallte in den Schatten wider, die in mir lauerten.

Das Zimmer war zuvor ruhig gewesen, jetzt war die Stille jedoch vollkommen. Hödur richtete sich auf und die Hand fiel an seine Seite. Sein Kopf drehte sich zu seinem Publikum und es wich wortlos zurück. Seine Lippen verzogen sich zu einer Grimasse. Er ging durch die Tür und die Beobachter atmeten gemeinsam aus.

Ich rappelte mich auf und eilte ihm hinterher. Im Flur vor der Tür krachte ich fast gegen ihn, da er stehen geblieben war, vermutlich weil er meine Schritte gehört hatte. Er packte meinen Ellenbogen und stützte mich.

„Ari?"

Seine Stimme klang angespannt, seine Hand zitterte jedoch. Ich kannte den Gott der Dunkelheit gut genug, um zu erkennen, dass er immer kratzbürstiger wurde, wenn er versuchte, sein eigenes Unbehagen zu überspielen.

„Höchstpersönlich", erwiderte ich fröhlicher, als ich mich fühlte. Alles war besser als meine Kindheitserinnerungen und ich war wenigstens nicht allein. Wir hatten eine Chance, zu fliehen, wenn wir miteinander arbeiten konnten. Munin warf uns immer öfter herum. Es musste schwieriger für sie werden, eine Illusion aufrechtzuerhalten.

Mein Blick blieb auf einem lila-roten Fleck an der Seite von Hödurs Stirn hängen – die Seite, die zuvor von mir abgewandt gewesen war – und mein Körper spannte sich an. „Was ist dir zugestoßen? Wer hat dir das angetan?" Denn ich würde demjenigen gerne einen entsprechenden Bluterguss verpassen.

Hödurs Hand hob sich an seine Schläfe, als hätte er die Verletzung vergessen. „Es ist nichts", sagte er noch immer angespannt. „Ich war nachlässig. Mein Schädel ist noch intakt und mehr hätte ich gar nicht verlangen können."

Ich war mir da nicht so sicher, doch er war eindeutig nicht in der Stimmung, die Probleme zu besprechen, denen er begegnet war. Ich zwang mich, den Blick abzuwenden und den Gang zu betrachten. „Was denkst du, haben wir uns dieses Mal eingefangen?"

Er zuckte mit den Achseln. „Wenn du mich dort drin gesehen hast, ist es bereits vorbei."

Ich blickte zu dem Schlafzimmer. „Du hast das Leben dieser Person genommen." Person? Diese Steinwände verströmten einen Asgard-Vibe. „Dieses *Gottes*?"

„Nach der Wiedergeburt haben nicht alle auf sich aufgepasst", erklärte Hödur. „Einige haben sich so sehr gehen lassen, dass das Leben, das sie noch hatten, kaum ein Leben war. Sie wollten, dass ihr endgültiges Ende so friedvoll und ruhig wie möglich vonstattenging. Also holten sie mich." Er wandte sein Gesicht ab. „Das war *mein* Leben, als Asgard noch aktiv war: Ich wurde zu Pflichten gerufen, die niemand bei Tageslicht auch nur erwähnen wollte."

Pflichten, die niemand auf die gleiche Art hätte tun können, wollte ich anmerken. Ich hatte jedoch gesehen, wie sein Publikum vor ihm zurückgeschreckt war. Ich konnte seine Meinung nicht ändern, indem ich ihn anlog.

„Was jetzt?", fragte ich stattdessen.

„Ich weiß es nicht. Ich schätze, wir warten und schauen, was Munin als Nächstes heraufbeschwört."

Beobachtete sie uns in diesem Moment? Wusste sie überhaupt, wo ich in ihrem stetig wachsenden Gefängnis gelandet war? Sie musste sich zeitweise auch auf die anderen konzentrieren. Ich war aus der letzten Erinnerung ausgebrochen, in der sie mich einsperren wollte – es war mir gelungen, einen Weg zu Hödur zu finden.

„Ich glaube, sie wird müde", bemerkte ich. „Sie will, dass wir alle ständig nervös oder aufgebracht sind … Möglicherweise ist es so einfacher, uns zu kontrollieren? Also haben wir vielleicht eine bessere Chance, komplett auszubrechen, wenn wir irgendwo sind, wo es glücklichere Erinnerungen gibt. Ich habe deine Halle noch nicht gesehen. Warum lädst du mich nicht zu dir ein?"

Etwas, was wie schallendes Gelächter klang, brach aus dem dunklen Gott hervor. „Ich weiß nicht, wie fröhlich dieser Ort ist, aber in Ordnung. Möchtest du mich zu meinem Zuhause begleiten, Walküre?"

„Es wäre mir ein Vergnügen", entgegnete ich in einem feierlichen Ton und seine Mundwinkel zuckten nach oben.

Wir verließen das Haus und gingen zu einer kleineren Halle aus grauen Steinen, die etwas dunkler aussahen als die der umliegenden Gebäude. Ein Handwerker mit einem Sinn für Humor oder Hödurs Entscheidung? Er stieß die Tür auf und marschierte über die Schwelle. In dem vertrauten Raum sorgte sein Selbstvertrauen dafür, dass seine Haltung noch gerader war.

„Da hast du es", verkündete er trocken. „Home sweet Home."

KAPITEL NEUNZEHN

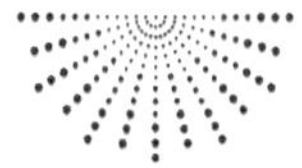

Aria

Mein Herz hämmerte vor Neugier, als ich im Haus des Gottes der Dunkelheit durch die Tür spähte, die mir am nächsten war. Dahinter entdeckte ich ein Esszimmer und ein Wohnzimmer mit einem einzigen Sessel und Unmengen an Bücherregalen. Das passte zu Hödur. Waren seine Bücher hier in der asgardischen Version einer Brailleschrift geschrieben worden, oder musste er seine Magie zum Lesen nutzen, wie er es bei seiner Sammlung in Midgard tat? Er folgte mir, sprach allerdings nicht, sondern ließ mich alles ungestört betrachten.

Der einsame Sessel machte mir zu schaffen. „Hast du hier allein gelebt?"

„Lebe, Präsens. Im echten Asgard ist das hier nach wie vor mein Zuhause", antwortete Hödur. „Überrascht dich das?"

„Ich weiß nicht. Vielleicht war das albern, aber irgendwie dachte ich, du und Balder wärt unzertrennlich."

„Oh, er hat seine eigene Halle näher beim Haupthof. Man hat mir gesagt, dass sie eine wunderschöne Aussicht hat."

Eine eigenartige Schärfe hatte sich in seine Stimme geschlichen. Das Gespräch mit seinem Zwilling schien einen Teil seiner Schuldgefühle reduziert zu haben, doch anscheinend nicht genug. War das ein Punkt, an dem ich ansetzen konnte, um die Lücken in Munins Gefängnis zu vergrößern?

„Wir werden hier rauskommen, weißt du", sagte ich. „Und dann habt ihr den Rest eures göttlichen Lebens, um alles andere zu klären, was geklärt werden muss. Wenigstens …"

Ich fing mich gerade noch rechtzeitig, als mir bewusst wurde, dass meine Gedanken den Weg zu meinen Schuldgefühlen eingeschlagen hatten. Hödur brauchte meinen Schmerz nicht noch zusätzlich zu seinem.

Allerdings kannte er *mich* zu diesem Zeitpunkt eindeutig zu gut. „Wenigstens kann ich mit ihm reden?", beendete er meinen Satz leise. „Wenigstens ist er noch hier. Wenigstens erinnert er sich daran, wer ich bin."

„Es ist dumm, das zu vergleichen", sagte ich. „Lassen wir es einfach darauf beruhen, dass ich weiß, wie beschissen es sich anfühlt, wenn es Streit mit jemandem gibt, der einem so wichtig ist."

„Wenn all das vorbei ist, könnte es einen Tag geben, an dem du wieder mit Petey sprechen kannst."

Ich starrte ihn an. „Du würdest das *zulassen*, Mr. Lass-All-Deine-Irdischen-Sorgen-Zurück?"

Hödur rieb sich über den Mund. „Vielleicht habe ich ein sehr umfassendes Beispiel dafür erhalten, warum es nicht immer die beste Vorgehensweise ist, zu versuchen, alte Schmerzen einfach zu vergessen. Und … sogar *ich* weiß, dass es nicht richtig ist, dass er sich nicht einmal an dich erinnert oder an all die Dinge, die du für ihn getan hast, wenn du ein echter Teil seines Lebens sein könntest." Seine Stimme senkte sich noch mehr. „Es tut mir leid, dass ich deinen Schmerz vergrößern musste."

Meine Kehle schnürte sich so plötzlich zu, dass es eine Weile dauerte, bis ich wieder sprechen konnte. „Hödur ... ich würde viel mehr Schmerzen empfinden, wenn ich ihn bei meiner Mom hätte lassen müssen. Oder an einem anderen Ort, wo ihn die Schwarzalben finden könnten. Du hast mir geholfen."

„In gewisser Hinsicht." Er lehnte sich gegen den Türrahmen. „So trage ich etwas bei, oder nicht? Durch Dunkelheit, indem ich etwas wegnehme, durch den Tod ... Sogar *Loki* bringt manchmal Helligkeit, anstatt sie zu vernichten."

„Okay, jetzt benimmst du dich lächerlich", sagte ich. Selbst wenn ich nicht gedacht hätte, dass das Infragestellen jeder gegebenen Situation der Schlüssel war, um von hier zu entkommen, hätte ich ihm widersprechen müssen. „Du trägst viel mehr bei. Du hast so viel Wissen aus den Büchern und du kommst einer Stimme der Vernunft in dieser Gruppe vermutlich am nächsten, auch wenn sie manchmal etwas pessimistisch ist, und ... und manchmal ist das, was du wegnimmst, Schmerz. Du hast mir den Raum gegeben, über Dinge zu reden, von denen ich nicht gedacht hätte, dass ich sie jemals mit jemandem besprechen wollen würde. Dass ich einen Teil davon rauslassen konnte in dem Wissen, dass du mir zuhörst und es dir wichtig ist, hat mir viel bedeutet."

„Du hast nur einen Bruchteil dessen gesehen, wer ich bin, Walküre", entgegnete er, seine Stimme war jedoch etwas weicher geworden.

Ich schnaubte. „Ich habe genug gesehen. Dann bist du eben nicht so strahlend wie Balder und besitzt nicht Thors Wagemut. Ja und? Ihr seid *alle* so unterschiedlich ... Es ist irgendwie schwer, sich vorzustellen, dass ihr alle nicht zusammen seid. Zwischen euch herrscht das perfekte Gleichgewicht."

Etwas an dieser Bemerkung veranlasste Hödur dazu, das Gesicht zu verziehen. „Nicht ganz perfekt", widersprach er. „Es gab all diese Bruchlinien, die wir mit aller Mühe zusammenzuhalten versuchten. Du hast das mit deiner Anwesenheit irgendwie einfacher gemacht. Ich schätze, du hast die Dinge gerade so weit aufgewirbelt, dass wir anfangen konnten, die Spannungen zu beseitigen. Es ist jetzt schwer, sich vorzustellen, dass *du* nicht bei uns bist."

Eine freudige Wärme durchströmte mich bei dieser Bemerkung. Ich trat näher an ihn heran und nahm seine Hand.

„Weißt du, ich habe beobachtet, was in diesem Hof passiert ist, und ich glaube nicht, dass man dir die Schuld daran geben kann, was geschehen ist. Du wusstest es nicht. Du dachtest, du würdest dich bloß den anderen anschließen. Loki …"

Hödur schüttelte ruckartig den Kopf. „Da bin ich mir nicht so sicher", widersprach er rau. „Manche der Dinge, an die mich der Rabe erinnert hat … Es gab Zeiten, in denen ich so *wütend* war, weil die Götter Balder bevorzugten. Ich hätte den Ast nicht so hart werfen müssen. Ich hätte fragen können, was Loki ausheckte."

Ich drückte seine Hand fester. „Glaubst du wirklich, dass du ihm den *Tod* gewünscht hast?"

Der Dunkelgott hielt inne. Sein Kiefer zuckte. „Nein. Das niemals. Aber ich wollte ihn womöglich nur einmal ein wenig verletzen. Möglicherweise habe ich mir gewünscht, dass für ihn einmal etwas schiefgeht."

Oh, mein lieber Dunkelgott.

„Ich weiß nicht", sagte ich. „Das klingt für mich ziemlich normal. Ich liebte Francis aus ganzem Herzen. Doch es gab Zeiten, in denen ich ihm alles grollte, was er tun konnte und ich nicht, weil er älter war. Und es gab Zeiten, nachdem die wirklich schlimmen Dinge begonnen hatten … in denen ich es hasste, dass ich das durchmachen musste und er ungeschoren davonkam. Emotionen sind nicht fair. Sie sind einfach da. Bedeutet das, dass es meine Schuld ist, dass er gestorben ist?"

Mein Herz setzte einen Schlag aus, als ich das sagte, als würde ich mich halb davor fürchten, dass Hödur antworten würde, *ja, das ist es*. Er hob seine Hand an mein Gesicht und streichelte mit dem Daumen über meine Wange. „Natürlich nicht", entgegnete er bestimmt. „Das ist allerdings kaum dasselbe. Und ich bezweifle, dass *Balder* jemals auf jemanden eifersüchtig ist. Das Licht in ihm wäscht einfach alle Dinge wie Groll fort."

„Hast du ihn vorhin nicht gehört? Er war auch wütend."

„Nur kurz und aus nachvollziehbaren Gründen."

„Hmpf." Ich neigte den Kopf an Hödurs Brust. Seine Finger wanderten zu meinen Haaren und sandten mit jeder Liebkosung einen angenehmen Schauder über meine Kopfhaut. „Ich wette, immer gut zu sein, ist auf andere Arten anstrengend. Kannst du nicht einfach glauben, dass du gut genug bist?"

„Kannst du es?", entgegnete er.

„Ich arbeite daran", sagte ich. „Du hast mir in vielerlei Hinsicht geholfen, weißt du, trotz all der Grimmigkeit und Skepsis. Ich denke, es sagt viel über dich, dass du so nett zu jemandem sein konntest, dem du zu Beginn gar nicht getraut hast."

Hödur schwieg kurz. Seine Hand erstarrte an meinen Haaren. „Ich glaube nicht, dass du diese Taten Freundlichkeit nennen kannst, Ari", widersprach er. „Das war ein Mann, der sich in dich verliebt hat."

Mein Atem stockte und mein Rückgrat wurde steif. Ich trat von Hödur zurück und starrte ihm ins Gesicht, das sich bereits angespannt hatte.

„Es ist alles in Ordnung", stotterte er und wich einen

Schritt zurück. „Ich habe nicht erwartet, dass du das Gefühl erwiderst. Wenn es einfacher ist, kannst du so tun, als hätte ich nie …"

Schmerzen durchbohrten meine Brust noch stärker als meine Panik. Ich bewegte mich automatisch, packte die Vorderseite seines Shirts und riss ihn zu mir. Im gleichen Moment ging ich auf die Zehenspitzen, um seinen Mund mit meinem einzufangen.

Mit stockendem Atem erwiderte er den Kuss. Seine Lippen hatten den gleichen salzigen, leicht rauchigen Geschmack wie der Geruch, der an ihm haftete, und sie bewegten sich auf meinen, als wüsste er genau, wie er den empfindsamsten Winkel finden konnte. Als hätte er jeden Zentimeter von mir bereits hunderte Male erkundet und dies wäre nicht nur unser zweiter Kuss.

Die Empfindung sandte ein freudiges Beben durch mich hindurch, das Beben wurde jedoch nach wenigen Sekunden zu einem Zittern. Ich krallte mich an sein Shirt und versuchte, mich vollkommen in der Hitze seines Mundes zu verlieren, konnte meinen Körper jedoch nicht unter Kontrolle bringen.

Hödur wich zurück, dieses Mal allerdings nicht so weit. Seine Stirn streifte meine. „Ari?", fragte er heiser.

Ich vergrub mein Gesicht an seiner Brust. „Es tut mir leid", murmelte ich.

Er hielt inne. „Möchtest du mir davon erzählen?"

Einfach so. Genau so, wie er mich gefragt hatte, als ich vor nicht allzu langer Zeit vor dem Haus meiner Mutter in Tränen ausgebrochen war. Simpel, geradeheraus und allem die Tür öffnend, was ich womöglich gestehen wollte. Kein Zwang, kein Druck.

Das war Freundlichkeit, ganz gleich, wie man es betrachtete. Glaubte er wirklich, dass es eine Rolle spielte, warum er sie anbot?

„Ich habe mir seit langer Zeit nicht erlaubt, viel für

jemand anderen als Petey zu empfinden“, erzählte ich, wobei ich nach wie vor in sein Oberteil sprach. „Es war immer sicherer, meine Distanz zu wahren. Auf diese Weise ist es viel leichter, nicht verletzt zu werden. Ich … ich weiß nicht mehr, wie man es tut. Wie man Leute in sein Herz lässt. Wie man sich verliebt. Aber ihr seid alle so … ich kann nicht anders, als euch reinzulassen. Ich kann nicht anders, als zu *wollen*. Und es macht mir schreckliche Angst. Es liegt also nicht an dir – es liegt ganz und gar nicht an dir. Es liegt einfach daran, dass ich ein Schlamassel bin.“

„Du bist kein Schlamassel“, widersprach Hödur nun heftig. Er neigte meinen Kopf zu sich und drückt einen Kuss auf meine Stirn, der sich irgendwie so leidenschaftlich anfühlte wie das Aufeinandertreffen unserer Lippen vor einigen Augenblicken. „Ich verlange nichts. Ich erwarte nichts von dir. Was immer du geben willst, was immer du kannst …“

Sein Kopf schnellte hoch. Bevor ich ihn fragen konnte, was los war, spürte ich es ebenfalls. Die Luft um uns herum bewegte sich, als wäre eine Brise, die nicht existieren sollte, durch diese Steinmauern geweht. Eine Brise mit dem Geruch chemischer Asche. Unser Gespräch hatte etwas gelockert.

Die Brise kam durch die Tür. Wir eilten beide gleichzeitig in den Flur. Die Wände bebten vor meinen Augen. Ich wich zurück und rammte meine Schulter gegen eine, bereit, Hödur zu packen, sollte die Illusion komplett zerbrechen.

Meine Schulter krachte gegen die Wand und Schmerzen durchzuckten sie. Die Wand hatte nicht einmal einen Riss. Ich machte ein finsteres Gesicht.

„Vielleicht können wir die Erinnerungen dazu bringen, sich zu bewegen, während ihre Konzentration angegriffen ist“, sagte ich. „Denk an einen anderen Ort, an dem du lieber wärst.“

Hödurs Kiefer spannte sich vor Konzentration an und

fast sofort wirbelte die Welt um uns herum. Die Brise, die über mich wusch, war süß und roch nach Frühlingsgras. Als ich blinzelte, stellte ich fest, dass wir in einem spartanisch eingerichteten Schlafzimmer standen, in dem es einen Bettrahmen aus Ebenholz und einen dazu passenden Schrank gab. Die Gipswände waren in einem hellen Mintgrün gestrichen. Ich wäre verwirrt gewesen, wenn ich nicht die Aussicht aus dem Fenster erkannt hätte.

„Ist das dein Schlafzimmer im Haus in Midgard?", fragte ich.

Eine leichte Röte färbte Hödurs Wangen. „Ich habe nicht richtig nachgedacht", antwortete er rasch. „Es ist mir zufällig in den Sinn gekommen."

Ich drehte mich im Kreis und fand mich einer leeren Wand gegenüber, wo der Ausgang hätte sein sollen. „Munin hat es geschafft, die Tür zu stehlen." Allerdings konnte ich hier mehr Anlauf nehmen. Ich warf mich nach vorne und streckte meine Fäuste aus.

Meine Hände krachten gegen die Wand. Ein Keuchen löste sich bei dem Aufprall aus meinem Mund, doch die Wand hielt stand. Ich drehte mich und rieb über meine Fingerknöchel.

Hödur trat bereits ans Fenster. Er rüttelte daran und drückte gegen den Rahmen, doch es gab nicht nach. Das Glas schepperte nur, als er mit dem Ellenbogen dagegen schlug.

„Sie hat einen Teil ihrer Kontrolle über das Konstrukt verloren, besitzt jedoch noch genug, um uns hier drin festzuhalten", stellte ich fest. „Scheiße."

„Wir kommen der Sache näher", meinte Hödur. „Dieses Mal konnte ich die Welt draußen wirklich spüren. Hast du noch irgendetwas gefunden, was sich auf ihre Konzentration auswirkt?"

Wann hatte sich das Gefängnis zuvor bewegt, entweder gegen Munins Willen oder weil sie frustriert mit mir wirkte?

Normalerweise, wenn wir uns unterhalten und die Erinnerungen aufgedröselt hatten, auf denen das Konstrukt basierte. Manchmal war es jedoch auch passiert, wenn ich beinahe mehr über sie erfahren hätte. Und manchmal …

Ich trat an Hödur heran. „Lass uns herausfinden, wie aufmerksam sie zuschaut.“

Ich ließ meine Hand über seine Brust wandern und schob sie um seinen Hals. Hödurs blicklose Augen verdunkelten sich vor Verlangen. Er senkte den Kopf und kam mir auf halbem Weg entgegen.

Als er mich küsste, fiel es mir schwer, nicht zu vergessen, dass ich das hier in dem Versuch begonnen hatte, unser Gefängnis zu erschüttern. Ich wusste nicht, was ich mit all den Dingen tun sollte, die Hödur gesagt hatte, mit all den Emotionen, die in mir rumorten, doch jeder Zentimeter meiner Haut schmerzte vor Begehren.

Eine seiner Hände legte sich auf meine Taille, die andere glitt um meinen Rücken und zog mich etwas näher. Er küsste mich erneut, Schatten sickerten aus seinem Körper und schimmerten über meinen. Sie leckten an meinem Mundwinkel, über mein Schlüsselbein, über meine Rippen und entzündeten überall Wonne, wo sie mich berührten.

Ich glitt mit der Zunge über seine Lippen und sie teilten sich. Die Hitze seines Mundes drang in meinen. Ein Lustblitz zuckte in meine Mitte. Oh, zur Hölle. Ich konnte das hier nicht aufgeben.

„Ich glaube, ihre Aufmerksamkeit gilt etwas anderem“, raunte Hödur an meinen Lippen und mit einer weiteren schattenhaften Liebkosung.

„Gut“, erwiderte ich und mein Herz hämmerte wie wild. „Dann können wir das hier tun.“

Ich zog ihn mit mir zum Bett und stahl mir im Gehen noch einen Kuss. Er stöhnte. Ich kletterte auf die Matratze und ging auf die Knie, sodass wir beinahe auf einer Höhe waren. Er schob seine Hände unter mein Top. Seine Daumen streichelten die Unterseite meiner Brüste und die Schatten, die er mitgebracht hatte, glitten über die Oberseite. Ich wusste nicht, ob er sie anleitete oder ob sie einfach von allein agierten, bis einer über meinen Rücken flüsterte – und den Verschluss meines BHs öffnete.

„Hödur", sagte ich vorübergehend erschrocken.

„Stört es dich?", raunte er. „Ich kann sie zurückrufen. Meine Kräfte … wenn meine Gefühle so in Aufruhr sind …"

„Nein", entgegnete ich und schüttelte schnell den Kopf. „Hör nicht auf. Das war *heiß*."

Er gluckste. „Das ist nichts, dessen ich normalerweise beschuldigt werde."

„Es ist keine Anschuldigung", murmelte ich. „Nimm das Kompliment an." Das letzte Wort wurde zu einem Wimmern, als er beide Brüste umfing und meine Nippel zu steifen Spitzen streichelte.

Ich schob meine Hände unter sein Oberteil, erpicht darauf, ihn Haut auf Haut zu erkunden. Meine Berührung entlockte seiner Lunge gierige Laute. Er neigte mich auf dem Bett nach hinten und legte sich neben mich, während seine Lippen über meinen Hals glitten.

Hödur küsste meine Kehle, meine Schulter, mein Brustbein, als würde er jeden Teil von mir verehren, und ließ keinen Zentimeter meiner Haut aus. Dann tauchte sein Kopf tiefer. Sein Mund schloss sich um die Spitze meines Busens, woraufhin ich stöhnte und seine Haare packte. Seine Schatten neckten über meine Lippen, während andere über mein Rückgrat glitten. Ich wölbte mich ihm entgegen und wollte so viel, dass ich keine Worte finden konnte, um es zu sagen.

Er hob kurz den Kopf und mein Puls setzte aus bei dem Gedanken, dass er mich auf meinen Rücken schubsen würde. Doch er sank nur tiefer und verteilte Küsse auf der Mitte meiner Brust und meinem Bauch. Seine Schatten huschten über den Bund meiner Jeans, als er den Knopf öffnete. Er zerrte die Hose nach unten und sein Atem wehte heiß über mein Höschen.

Sein nächster Kuss, direkt auf den Stoff, war so zärtlich, dass sich mir die Kehle zuschnürte. Ich packte seine Schulter und zerrte ihn wieder hoch aus Angst, was meinen Lippen entwischen könnte, wenn ich ihn so weitermachen ließ.

Hödur kam ohne Beschwerde hoch, legte seinen Arm um mich und küsste mich hart auf die Lippen. Mein nacktes Bein legte sich über seinen Oberschenkel. Noch ein Stöhnen entfuhr ihm und vibrierte um mein Seufzen. Seine Erektion presste sich an meine Mitte, als er mich stürmischer küsste. Seine Schatten leckten wie das Echo hundert winziger Küsse an mir und die Emotion, die ich in mir einzusperren versucht hatte, purzelte heraus.

Meine Brust bebte. Hödur wich zurück. Mit der Hand fuhr er die Seite meines Gesichts nach und hielt an meinem Augenwinkel inne.

„*Weinst* du?", fragte er mit rauer Stimme.

Ich atmete scharf ein und schaffte es kaum, ein Schluchzen zurückzuhalten. „Gutes Weinen. Freudentränen. Ich bin einfach … Es ist unser Ding, richtig? Du musst mich mindestens einmal weinend in den Armen halten, andernfalls ist es kein vollständiges Gespräch."

„Ari …"

Ich drückte meinen Kopf an seinen Kiefer. „Ich war noch nie mit jemandem zusammen, bei dem es wirklich etwas bedeutet hat, okay?" Selbst mein kleiner Spaß mit Loki, auch wenn ich den sehr genossen und dabei eine Menge meiner Regeln gebrochen hatte, hatte nur dazu gedient, eine Sehnsucht zu stillen, ein Verlangen zu jagen. Es war nichts Tiefergehendes gewesen.

Keine Verpflichtungen. Keine Liebeserklärungen.

Hödur hatte mir jedoch bereits eine gemacht.

Sein Ton wurde sanfter. „Ari. Meine Walküre." Seine Finger glitten zu meinem Kinn. Er hob es an, sodass wir uns in die Augen sahen, Blick zu blindem Blick. „Ich liebe dich", raunte er und klang selbst den Tränen nah.

Ich riss seinen Mund wieder auf meinen. Als unsere Zungen miteinander tanzten, zerrte ich an seiner Hose. Er trat sie davon und ich umfasste seine Erektion durch seine Boxershorts hindurch. Er hielt mich fester und legte alles von sich in den Kuss. Eine Woge der Glückseligkeit schwappte durch mich hindurch.

Einer seiner Schatten wand sich unter mein Höschen und leckte an meinem Kitzler. Ich keuchte, gepackt von einem tieferen Verlangen. „Bitte."

Wir befreiten uns gemeinsam ungeschickt von unserer Unterwäsche. Dann glitt die glatte Haut seines steifen Penis über meinen Kitzler. Eine Woge der Wonne durchströmte mich. Ich hakte mein Bein wieder über seine Hüfte und drängte ihn in mich.

Ein Schrei entfuhr mir, als er mich füllte. Das wundervolle Brennen dehnte sich von meiner Mitte ausgehend in jeden anderen Nerv aus. Hödur umklammerte meinen Schenkel und rammte sich tiefer, als wir in einem weiteren Kuss versanken. Wir rieben uns aneinander. Seine Schatten glitten über meine Brüste und kitzelten über meinen Kitzler. Ich wimmerte, meine Zähne schabten über seine Lippe und er stieß schneller in mich.

Mein Kopf neigte sich nach hinten und meine Augen rollten in ihren Höhlen zurück. Hödur nahm mich noch tiefer und eine Welle aus Schatten bebte über die empfindsamsten Stellen meiner Haut, woraufhin ich mit einem Stöhnen und einem Beben kam. Sein Atem ging schwerer. Er rammte sich mit einigen hektischen, ruckartigen Hüftbewegungen in mich und folgte mir in die endgültige Wonne.

KAPITEL ZWANZIG

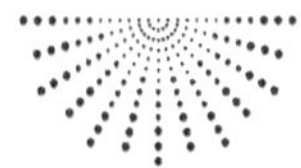

Aria

Ich klammerte mich an Hödur und genoss seine Hitze und schweißnasse Haut, die an meine gepresst war, bis das Nachglühen zu verblassen begann. Er küsste mich so liebevoll, dass es eine weitere Woge der Sehnsucht durch mich sandte. Allerdings wusste ich, dass wir keine Zeit hatten, diesen Moment auszukosten. Mein Blick glitt zum Fenster.

„Ich wünschte, wir wären wirklich wieder in diesem Haus", sagte ich. „Ich wünschte …"

„Eine Menge Dinge?", schlug Hödur vor. Seine Arme spannten sich kurz um mich herum an. „Ich wünsche mir das ebenfalls. Aber wir werden aus diesem Gefängnis entkommen. Ich kann mir nicht vorstellen, dass dich jemand lange einsperren kann, Walküre."

Ich musste erneut mein Gesicht an ihm reiben und mein Mund fand seinen für einen letzten Kuss. „Nächstes Mal werde ich nicht weinen, versprochen", verkündete ich.

Ein Lächeln huschte über sein Gesicht, als ich von einem nächsten Mal sprach. Hödur sah immer gut aus, so wie alle Götter, doch wenn er lächelte … dann konnte ich den Blick nicht abwenden.

Ich setzte mich auf und brachte meinen BH wieder in Ordnung. Meine Jeans und Höschen lagen in einem zerknitterten Haufen in der Nähe des Fußteils des Betts. Ich wand mich in sie und sah mich im Raum um. „Leider bin ich mir nicht sicher, ob es uns so viel geholfen hat, hier rauszukommen, dass wir miteinander geschlafen haben."

Hödur erstickte ein Lachen mit seiner Hand. „Vielleicht würde es funktionieren, wenn wir es gleich noch einmal versuchen", schlug er mit einem untypisch spielerischen Funkeln in den Augen vor.

Ich streckte ihm die Zunge raus, obwohl er es nicht sehen konnte. „Fang jetzt bloß nicht an, nur an das Eine zu denken. Dann wollen wir mal sehen …"

Ich sprang vom Bett – und geradewegs durch den Boden.

Anscheinend hatte der Sex sich doch auf Munins Konstrukt ausgewirkt. Die Holzbretter gaben mit einem Seufzen unter mir nach. Ich stürzte in Dunkelheit und hatte kaum Zeit, ein Quieken auszustoßen.

Meine Flügel schossen automatisch aus meinem Rücken. Ich wirbelte herum und versuchte, irgendetwas festzuhalten und zu Hödur zurückzufliegen.

„Da bist du", murmelte Munins Stimme, als wäre sie in meinem Kopf. „Dachtest wohl, du könntest dich vor mir verstecken? Hier ist etwas, was du sehen solltest."

Eine unsichtbare Macht schleuderte mich gegen eine Steinmauer. In einer Höhle mit einer niedrigen Decke rutschte ich zu Boden. Der Geruch von Fäulnis stieg mir in die Nase. Ich zuckte zusammen und stemmte mich gegen den rauen Stein.

Ich kannte diesen Ort. Es war Svartalfheim, wo ich zuerst nach Odin gesucht hatte – das Zuhause der Schwarzalben.

Der Gedanke war mir gerade erst in den Sinn gekommen, als eine Frau durch eine Öffnung, die ich nicht erkennen konnte, in die Höhle stolperte. Es musste die gleiche Öffnung sein, durch die ich gekommen war. Sie landete auf Händen und Knien, kastanienbraune Haare fielen ihr ins Gesicht und Flügel wie meine zuckten über ihrem Rücken – und mehrere Schwarzalben sprangen aus der Dunkelheit und stürzten sich auf sie.

Ich schlug mir die Hand vor den Mund, um einen Schrei zurückzuhalten, als einer der Schwarzalben sein Messer im Schädel der Walküre versenkte. Blut strömte aus der Wunde und färbte ihre Haare noch dunkler. Sie brach auf dem Boden zusammen. Einer der Schwarzalben spuckte auf sie, bevor er seine kleine gedrungene Gestalt abwandte und ging.

„Das ist mit den anderen passiert, die sie ausgeschickt haben", erklärte Munin. Ich hatte den Eindruck, als würde sie über mir kauern, obwohl es nichts gab, worauf man sitzen konnte. „*Dorthin* haben deine Götter sie geschickt. Sie haben sie losgeschickt, damit sie die harte Arbeit für sie erledigen. Sie haben sie in den Tod geschickt."

„Nur, weil die Götter nicht selbst nach Asgard gelangen konnten", wandte ich ein und verschloss die Augen vor dem Anblick der ermordeten Walküre. „Sie *wären* selbst hergekommen, wenn sie es gekonnt hätten." Freyas gequälte Stimme stieg in meiner Erinnerung auf, als sie darüber sprach, wie sehr sie wünschte, sie könnte ihren Ehemann suchen.

„Und dann haben sie dich heraufbeschworen." Die Stimme der Rabenfrau klang herablassend. „Und du bist der Spur zu gut gefolgt. Wenn du es einfach hättest sein lassen und dich nicht so sehr angestrengt hättest, hätte ich sie nie einsperren müssen."

„Oh, jetzt ist es also *meine* Schuld?" Ich rappelte mich auf und wirbelte herum, konnte sie allerdings nach wie vor nicht sehen. „Du willst darüber sprechen, Verantwortung für die eigenen Probleme zu übernehmen – wie wäre es damit, wenn du die Verantwortung für den Scheiß übernimmst, in den du uns geworfen hast?"

„Mein Angebot steht noch", sagte Munin. „Das wird es nicht mehr lange tun. Willst du wirklich sehen, wie viel schlimmer das hier werden kann?"

„Es wird nur schlimmer für dich werden, du …"

Ich hob die Faust und die Wucht ihrer Illusion schlug mir gegen den Kopf. Ich taumelte rückwärts durch die Höhlenwand, wo ich herumgewirbelt und zur Seite geworfen wurde. Mein Blick sprang durch die Dunkelheit und suchte nach einer Spur von Munin.

Ein Bild flackerte vor meinen Augen auf. Die Rabenfrau hockte auf einem Steinvorsprung, den Kopf in die Hände gelegt und ihre Haare hingen strähnig zwischen ihren Fingern hindurch. Ein Murmeln entschlüpfte ihren Lippen. „Ich habe das hier so verdammt satt."

Meine Hand schnellte vor und das Bild wurde hinfort gewischt. Ich konnte nicht sagen, ob es ein Blick auf die Gegenwart oder in die Vergangenheit war. Wann immer es gewesen war, Munin war ins Straucheln geraten. Ich hatte sie in diesem Moment gespürt, ihre Emotionen waren durch den Raum um mich herum getanzt. Sie war erschöpft.

Ein triumphierender Funke entzündete sich ungefähr zwei Sekunden lang in meiner Brust. Dann wurde ich zu Boden geschleudert, und zwar auf denselben fleckigen Teppich, vor dem ich mich vor einer gefühlten Ewigkeit wiedergefunden hatte. Der säuerlich-abgestandene Geruch des Hauses meiner Mutter legte sich dieses Mal schwerer um mich. Schwerer, als er es meiner Meinung nach in Realität gewesen war.

Oh nein. Wir würden das nicht noch einmal tun. Ich sprang auf die Füße und warf mich gegen die Wand in der Absicht, hindurchzubrechen, wie ich es zuvor im Flur getan hatte.

Meine Schulter krachte jedoch gegen soliden Gips. Ich stolperte fast über meine Füße, als ich wieder auf dem Boden landete und meinen Arm umklammerte.

Dieses Mal ließ mich Munin nicht so einfach entkommen. Ganz gleich, wie erschöpft sie war, sie war auf diesen Trick vorbereitet gewesen. Allerdings konnte sie nicht auf alles vorbereitet sein. Ich musste mich einfach weiter gegen sie wehren.

Die Tür. So war ich das erste Mal aus dem Haus gelangt. Ich wirbelte zu ihr herum – und meine Mom erschien im Türrahmen des Haushaltsraums. Sie stemmte die Hände in ihre knorrigen Hüften.

„Schleichst du dich wieder raus? Lässt deine eigene Familie jetzt einfach links liegen, was? Ich weiß nicht, wie ich so ein so selbstsüchtiges Miststück großziehen konnte."

Meine Brust verkrampfte sich. Ich wollte das hier nicht hören. Ich wollte *wirklich* nicht herausfinden, wozu es führen könnte. Ich drehte mich in die entgegengesetzte Richtung und rannte zur anderen Tür.

Sie war bereits in der Küche und über eine angeschlagene Kaffeetasse gebeugt. „Ich werde die Wäsche morgen waschen", brummte sie. „Du kannst die Hose noch einen Tag lang tragen. Niemand wird an deinem Hintern schnuppern."

Ich huschte an ihr vorbei zum Flur auf der Vorderseite des Hauses. Eine andere Stimme, ein leicht flacher Tenor erklang hinter mir. „Ari? Wird meine kleine Lieblingslady ein wenig Zeit mit mir verbringen?"

Trevor. Ich erinnerte mich nur allzu gut an diese Zeiten. Seine Hand, die aufs Sofakissen klopfte. Das zu begierige Funkeln in seinen Augen. Dass er immer etwas zu nah neben mir saß und sich sein Knie an meines presste. Die Filme, die er ausgewählt hatte – keine Pornos oder Derartiges, aber mit mehr Sex und Gewalt als irgendein Vater oder Mutter eine Neunjährige anschauen lassen würde.

Ich hatte schon beim ersten Mal, als er mich zu sich gerufen hatte, gewusst, dass etwas nicht stimmte. Er hatte mir erst ein Jahr später gezeigt, wie schlimm er sein konnte. Damals hatte ich nur gewusst, dass er sich bei Mom beschweren würde, wenn ich mich weigerte, und Mom würde mich dann noch mehr fertigmachen.

Mein Herz pochte wie wild. Ich rannte zur Tür – doch es gab keine Tür. Nur eine dieser verdammten leeren Wände.

Ich wurde nicht langsamer. Nein, ich beschleunigte. Ich sprang vor und rammte die Wand mit meiner Walküre-Kraft.

Mein Körper krachte dagegen, taumelte rückwärts und Schmerz strahlte durch meine Knochen. Der Atem entwich mir als Keuchen.

„Ariiii."

Die Treppe. Vielleicht konnte ich aus einem Fenster fliegen. Ich sauste um das Geländer und rannte die knarzenden Stufen hinauf. Moms Schlafzimmer. Daran würde Munin nicht denken. Ich war kaum jemals dort reingegangen.

Auf der obersten Treppenstufe drehte ich mich, sprang zu ihrer Tür und Munins lenkende Kraft schlug mich wie eine Bratpfanne auf den Kopf.

Ich fiel und fiel, nicht auf die abgenutzten Bretter des Flurbodens, sondern auf eine dünne Matratze mit einer kaputten Feder, die sich in mein Kreuz bohrte. Eine kratzige Wolldecke bedeckte meinen Körper bis zu meinem Kinn. Das Zimmer lag dunkel und still da. Draußen zirpte eine Grille.

Schwere Schritte erklangen auf der Treppe. Ein Knarzen und noch eines und noch eines. Panik heulte in meinem Kopf. Ich machte Anstalten, mich aus dem Bett zu schieben, und stellte fest, dass ich gelähmt war.

Genauso wie ich es damals gewesen war. Erstarrt vor Furcht und Grauen, während sich Schweiß auf meiner Stirn sammelte, mein Herz gegen meine Rippen hämmerte und ich lauschte, wie er die Treppe erklomm. Dieses Mal hatte Munin allerdings ihre Finger im Spiel und drückte mich nach unten.

Die Decke klebte mich an die Matratze, als wäre sie eine Zementschicht. Eine Woge der Erschöpfung bebte durch sie hindurch, doch Munin hielt mich mit aller Kraft fest. Ich würde darauf wetten, dass sie im Moment auf niemanden außer mich achtete. Sie wollte ihre Rache dafür, dass ich *sie* herausgefordert hatte.

Willst du wirklich sehen, wie viel schlimmer es werden kann?

Ich konnte nicht einmal den Mund öffnen, um sie zu verfluchen. Mein Kiefer blieb fest geschlossen. Vor meiner Zimmertür hörte die Treppe auf, zu knarzen. Trevor tapste über den Flur.

Verflucht, nein, nein, nein, *nein*. Ich spannte meine Muskeln an und kämpfte gegen die Lähmung, doch ich konnte mich keinen Zentimeter bewegen. Noch mehr Schweiß rann über die Seite meines Gesichts und hinterließ einen kühlen Pfad. Ich zwang meine Flügel mit der Kraft meiner Gedanken, hervorzubrechen und mich von der Matratze zu tragen, aber sie blieben in mir. Meine Lippe zwickte, als meine Zähne auf sie bissen. Der Schmerz riss mich auch nicht los.

Die Tür öffnete sich mit einem leisen Quietschen. Trevors breite Gestalt und sein Bierbauch zeichneten sich im Türrahmen ab. Er trat hindurch und schloss die Tür hinter sich. Leise begann er dieses verdammte Lied zu summen, dieses beschissene Lied über Gänseblümchen und Zucker, das monatelang im Radio gelaufen war und bei mir immer noch einen Würgereiz auslöste, wenn ich es hörte.

Damals hätte ich die Augen zugekniffen und so getan, als würde ich schlafen und nicht wissen, was er tat. Ich hätte mir eingeredet, dass ich nichts spüren konnte, dass es mir egal war. Wenn ich ihm nichts gab, würde es ihm vielleicht langweilig werden, mich zu begrapschen und sich an meinem Schlafanzug zu reiben.

Allerdings hatte es nicht funktioniert. Im Lauf der Zeit war er kreativer geworden. Oh bitte, nein, lass es nicht eines dieser Male sein. Lass es eines der ersten Male sein, als es einfacher war, ihn auszusperren.

Er schlenderte durch den Raum, blieb neben dem Bett stehen und strahlte mich mit diesem ekelhaften schiefen Lächeln an. Dieses Mal schaute ich ihn finster an, als könnte ich ihn mit der Kraft meines Entsetzens aus dem Raum werfen. Mein Körper erschauderte unter der Decke.

Er bückte sich, um deren Ecke zu packen, und eine andere Gestalt tauchte direkt hinter ihm aus der Dunkelheit auf. Hände klatschten und der ehemalige Freund meiner Mom ging in Flammen auf.

Der Feuerschein reflektierte von Lokis hellroten Haaren und seinem blassen Gesicht. Seine bernsteinfarbenen Augen schienen ebenfalls zu brennen, während er beobachtete, wie Trevor auf dem Boden zu einem Haufen Staub zerfiel. Er trat den glühenden Haufen mit spöttischer Miene beiseite. Anschließend wandte er sich an mich. „Ich bin so schnell gekommen, wie ich konnte. Es tut mir furchtbar leid, dass er so weit gekommen ist.“

Ich schnellte empor und entdeckte dabei, dass ich mich wieder bewegen konnte. Ein Laut, der beinahe ein Jammern war, löste sich aus meiner Kehle, als ich vom Bett krabbelte und nach meinen Armen schlug, als könnten mir das Jucken der Decke und die Erinnerungen folgen, die damit einhergingen. Meine Schultern zitterten.

„Ari …“ Loki streckte seine Hand aus und ließ sie auf halbem Weg zwischen uns in der Luft schweben. Vermutlich wusste er nicht, ob ich den Trost wollte, den er mir anbieten wollte. Ich wusste es auch nicht. Noch ein Zittern schüttelte meinen Körper.

Kontrolle. Ich musste mich wieder unter Kontrolle kriegen. Ich musste noch immer *raus* hier.

„Danke", gelang es mir steif, jedoch ruhig zu sagen. „Ich … Danke schön."

Loki nickte, den Blick auf mich geheftet. Seine Hand hing noch immer zwischen uns in der Luft. Er trat von einem Fuß auf den anderen, als wollte er zu mir kommen, und die Treppe knarzte erneut.

Ich erstarrte und mein Magen machte einen Salto. Noch ein Knarzen und noch eines. Er kam *erneut*. Noch ein Trevor. Fuck, nein.

Panik packte mich. Bevor mich Munins unsichtbare Kraft wieder aufs Bett schubsen konnte, stürzte ich zur Tür.

KAPITEL EINUNDZWANZIG

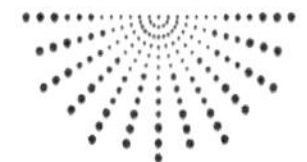

Loki

Ari strahlte Verzweiflung aus, als hätte sie einen gewaltigen Nervenzusammenbruch. Ich hatte sie sogar durch die sich stets verändernden Wände von Munins Gefängnis gespürt. Sie war immer schärfer und wilder geworden, während ich versuchte hatte, unserer Verbindung zu ihr zu folgen. Als ich jetzt beobachtete, wie sie aus dem Schlafzimmer in den Flur hastete, zerrte das an meinen Nerven.

In diesem kleinen Körper tobte so viel Schmerz. Wenn sie nur mit mir reden und mir erlauben würde, ihr zu helfen, dagegen anzukämpfen …

Ich eilte ihr hinterher. Auf keinen Fall würde ich sie jetzt aus den Augen lassen. Munin konnte eintausend Mauern errichten und ich würde sie alle überwinden, um bei unserer Walküre zu bleiben. Sie hatte mich dort drin gebraucht und sie würde mich wieder brauchen. Ob ihr die Vorstellung momentan gefiel oder nicht.

Ari bog im Flur zu einer der anderen Türen ab, doch noch während sie dorthin rannte, brach der Boden unter ihren Füßen weg wie eine Falltür, die sich öffnete. Sie fiel mit einem Schrei hindurch. Fluchend tauchte ich hinter ihr her.

Wir landeten in ihrer Küche schräg gegenüber des Resopaltischs. Auf der anderen Seite des Raums versuchte ein Teenager mit einem Schopf verstrubbelter blonder Haare wie Aris, einen Mann mittleren Alters niederzustarren. Dieser war einige Zentimeter größer und mehrere breiter als der Junge und hatte eine kahle Stelle an seinem Hinterkopf, die er ungeschickt mit seinen restlichen Haaren zu verdecken versucht hatte.

Ich brauchte eine Sekunde, bis ich ihn im grellen Licht der Küchenlampe erkannte. Halbglatze war der Mann, den ich gerade in Aris altem Zimmer gebraten hatte.

„Verschwinde aus diesem Haus und *denk* nicht einmal daran, jemals wieder hierherzukommen", sagte der Junge gerade. Seine Stimme klang scharf und sein Gesicht war gerötet. „Wenn du sie jemals wieder anfasst …"

„Du weißt nicht, wovon du sprichst, Junge", erwiderte der Mann. „Das Mädel erfindet alle möglichen verrückten Geschichten. Was immer sie dir erzählt hat …"

Ari gab einen verwundeten Laut von sich. „Nein. Francis. *Nein.*"

Sie schob sich um den Tisch herum und griff nach dem Jungen – nach ihrem älteren Bruder – doch dieses Mal baute Munin nicht mit fester Substanz. Vielleicht musste sie ihre Kräfte schonen oder vielleicht sah sie es als eine neue Form der Folter. Aris Hand griff geradewegs durch den Arm ihres Bruders hindurch. Er sprach in einem verzweifelten Tempo weiter, als hätte er sie gar nicht bemerkt.

„Sie hat es mir nicht erzählt. Ich habe Beweise gefunden. Ich weiß, was du getan hast, du kranker Scheißkerl. Wenn du nicht von hier verschwindest, werde ich … werde ich die Polizei rufen."

Der Mann hatte sich angespannt, sprach jedoch mit ruhiger Stimme. Ruhig und düster. „Das willst du nicht tun, Francis. Hast du irgendeine Ahnung, wie sie mit ihr umgehen werden, wenn du ihnen irgendeine Geschichte erzählst …"

„Es kann nicht schlimmer sein als das, was du ihr angetan hast", blaffte Francis.

Ari schrie auf und stürzte sich erneut auf ihn, doch sie bekam nur Luft zu fassen. Ihr Bruder ging mit erhobener Faust auf den Mann los. Der Mann wich zur Seite aus, streckte seinen Arm aus, um den Schlag abzuwehren, und schlug gleichzeitig zurück.

Francis flog zur Seite und sein Kopf krachte mit einem ekelerregenden Knacken gegen die scharfe Kante der Küchentheke. Ein Schluchzen entriss sich Aris Kehle. Sie fiel mit ihrem Bruder zu Boden, als er zusammenbrach und Blut aus der Wunde an seinem Kopf floss.

„Ari." Ich beugte mich über sie und berührte ihre Schultern, doch sie schlug meine Hände weg.

„Lass mich in Ruhe. Du … Francis …"

Sie grabschte nach seinem Kopf, als könnte sie die Wunde allein mit Willenskraft heilen. Munin hatte ihn jetzt fest werden lassen. Blut streifte Aris Handflächen. Mein Magen verknotete sich, doch zum ersten Mal in meiner langen Existenz hatte ich nicht die geringste Ahnung, was ich sagen konnte, das willkommen wäre und ihren Kummer auch nur ein winziges bisschen lindern könnte.

Er lag dort … so wie Balder. Bleich, blutig und vollkommen unschuldig. Ich verschloss die Augen vor dem Bild.

Beim Göttervater, wie hätte sie anders auf diese Szene im Hof reagieren können? Das Verbrechen, das ich begangen hatte, gab einen der schrecklichsten Momente ihres Lebens wieder, nur dieses Mal hatte ich die Rolle des Bösewichts eingenommen. Ich hatte Glück, dass sie mich im selben Raum tolerierte.

Möglicherweise würde ich das nie wieder in Ordnung bringen können. Sie würde mir womöglich nie eine Tat verzeihen, die Jahrhunderte vor ihrer Geburt begangen worden war.

Dieses Wissen ließ sich schwer in meiner Brust nieder. In Ordnung. Das war eine Tatsache. Es war allerdings auch eine Tatsache, dass es nicht meine Angewohnheit war, einfach aufzugeben, nur weil eine Situation schlimm aussah. Wenn es eine Möglichkeit *gab*, das hier in Ordnung zu bringen und das Wrack zu reparieren, das ich aus dem gemacht hatte, was immer wir gehabt hatten, würde ich sie finden. Vor allem wenn ich dabei ebenfalls einen Schlag gegen dieses verdammte Gefängnis anbringen konnte.

Nach einigen Minuten setzte sich Ari mit einem stockenden Seufzen auf ihre Fersen. Sie wischte mit dem Handrücken über ihr Gesicht.

„Er ist es nicht", sagte sie sich. „Er ist es nicht. Es ist Munins Vorstellung einer Folter. Aber sie kann ihm nicht wirklich wehtun." Sie hob den Kopf und brüllte zur Decke. „Darauf falle ich nicht rein!"

Bei diesen Worten fiel der Körper in sich zusammen. Innerhalb von Sekunden war von dem angeblichen Francis nichts als ein Staubfleck übrig. Sogar das Blut an Aris Händen zerfiel zu Staub. Sie wischte sie an ihrer Jeans ab und stand auf.

„Wir haben sie ermüdet", informierte sie mich. „Sie kann die Illusionen nicht mehr lange aufrechterhalten, zumindest nicht, ohne sich komplett auf sie zu konzentrieren. Und es ist ihre Mühe nicht wert, wenn es nicht funktioniert. Wenn es uns nicht quält." Bei dieser Bemerkung warf sie der Decke noch einen finsteren Blick zu, gerade als eine Frau in der Tür erschien.

Aris Mutter. Sie sahen sich nicht besonders ähnlich, aber ich konnte Ari in den schmalen grauen Augen und der Neigung der Nase der Frau sehen. Die Fältchen um ihren Mund gruben sich tief in ihre Haut, als sie diesen böse verzog.

„Du musstest natürlich hingehen und alles ruinieren", sagte sie und deutete mit einem Finger auf Ari. „Uns ging es prima. Einfach prima."

Aris Finger ballten sich auf dem Tisch zu Fäusten. Sie trat einen Schritt zurück. „Nein, das ging es uns nicht."

„Du konntest nie damit zufrieden sein, wie alles war. Immer musste sich alles um dich drehen. Als würde irgendein Mann ein dürres Ding wie dich anschauen und *das* wollen."

„Halt die Klappe."

„Francis wäre noch am Leben. Ich hätte Trevor noch. Wir haben uns ein echtes Leben aufgebaut und du hast uns alles weggenommen. Wenn du einfach deinen dämlichen Mund gehalten hättest …"

„Das habe ich getan, du verdammtes Miststück!", brüllte Ari.

Ihre Mutter erstarrte, als wüsste nicht einmal dieses Konstrukt aus Aris Erinnerungen eine Entgegnung auf diese Worte. Ich würde darauf wetten, dass Ari ihre echte Mutter nie so angeschrien hatte, auch wenn sie es eindeutig verdient hatte. Ihr Zögern verschaffte mir jedoch eine Gelegenheit.

Ich hielt eine Hand hoch und eine Hitzewelle raste durch mich hindurch. „Erlaubnis, sie anzuzünden?"

Aris Kiefer spannte sich an, ihre Lippen bogen sich jedoch zu einem grimmigen Lächeln. Sie nickte ruckartig mit dem Kopf.

Ich schnippte mit den Fingern, woraufhin Feuer vom Boden emporschoss und die Gestalt ihrer Mutter verschlang.

Wie der Mann im ersten Stock zerfiel das Konstrukt,

bevor es richtig zu brennen begann. Nicht die befriedigendste Rache.

Ari sackte gegen den Tisch, ihre Schultern waren jedoch nach wie vor angespannt. Ihr Blick haftete auf der Tür. Sie wappnete sich dafür, dass irgendein neuer Schrecken erschien.

Der Moment zog sich in die Länge. Nichts anderes tauchte auf. Munin war vermutlich dazu übergegangen, meine Götterkollegen eine Weile zu quälen. Oder sie war noch müder, als Ari angedeutet hatte – zu müde, um mehr zu tun, als die Wände aufrechtzuerhalten.

„Du hättest das nie wieder sehen sollen", sprach ich in die Stille. „Munin verdient es, dass man ihr den Kopf in den Hintern schiebt und aus ihrem Hals zieht, weil sie dir das angetan hat."

Aris Lippen zuckten wegen meiner bildlichen Ausdrucksweise. Sie stieß sich vom Tisch ab. „Warum bist du hier?"

„Ich versuche, auf dich aufzupassen, obwohl du festentschlossen wirkst, mir das so schwer wie möglich zu machen."

Ihr Blick schnellte zu meinem. „Wer sagt, dass jemand auf mich aufpassen muss?"

„Ich glaube, wir brauchen das alle an diesem verkorksten Ort, meinst du nicht?" Ich legte den Kopf schief. „Es spielt keine Rolle, was du von mir hältst, Fee. Du bist *meine* Walküre. Ich bin derjenige, der dich in dieses Chaos gezogen hat – das leider ein viel größeres Chaos ist, als ich erwartet habe. Also werde ich hier sein, um jedes Arschloch zu verbrennen, das verbrannt werden muss, selbst wenn du beschlossen hast, mich zu hassen." Ich wackelte mit den Fingern in der Luft.

Sie atmete laut aus. „Ja. Sie mussten wirklich verbrannt werden."

Ihr Kopf sank wieder. Ich schluckte, aber Neugier wand sich trotzdem meine Kehle hinauf. Einer meiner milderen Makel.

„Sie hat dir wirklich derartige Vorwürfe gemacht, oder? Deine Mutter? Munin hat sich das nicht ausgedacht."

„Meine Mom … lebte in einer Realität, in der kaum etwas eine Rolle spielte abgesehen davon, dass nichts jemals ihre Schuld war." Ari hob eine Schulter und ließ sie in einem halbherzigen Schulterzucken sinken. „In gewisser Hinsicht hatte sie recht. Wenn ich nicht gewesen wäre, wenn ich es besser versteckt hätte, wäre Francis nicht gestorben. Trevor wäre nicht im Gefängnis gelandet. Alle wären glücklicher gewesen."

Ich presste meinen Kiefer zusammen, als erneut Wut in mir anschwoll. „Alle außer dir."

„Nun, ich zählte in ihrer Rechnung nicht. Ich habe es wirklich nicht verraten, weißt du. Zwei Jahre lang hielt ich den Mund und es wurde immer schlimmer. Er sagte immer, wenn ich etwas sagen würde, wäre ich diejenige, die Ärger kriegen würde. Ich wusste, wem meine Mom glauben würde. Ich wusste, Francis konnte nichts tun, ohne selbst in Gefahr zu geraten …" Ihre Stimme zitterte.

„Es ist nicht deine Schuld", verkündete ich scharf. „Wage es ja nicht, einen Funken der Schuldgefühle auf dich zu laden, die dieses Stück menschlicher Exkremente empfinden sollte."

Ihr Kopf ruckte wieder in die Höhe und ihre Augen wirkten verblüfft. Überraschte es sie wirklich, dass ich wütend wegen dieses Vorfalls war? Ich kannte nicht alle Einzelheiten über die Taten dieses Mistkerls, hatte jedoch genug in dieser Szene und an Aris Reaktionen gesehen, wenn ihr jemand zu nahe kam …

„Ich könnte ihn in echt verbrennen, weißt du", sagte ich plötzlich. „Wenn wir hier rauskommen. Ein unerklärlicher

Fall von spontaner Selbstentzündung. Es wäre ein freundlicheres Ende, als er verdient." Aber so, so befriedigend.

Aris Blick lag mehrere Sekunden lang auf meinem Gesicht. „Nein", lehnte sie schließlich ab. „Ich glaube nicht, dass dies die Dinge besser machen würde." Sie wandte den Blick ab und lehnte sich an die Tischkante. „Wenn ich mich gewehrt hätte, wenn ich geschrien und ihn geschlagen oder eine andere Möglichkeit gefunden hätte, ihm zu zeigen, dass er damit nicht davonkommen wird ... Doch er kam damit davon. Er hat mich vermutlich eingeschätzt und erkannt, dass ich zu schwach sein würde."

In diesem Moment klang sie so niedergeschlagen, dass mein Zorn doppelt so heiß durch mich brannte. „Du warst nicht *schwach*", widersprach ich. „Du warst ein Kind in einer schrecklichen Situation. Du hast versucht, dich und deinen Bruder zu beschützen, so wie du es immer tust. Du hast es allein ertragen, damit kein anderer verletzt wurde. Du warst so verdammt stark, dass du es überstanden und weitergemacht hast, sogar als das Schlimmstmögliche geschehen ist. Du hast nicht zugelassen, dass dich diese abscheuliche Frau zerstört. Du hast dich nicht von deiner Vergangenheit brechen lassen."

„Aber vielleicht hat sie mich doch gebrochen", meinte Ari. Ihr Griff um den Tisch spannte sich an. „Du weißt nicht ... Es ist zehn Jahre her, seit ich dieses Arschloch das letzte Mal gesehen habe, und ich schaffe es noch immer nicht, ihn aus meinem Kopf zu verjagen. Ich kann mich bei niemandem vollkommen entspannten. Ich kann niemandem komplett vertrauen. Keine Verpflichtungen, kein Risiko, dass ich mich an den falschen Kerl binde, denn es fühlt sich an, als wäre es ein Leichtes, wieder so gefangen zu sein."

„Zehn Jahre ist nach einem Trauma wie diesem keine lange Zeit", erwiderte ich. Das bittere Gewicht, das ich unter meinem Zorn mit mir herumschleppte, zuckte zustimmend. Manchmal reichten nicht einmal mehrere Jahrhunderte.

Sie schüttelte den Kopf. „Du verstehst es nicht. Du … du warst die erste Person, mit der ich geschlafen habe, bei der ich wusste, dass ich sie am nächsten Morgen nicht einfach verlassen konnte. Die erste Person in *zehn Jahren*, bei der ich nicht bereits mit einem Fuß aus der Tür war. Und ich habe dagegen angekämpft. Ich wollte dieses Risiko nicht eingehen, weil ich wusste, dass ich nicht gehen wollen würde.“

Mein Herz verkrampfte sich. Und dann war sie mit mir hier gelandet und hatte herausgefunden, wie falsch ich sein konnte. Sie hatte mir dieses Vertrauen geschenkt …

„Also warum bist du das Risiko eingegangen?“, fragte ich leise.

Ihre Schultern hoben und senkten sich. Sie sah mich von der Seite an. „Ich hatte das Gefühl, als würdest du es verstehen. Du hast es verstanden und es hat dich nicht davon abgehalten, mich zu wollen.“

„Das tut es nach wie vor nicht“, erwiderte ich, obgleich Sex momentan nicht besonders weit oben auf meiner To-do-Liste rangierte. Ich wäre bereits glücklich, wenn sie einfach meine Umarmung willkommen heißen und mir erlauben würde, einen Teil der Bürden zu schultern, die sie viel zu lang mit sich herumgeschleppt hatte. „Ich habe das alles gesehen, ich habe alles gehört, was du gesagt hast, und ich denke noch immer, dass du eines der stärksten menschlichen Wesen bist, denen ich jemals begegnet bin, Ari. Ich würde sogar den meisten Göttern davon abraten, es mit dir aufzunehmen.“

Die Ränder des Raums schimmerten. Ich erstarrte und beobachtete das aus dem Augenwinkel. Munins Konstrukte wurden instabiler. Vielleicht würde es nicht mehr lange dauern, bis wir sie komplett zerschlagen konnten.

„*Ich* verstehe nicht“, sagte Ari und drehte sich zu mir um. „Wie konntest du das Balder antun? *Hödur*? Du hast beiden so viel Mist angetan … du hast Balder ermordet und Hödur das Gefühl gegeben, er sei der Mörder …"

Mein Magen verkrampfte sich zu einem Ball. Ich sprach mit ruhiger Stimme. „Ich habe dich nie angelogen. Ich habe dir gesagt, dass ich ein Schurke bin. Ich bin mir sicher, die anderen haben dir das ebenfalls häufig erzählt. Ich bin, was ich bin, Ari."

Ihr Blick schwankte nicht. „Wenn du so ein großer Schurke bist, warum versuchst du dann so angestrengt, mir zu helfen? Ich habe Schwierigkeiten, zu glauben, dass du das nur tust, um mich wieder ins Bett zu kriegen."

„Niemand ist schwarz und weiß. Mir sind meine edelmütigen Momente erlaubt."

„Also warum hast du diesen nicht zu einem deiner edelmütigen Momente gemacht?", wollte sie wissen. „Du hattest eine Wahl, oder? Warst du wirklich nur wegen des dämlichen Spiels so sauer, dass du dachtest, ein Mord wäre die Antwort?"

Trotz meiner besten Absichten empörte ich mich. „Es war viel komplizierter. Du hast nur ein Bruchstück der Vergangenheit gesehen. Ich hatte meine Gründe."

„Dann erkläre sie mir, anstatt mir all diesen Müll darüber zu erzählen ‚Ich bin, wer ich bin'!"

Mein Magen verkrampfte sich noch stärker. „Das ist die Wahrheit", blaffte ich.

„Ist sie das?", fragte sie. „Oder ist es bloß einfacher, der Antwort auf diese Frage auszuweichen, indem du behauptest, dass du einer der Bösen bist, und die Verantwortung für alles andere abgibst?"

Die Anschuldigung traf mich tiefer, als sie wissen konnte. Ich schaffte es, nicht zusammenzuzucken. Wenn sie es gewusst hätte, wenn sie irgendeine Ahnung gehabt hätte …

Doch hatte sie nicht genau so mit mir über ihre angebliche Schwäche diskutiert?

Die Wände um uns herum schwankten dieses Mal

offensichtlicher. Aris Augen weiteten sich. Sie stieß sich vom Tisch ab und trat einen Schritt auf die Schränke zu. Dann warf sie sich mit Anlauf und einem Schlag ihrer Faust nach vorne.

Die Schränke, die Arbeitsplatte und die Wand brachen weg in die Dunkelheit. Ari stieß einen Siegesschrei aus. Sie drehte sich gerade zu mir um, als eine Windböe zwischen uns emporwirbelte und sie in diese Leere schleuderte.

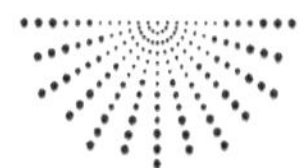

KAPITEL ZWEIUNDZWANZIG

Aria

Gott stehe mir bei, ich hatte es so satt, herumgeschleudert zu werden. Als ich in die Schwärze wirbelte, konzentrierte ich all diesen Frust auf meine Erinnerungen an eine süße, jedoch heisere Stimme und das Flattern dunkler Flügel. Wo war Munin? Wo war sie, damit ich in ihr kleines Rabengesicht schlagen konnte? Sie hatte gedacht, dass es mich mürbe machen würde, mir all diese vergangenen Ereignisse zu zeigen? Doch es hatte nur dafür gesorgt, dass ich noch erpichter darauf war, sie fertigzumachen – eine Feder nach der anderen, wenn das dazu nötig war. Wir waren fast da. Ich *wusste*, dass ihre Kraft nachließ.

Meine Flügel schlugen und neigten sich zur Seite. Die Dunkelheit um mich herum bewegte sich und ich war wieder bei dem Käfig, in dem ich Odin zuvor gesehen hatte.

Der Göttervater lehnte zusammengesunken an den Eisenstäben. Sein Kopf war zur Seite geneigt und der Hut hing ihm tief ins Gesicht. Seine Präsenz vibrierte durch mich hindurch. Der Feuerkreis leckte weiterhin am Fuß des Käfigs. Ein gedämpftes rötliches Leuchten kroch über die Felsen ringsum – eine Höhle. Das hier war eine Höhle.

Ich drehte mich. Eine Wand aus einer dicken Flüssigkeit floss an dem vorbei, was vermutlich der Höhleneingang war, und strahlte ein rotes, heißes Licht aus wie der Fluss, an dem sie ihn aus dem Hinterhalt angegriffen hatten.

Wie … Magma? Hielten sie ihn in einem *Vulkan* gefangen? Nach allem, was ich in den letzten Wochen gesehen hatte, schien das nicht unmöglich zu sein.

Munins Stimme drang von irgendwo tiefer in der Höhle an meine Ohren. „Du hast nie gedacht, dass ich zu so etwas fähig bin, oder? Tatsächlich hast du nie viel über mich nachgedacht, abgesehen davon, was ich dir bringen konnte. Hast du dich jemals gefragt, wo ich all die Zeit war? Hast du angenommen, dass mich dieser Ort umgebracht hat, nicht, dass es dir viel bedeutet hat?"

„Ich wusste, wo du warst, Munin", antwortete Odin mit leiser und rostiger Stimme. „Du hast den Eindruck gemacht, als wolltest du nicht gestört werden, also ließ ich dich in Ruhe."

Das klang nach einer recht freundlichen Antwort, doch nach Munins scharfem Einatmen zu urteilen, machte es sie nur noch wütender.

„Ich hatte ein Leben", verkündete sie. „Ein Leben, dass ich all die Zeit davor hätte haben können. Ich dachte früher …"

„Was?", hakte Odin nach einem Moment nach und veränderte seine Position an den Stäben. „Was hast du gedacht, mein Rabe?"

„Ich bin nicht *dein* Rabe", spuckte sie aus.

Ich schlich von ihnen und dem Käfig weg zu dem Magmafall. Es gab eine kleine Lücke zwischen dem Magma und dem Felsen. Falls dies der Eingang war und ich von dort mehr sehen konnte, könnte ich mir womöglich eine bessere Vorstellung davon machen, wo Odin zu finden war … wann immer wir wieder richtig nach ihm suchen konnten. Falls er dann noch hier war.

Mein Fuß schabte über den rauen Steinboden. Ein Fluch hallte von einem anderen Ort durch meinen Kopf. Dann krachte eine Kraft mit solcher Wucht gegen mein Gesicht, dass ich die Augen schließen und die Hände heben musste, um mich zu schützen.

Ich stolperte rückwärts und wirbelte herum, da ich nicht aus Versehen in den glühend heißen Wasserfall tauchen wollte. Der unebene Boden klappte unter mir hoch.

Die nächste Reise war nicht mehr als ein kurzer Satz. Ich fiel auf meine Hände und fand mich auf dem Hof von Asgard kauernd wieder, wo wir angekommen waren. Nach dem Stand der Sonne und dem dunkler werdenden Blau des klaren Himmels über meinem Kopf zu urteilen, war es Abend. Die gleiche Zeit, die geherrscht hätte, wenn wir diese Stelle nie verlassen hätten? Ich hatte kein Gespür dafür, wie viel Zeit in Munins Gefängnis vergangen war, da ich durch so viele Jahre an Erinnerungen gereist war.

Die Brise wehte mit einem Hauch von Kälte über mich. Ich richtete mich auf. Das leise Plätschern des Wassers, das über den Springbrunnen fiel, war das einzige Geräusch, das ich hören konnte. Nichts und niemand regte sich in der großen Stadt der Götter, zumindest nicht in Sichtweite.

Ich schlang die Arme um mich und schwankte. Wartete Munin bloß darauf, mir irgendeinen neuen Schrecken vorzusetzen? Wenn sie *mich* erschrecken wollte, hätte sie mich nicht an einen Ort geschickt, an den ich keine Erinnerungen hatte. Wenn ich zuvor in einer Version von Asgard gelandet war, hatte ich mich stets einem der Götter angeschlossen, der gerade ein schmerzhaftes vergangenes Erlebnis erneut durchlebt hatte. War sie so erschöpft, dass sie sich nicht einmal mehr die Mühe machte, sich eine neue Folter für mich auszudenken?

Wo waren die anderen Götter? Sollte ich auf Erkundungstour gehen? Oder sollte ich versuchen, mich aus diesem Ort zu kämpfen und dorthin zu gehen, wo sie waren?

Ich hatte soeben beschlossen, zumindest einen Blick in einige der Gebäude in der Nähe zu werfen, als die Luft erbebte. Aus heiterem Himmel stolperte Thor mit einem Grunzen hinter dem Springbrunnen hervor auf den Hof.

Er schlug mit der Schulter auf den Fliesen auf und konnte seinen Kopf nur knapp mit der Rückseite seines Arms schützen. Mjölnir polterte neben ihm auf den Boden. Ein gequälter Laut entfuhr dem Donnergott, als er sich auf den Rücken rollte. Ich rannte zu ihm und mein Herz schlug schneller, als ich sah, dass er beim Aufstehen leicht taumelte.

Eine Seite seines Shirts war mit Blut besudelt. *Seinem* Blut, das musste es sein, denn der Rest war mit den Staubstreifen überzogen, die auch meine Kleider zierten.

„Ari!", sagte er mit einem breiten Lächeln, obwohl er eine Hand auf seine Wunde presste.

Ich atmete zischend durch meine Zähne aus. „Setz dich wieder", befahl ich und packte seinen anderen Arm. „Was zur Hölle ist mit dir passiert? Wohin hat sie dich geschickt?"

Er hörte mir nicht wirklich zu, senkte sich jedoch auf den Steinrand des Springbrunnens. Da er seinen muskulösen Körper so schwer fallen ließ, schlug das Wasser im Becken Wellen. Er blickte an seinem blutigen Shirt hinab und verzog das Gesicht.

„Ich habe eine bessere Idee", sagte ich. „*Leg* dich hin."

„Mir geht's gut", protestierte er stur.

„Du füllst den Springbrunnen gleich mit deinem Blut", entgegnete ich. „Es gibt hier nichts Gefährliches, zumindest noch nicht. Und wenn etwas auftaucht, wirst du dich dem besser stellen können, wenn du eine tödliche Wunde nicht ignoriert hast."

Thor runzelte die Stirn und seine Schultern zuckten. Meine Kehle schnürte sich zu. „Bitte?", fragte ich.

Bei diesem einen Wort wurde seine Miene weich. Er seufzte, legte sich jedoch auf den Rand. Ich musterte ihn und erkannte, dass ich das Wasser auf keinen Fall erreichen konnte, indem ich mich über ihn beugte. Daher sprang ich kurzerhand ins Becken.

Thor zuckte zusammen, als ich etwas Wasser auf seine Seite spritzte, um die Wunde zu reinigen.

„Kannst du dein Shirt ausziehen, ohne das Ganze zu verschlimmern?", erkundigte ich mich.

Er zog eine Augenbraue hoch. „Du willst mein Shirt."

„Damit ich versuchen kann, dich zu verbinden!", erklärte ich und warf ihm einen strengen Blick zu.

Er gluckste und zerrte an der unversehrten Seite an dem engen Oberteil. Mit einem schnellen Ruck seines muskulösen Arms riss der Stoff vom Saum zum Ärmel.

Ich half, das Shirt von ihm zu schälen, wobei ich auf die Wunde aufpasste. Diese war eine breite, jedoch oberflächliche Schürfwunde über seinen unteren Rippen. Die Blutung schien nachzulassen. Ich knotete die Stoffstücke so gut wie möglich zusammen und wickelte sie um seinen Oberkörper, wobei ich das dickere Stück über der Wunde platzierte.

Thor legte sich wieder hin, als ich fertig war. Ich saß neben seinem Kopf auf dem Brunnenrand und drückte so viel Wasser aus meiner Jeans, wie ich konnte.

„Es waren Kämpfe", erzählte Thor und beantwortete meine vorherige Frage darüber, wo er gewesen war. „Kämpfe, Kämpfe und mehr Kämpfe. Mir war nicht bewusst, dass ich so wenig Abwechslung in meinem Leben hatte, doch anscheinend ist dies das Einzige, was der Rabe aus meinen Erinnerungen ziehen konnte."

„Und diese Kämpfe haben dich überwältigt?"

„Nicht unbedingt." Er hielt inne. „Ich hatte all das

Schlagen und Werfen satt. Dachte, vielleicht könnte ich eine andere Strategie ausprobieren. Warum nicht? Sie hat die Erinnerungen ständig geändert. Wer konnte schon sagen, ob es klappt? Also versuchte ich, den Kampf anzuhalten, um ein ruhiges Gespräch darüber zu führen, warum wir eigentlich kämpften. Denn ich muss dir sagen, zu diesem Zeitpunkt hatte ich keinen blassen Schimmer."

Ich stupste seinen Hammer, der neben ihm auf dem Boden lag, mit dem Zeh an. „Thor, der Donnergott hat es mit Diplomatie versucht. Damit hat sie vermutlich nicht gerechnet. Und?"

Er machte ein finsteres Gesicht. „Sie haben nicht einmal aufgehört, mich anzugreifen. Ich habe abgewartet, um zu schauen, ob es vielleicht etwas ändern würde, wenn ich mich einfach nicht wehre, aber ..." Er deutete auf seine Seite. „So viel zu Diplomatie."

„Nun, das ist ohnehin nicht dein Spezialgebiet, oder?"

Dieses Mal schwieg er länger. „Mir wäre es lieber, wenn es das wäre. Aber ich schätze, das hier ist, was ich bin."

Die Bemerkung ähnelte Lokis Entschuldigung so sehr, dass ich mich anstrengen musste, nicht zusammenzuzucken. Thor hatte mir zuvor schon erzählt, wie unbehaglich er sich fühlte, weil ein Großteil seines Lebens aus Gewalt bestanden hatte. Er schien zu denken, dass ich ihn deswegen für eine Bestie halten würde.

Ich ließ meine Finger über seine dunkelbraunen Haare gleiten und strich die Strähnen beiseite, die sich aus seinem kurzen Pferdeschwanz gelöst hatten. „Das ist nur das, was sie dir weismachen will", sagte ich. „Ich würde gerne sehen, wie *sie* es mit Diplomatie versucht."

Er grollte zustimmend. „Sollte ich mir meine letzten Worte überlegen?"

„Nein, ich denke, du wirst es überleben. Es hat schlimmer ausgesehen, als es war."

„Oh. Nun, wenn das so ist."

Er stemmte sich hoch und ignorierte meinen Protestschrei. Mit einer Armbewegung zog er mich in eine Umarmung. Er küsste meine Schläfe. „Ich bin froh, dass es dir gut geht, Ari. Ich habe ständig gedacht … Dir *geht* es gut, oder?"

Ich dachte an all die Schrecken, die ich in den letzten Stunden durchgemacht hatte, meine und die der anderen, und mein Magen verknotete sich. Thor hatte jedoch keinen Anteil an diesen Qualen gehabt. Es fühlte sich wie eine Erleichterung an, meinen Kopf an seine nackte Brust zu lehnen, seine Körperhitze aufzusaugen und zu antworten: „Ja. Ja, mir geht es gut."

Ich wollte mich nicht bewegen. Ich wollte eine ganze Weile dortbleiben, während seine Hand meinen Rücken hoch und runter streichelte. Ich war auch müde. Sein Duft, der wie warmer scharfer Met roch, hüllte mich ein. Ich stellte fest, dass ich, ohne nachzudenken, einen Kuss auf die Wölbung seiner Brustmuskeln unterhalb seines Schlüsselbeins presste, damit ich ihn auch schmecken konnte.

Thors Finger bewegten sich in meinem Rücken. „Ari", begann er mit einer Stimme, die tief vor Begehren war – und ein dumpfer Knall erklang hinter uns.

Ich sprang auf und Thor wuchtete sich beinahe genauso schnell auf die Beine. Freya richtete sich dort auf, wo sie am Rand des Hofs herabgefallen war. Ihre goldenen Haare waren zerzaust, sie glättete sie jedoch mit einer schnellen Handbewegung.

„Nun", sagte sie und erschauderte leicht. „Das war … etwas."

Balder erschien mehrere Meter entfernt von ihr in der Luft und schaffte es, auf den Füßen zu landen. Sein jugendliches Gesicht sah erschöpft aus, allerdings weniger gequält als zuvor, als ich ihn in der Dunkelheit gefunden hatte. Ich hoffte, dass Munin nichts

Schlimmeres gefunden hatte, mit dem sie ihn quälen konnte.

Sein suchender Blick blieb sofort an meinem hastigen Verband um Thors Seite hängen. Er marschierte zu seinem Bruder. „Du bist verletzt."

Der Donnergott winkte ab. „Ari hat sich darum gekümmert. Ich werde überleben."

„Ich kann genauso gut, tun was ich kann, solange wir einen Augenblick Zeit haben." Balders strahlend blaue Augen huschten kurz zu mir und musterten mich von Kopf bis Fuß, als wollte er sich vergewissern, dass ich keine neuen Schläge eingesteckt hatte, seit er mich zuletzt gesehen hatte.

„Mir geht's gut", sagte ich rasch. „Kümmere dich um ihn."

Als Thor etwas darüber zu grummeln begann, dass man sich nicht um ihn kümmern musste, und sich Balder neben ihn kniete, bebte die Luft erneut. Zwei weitere Gestalten erschienen fast gleichzeitig auf gegenüberliegenden Seiten des Hofs: Hödur und Loki.

Hödur fing sich mit einem Knie und einer Hand auf den Fliesen ab, rappelte sich auf und beschwor seinen Schattenstab mit einer Handbewegung herauf.

„Es ist alles in Ordnung", rief ich ihm zu. „Bisher ist hier alles ruhig."

Seine Schultern entspannten sich beim Klang meiner Stimme. „Ich habe versucht, dich aufzufangen, als du gefallen bist", begann er.

„Ich weiß", unterbrach ich ihn, bevor er versuchen konnte, sich zu entschuldigen. „Sie hatte noch ein paar Tricks auf Lager."

Loki schlenderte zu uns und betrachtete den Hof mit seinem bernsteinfarbenen Blick und neugierig schief gelegtem Kopf. „Ich frage mich, welche Tricks sie hier für uns auf Lager hat. Alle sechs von uns sind wieder da, wo wir angefangen haben. Eine interessante Wahl. Wer ist als Erster hier angekommen?"

„Ich ", antwortete ich. „Dann Thor. Das ist allerdings noch nicht lange her. Vielleicht eine halbe Stunde?" Wenn ich mich überhaupt auf mein Zeitgefühl verlassen konnte. „Ich schätze, ihr sind die schrecklichen Erinnerungen ausgegangen, in die sie uns werfen kann. All das Herumwerfen hat sie wirklich erschöpft."

„Wir sind nicht so leicht zu brechen, wie sie gehofft hat", stellte Hödur grimmig fest.

„Und es ist einfacher, uns alle einzusperren, wenn wir am gleichen Ort sind", mutmaßte Freya.

„Das hofft sie vermutlich", sagte Loki mit einem verschlagenen Lächeln. „Ich bin dafür, sie erneut zu enttäuschen. Ari, du scheinst nach wie vor der Schlüssel zu sein, um ihre Konstrukte zu durchbrechen."

Er machte eine lockende Geste und ich versteifte mich automatisch. Sein Gesicht verdunkelte sich ganz kurz.

Hödur trat zu mir. „Du kannst sie nicht einfach so herumkommandieren", verkündete er. „Und ich bin mir nicht sicher, ob ich einem Plan traue, den *du* dir ausgedacht hast."

Loki atmete geräuschvoll aus. „Jetzt komm aber. Müssen wir wirklich so tun, als wäre die Vergangenheit gerade erst passiert? Wir haben vor diesem Moment jahrelang friedlich zusammengelebt. Muss ich all die unmöglichen Situationen aufzählen, aus denen ich uns zuvor rausgeholt habe?"

„Nein", entgegnete Hödur. „Ich habe das, was geschehen ist, zu lange auf sich beruhen lassen, um den Frieden zu wahren. Deshalb werde ich aussprechen, was wir alle denken. Egal, wie wir hier rauskommen, nach dieser Geschichte bist du in unserer Nähe nicht mehr willkommen."

Loki mahlte mit dem Kiefer, sprach jedoch lässig. „Ich denke, du kannst diese Entscheidung kaum für die ganze

Gruppe treffen. Hast du dich zur Stimme der Gruppe ernannt, da du nicht ihre Augen sein kannst?"

„Loki", mahnte Balder mit melodischer, allerdings ruhiger Stimme. Er verließ Thor und wandte sich an den Trickster. „Ich denke, du hast genug angerichtet."

Mein Herz setzte aus. Das hier klang allmählich nach mehr als dem Gezanke, das zuvor zwischen ihnen aufgekommen war. „Wartet", warf ich ein. „Nichts davon spielt eine Rolle, wenn wir nicht von hier verschwinden können. Wir kommen hier raus und dann … dann könnt ihr alles entscheiden, was ihr entscheiden müsst." Miteinander zu streiten, würde nur Munins Zwecken dienen.

Hödur zuckte mit den Achseln. „Ich habe bereits meinen Teil gesagt."

„Na gut", entgegnete Loki mit einer abweisenden Handbewegung. „Als hättet ihr zwei euch uns nicht nur angeschlossen, weil es kein anderer ertragen konnte, von ständiger Mürrischkeit und dauerhafter Träumerei umgeben zu sein. Thor und ich werden einfach wieder auf Abenteuerjagd gehen."

Er warf dem Donnergott einen erwartungsvollen Blick zu. Thor trat von einem Fuß auf den anderen. „Wenn wir nach Hause kommen, werde ich mich vermutlich eine ganze Weile an Essen und Trinken halten."

„Ich schätze, du wirst diese Abenteuer allein genießen müssen", stellte Hödur fest. „Bring sie einfach nicht hierher zurück."

„*Hierher?*", wiederholte Loki in einem scharfen Ton. „Du meinst dieses Gefängnis, in dem wir noch immer festsitzen, was ihr anscheinend alle vergessen habt – natürlich mit Ausnahme von Ari?"

„Überallhin", blaffte Hödur.

„Okay, *wartet* einfach mal", rief ich und trat mit ausgestreckten Armen zwischen sie. „Das hier ist genau das, was Munin will. Wir müssen zusammenarbeiten und versuchen, einander zu verstehen. Als wir die Vergangenheit auf eine neue Art betrachtet haben, fingen wir an, ihr Gefängnis zu zerstören. Wir können das hier durchsprechen."

Ein Feuer hatte sich bereits in Lokis Augen entzündet. Es loderte auch in seiner Stimme. „Es klingt nicht so, als könnten wir das tun. Also werdet ihr mich nach all den Jahren schließlich rauswerfen wegen einer Tat, die vor über einem Jahrtausend begangen wurde? Ich schätze, das ist asgardische Gerechtigkeit."

„Eine Tat, die den beiden das Leben gekostet hat", warf zaghaft ein.

„Denkt ihr, dass ich das *genossen* habe? Denkt ihr, dass ich mich über das Ergebnis gefreut habe?"

„Ja", antwortete Hödur. „Allem Anschein nach hast du das getan."

„Allem … Du kannst nicht einmal *sehen* … Du warst nicht einmal hier, um zu wissen …" Loki warf die Hände in die Luft.

„Vielleicht solltest du jetzt besser gehen", schlug Balder sanft vor. „Wenn wir das Gefängnis brechen, kommen wir ohnehin alle raus."

Ein Beben durchlief den Körper des Tricksters so heftig, dass ich halb damit rechnete, dass er in Flammen aufgehen würde. Seine Augen wurden schmal.

„*Nein.*" Er wirbelte herum und deutete mit dem Finger nacheinander auf sie. „Nein. Ich habe die Nase voll. Lasst uns einen echten Blick auf die Vergangenheit werfen und schauen, wie sehr sie sich von dem Bild unterscheidet, das er für euch gezeichnet hat. Ich habe die Geheimnisse dieses Mistkerls lang genug zu seinem und *eurem* Wohl für mich behalten. Ragnarök sollte das Ende sein. Ich hatte die Nase voll von dieser beschissenen Rolle. Aber ihr alle könnt einfach nicht anders, als sie mir immer wieder aufzudrängen. Also, bitte schön. Ich werde noch einmal euer Schurke sein."

„Loki", sagte Thor argwöhnisch. „Worüber schimpfst du jetzt?"

„Ihr werdet schon sehen. Oder hören, je nachdem." Loki warf Hödur einen feurigen Blick zu. Er deutete zum Himmel. „Spiel mit, kleiner Rabe. Du wolltest, dass Odin fällt? Lass ihn noch tiefer fallen. Gib uns den Turm. Gib uns jene Nacht. Du kannst die Erinnerung sehen. Ist sie nicht pikant genug für dich?"

Einige Sekunden lang geschah nichts. Mein Herz hämmerte wild in meiner Brust. Ich wollte gerade den Mund öffnen, um den Schlamassel zu klären, den wir aus diesem Treffen gemacht hatten, als die Hallen um uns herum umkippten. Die Fliesen bogen sich nach oben und schleuderten uns zum Himmel.

KAPITEL DREIUNDZWANZIG

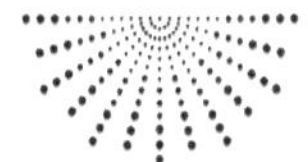

Aria

Meine Flügel schossen aus meinem Rücken. Ich erwischte Thors Hand, da er mir am nächsten war. Dann krachten Steinmauern um uns sechs herum zu Boden.

Wir kamen auf einem Webteppich in einem zylindrischen Raum zum Stehen. Die Decke verjüngte sich über unseren Köpfen zu einer Spitze und wurde von Dachsparren und Schatten durchkreuzt. Fenster umgaben das gesamte Zimmer. Ein hoher Holzstuhl, der aussah, als wäre er aus dem Boden gewachsen, stand in der Mitte. Abgesehen von einigen kleinen Tischen und Bücherregalen, die unter dem Kreis aus Fenstern standen, gab es keine Möbel. Eine kalte, nächtliche Brise wehte an uns vorbei und brachte den Geruch eines heraufziehenden Gewitters mit sich.

Blitze knisterten über den Himmel, gefolgt von fernem

Donnergrollen. Die Härchen in meinem Nacken richteten sich auf. Mir gefiel das hier gar nicht.

Thor drückte meine Hand. Balder machte einen Schritt auf den Stuhl zu. Er starrte ihn mit großen Augen an.

„Das ist der Turm meines Vaters", stellte er fest. „Der Hochsitz des Göttervaters. Ich habe ihn noch nie von innen gesehen."

„Weil er nie *jemanden* hierher einlädt", erwiderte Hödur in der Nähe meiner anderen Seite. „Niemand außer Odin betritt den Turm."

Thor beugte sich dicht zu mir. „Es heißt, dass er von diesem Sessel und durch diese Fenster jeden Ort in den neun Reichen sehen kann", murmelte er.

„Er hat *dich* nie eingeladen", korrigierte Loki Hödur. Die feurige Hitze loderte nach wie vor in seinen Augen und knisterte wie die Blitze draußen durch seine Stimme. „Niemand hat diesen Raum betreten abgesehen vom Göttervater – und seinem engsten Kollaborateur."

„Und das bist du?" Freya verschränkte die Arme vor der Brust und klang skeptisch.

„Denkst du wirklich, Odin hat nur zum Spaß einen der verräterischen Riesen nach Asgard gebracht und mir einen Blutschwur geleistet? Du kennst ihn doch sicherlich besser."

„Warum sind wir hier?", fragte Thor. „Was ist so wichtig, dass wir es sehen müssen?"

Loki wirbelte herum. „Ihr wollt den Göttervater auf ein Podest stellen? Ihr wollt entsetzt von all den Dingen sein, die ich getan habe? Alles, einfach alles, geschah für *ihn*." Er spuckte das letzte Wort regelrecht aus.

Freyas Augenbrauen zogen sich zusammen. „Wovon in Hels Namen sprichst du?"

„Lasst es euch von ihm erzählen!"

Loki deutete mit dem Arm auf eine Gestalt, die gerade aus den Schatten getreten war. Odin nahm den breitkrempigen Hut von seinem Kopf und legte ihn auf eines der niedrigen Bücherregale. Mit der Hand fuhr er durch seine angegrauten braunen Haare.

Es war nicht der echte Göttervater. Selbst wenn ich nicht gewusst hätte, dass er nicht hier sein konnte und Munin ihn für das hier niemals aus seinem Käfig lassen würde, hätte ich das erkannt, da mein Walküre-Wesen auf die Präsenz dieser Gestalt nicht mit dem gleichen Zupfen des Erkennens reagierte.

Nein, das hier musste der Odin aus Lokis Erinnerungen sein.

Und niemand außer Loki war in diesen Erinnerungen hier gewesen. Odin nickte dem Trickster zu, als hätte er erwartet, ihn in dem Raum vorzufinden. Über den Rest von uns glitt sein Blick jedoch hinweg. „Eidbruder", begann er mit seiner tiefen trockenen Stimme. „Es ist schön, dich zu sehen."

Loki widmete nun dem Göttervater seine ganze Aufmerksamkeit. Er lehnte sich an eine der Armlehnen des prächtigen Stuhls. „Ist es das?", fragte er. „Du schienst nicht so zufrieden mit mir zu sein, als wir uns unten zuletzt getroffen haben." Er deutete zu der Stadt, die hinter den Turmfenstern lag.

„Du weißt doch, wie es läuft", erwiderte Odin. „Wir brauchen ein Gefühl von Ordnung."

„Während du hinter ihren Rücken Chaos stiftest."

„Jetzt warte mal …", knurrte Thor und trat einen Schritt vor. Loki hob seine Hand, um ihn aufzuhalten. Er ahmte das Gespräch aus der Vergangenheit nach, vermutete ich. Das hier war jedoch noch immer sein gegenwärtiges Selbst, das sich uns und Odins bewusst war.

„Du wolltest Antworten", blaffte er den Donnergott an. „Schau zu und du erhältst sie."

Ich zupfte an Thors Arm, obwohl sich ein nervöser Schmerz um meinen Magen herum formte. „Ich glaube, wir müssen uns das anschauen", murmelte ich.

Thor wich mit angespanntem Mund neben mich zurück. Auf meiner anderen Seite stand Hödur stocksteif da. Sein blinder Blick war zu Boden gesenkt, ich merkte jedoch, dass seine Aufmerksamkeit ausnahmslos der Szene vor uns galt. In der Nähe der anderen Seite des Hochsitzes standen Balder und Freya schweigend und angespannt.

Das Konstrukt des Göttervaters schüttelte den Staub von seinem Mantel. „Ich habe dich nicht um Chaos gebeten", wandte er ein. „Du sollst Emotionen wecken. Leidenschaft entzünden. Die Flammen zum Brennen bringen."

Loki sah Odin an und verdrehte die Augen. „Du und deine verdammte Poesie. Ein leidenschaftliches Verlangen entzünden, meinen Kopf auf einem Speer zu sehen, trifft es wohl besser."

Odin hielt inne und drehte sich komplett zu dem Trickster um. „Bist du mit deiner Situation nicht zufrieden?", fragte er. „Vergiss nicht den Schwur, den du geleistet hast, als wir uns kennenlernten und ich dir einen Platz hier in Asgard anbot."

„Ich schwor dir meine Loyalität auf mein Blut", sagte Loki und glitt mit dem Daumen über seine schmale Handfläche. „Du hast mir nicht verraten, wie viel diese Loyalität erfordern würde."

„Ich habe bis jetzt nicht zu viel von dir verlangt, oder?" Der Göttervater wölbte eine dichte Augenbraue. „Du durftest dich nach Belieben durch das Reich der Götter bewegen. Du durftest deine Spielchen und deine Streiche spielen."

„Während mich jeder Gott und jede Göttin dort draußen noch immer behandelt, als wäre ich ein böser blinder Passagier in ihrer Mitte."

„Und das ist der Grund, aus dem du der Richtige für diese Rolle bist."

Lokis Hände ballten sich an seinen Seiten zu Fäusten. Seine Fingerknöchel wurden noch blasser als der Rest seiner

Haut. „Sie hassen mich bereits, also warum sollen sie mich nicht noch mehr hassen? Brillante Logik, oh König der Götter.“

„Du kannst dich über die Logik lustig machen, doch sie ist wasserdicht.“ Odin musterte ihn von oben bis unten. „Ich habe nicht den Eindruck erhalten, als würde es dich stören, der Feindseligkeit freien Lauf zu lassen, die ich jetzt heraushöre, wenn es die Situation verlangt.“

Ein Krächzen schlich sich in Lokis Stimme. „Es stört mich. Es stört mich, dass ich überhaupt wütend sein muss. Wenn ich Wege finde, ein wenig Freude aus dem beschissenen Schicksal zu ziehen, das du mir zugewiesen hast …“

„Loki.“ Zum ersten Mal schwang Odins ganze Macht in seinen Worten mit. Sogar jetzt, obwohl er es nur mit einer Erinnerung zu tun hatte, zuckte der Trickster zusammen. Der Schmerz in meinem Magen bohrte sich tiefer.

Der Göttervater richtete sich auf und ragte neben seinem Thron auf. „Ich habe dich von einem Eidbruder zum anderen darum gebeten. Denkst du, es tut mir nicht ebenfalls weh? Aber was getan werden muss … muss getan werden. Ich *brauche* dich. Ich dachte, ich könnte mich auf dich verlassen. Habe ich mich geirrt?“

Loki befeuchtete seine Lippen. „Nein“, antwortete er jetzt leiser. „Das hast du nicht. Ich verstehe es einfach nicht. Warum muss irgendetwas davon geschehen?“

„Ich habe die Zeichen gelesen. Die Omen gesammelt. Die verworrenen Prophezeiungen der Nornen entwirrt. Dieses Zeitalter wird sich selbst zerstören, ob uns das nun gefällt oder nicht. Wir können bloß dafür sorgen, dass es gut endet. Ein glatter Bruch. Das Reich mit Feuer reinigen. Ich weiß, du besitzt das Temperament, um diese Verantwortung zu übernehmen, oder nicht, Trickster?“ Ein dunkles Funkeln erhellte das Auge des Göttervaters. „Sie brauchen einen Bösewicht. Wer könnte diese Rolle besser spielen als du?“

Es lief mir kalt über den Rücken. Freya schlug sich die Hand vor den Mund und gab einen schockierten Laut von sich. Thors Hand schloss sich so fest um meine, dass es beinahe wehtat.

„Und wenn ich diese Rolle nicht spielen will?", fragte Loki.

„Dann könnte unser Sturz viel schmerzhafter sein. Wäre dir das lieber?" Odins Blick schwankte nicht.

„Ich wollte nie irgendetwas davon!", brüllte Loki und stieß sich von der Seite des Sessels ab. „Ich hatte nie eine andere Wahl, oder? Entweder bin ich dein Schurke oder ich bin ein Schurke, indem ich meinen Eid an dich verrate. Wie auch immer, die Welt fällt auseinander und alles ist meine Schuld. Während du mit deinem verdammten wissenden Lächeln dastehst …"

Odin zuckte bei diesem Ausbruch nicht einmal mit der Wimper. Ich vermutete, dass der Loki damals nicht ganz so beleidigend gewesen war. Angesichts der unerschütterlichen Ruhe ging dem Zorn des Tricksters die Luft aus. Er sah plötzlich auf eine Weise niedergeschlagen aus, wie ich es noch nie zuvor gesehen hatte. Der Anblick zerrte an meinem Herzen.

„Wirst du es durchziehen?", fragte Odin.

Loki rieb mit einer Hand über sein Gesicht. „Du siehst alles, nicht wahr?", erwiderte er. „Die Vergangenheit, Gegenwart und Zukunft, aus den Mündern der Nornen, aus deinen Bruchstücken von Prophezeiungen … Irgendwie glaube ich, dass du bereits wusstest, dass ich es tun würde."

„Gut." Odin legte seine Hand auf Lokis Schulter. „Ganz Asgard wird dir am Ende dafür danken."

Er nahm seinen Hut und verschwand wieder in den Schatten. Loki hob den Kopf und beobachtete den Abgang des Göttervaters.

„Witzig", sagte er. „Dieses spezielle Ende dauert schrecklich lange."

Ich konnte es nicht mehr ertragen, mich zurückzuhalten. Ich zog meine Hand aus Thors und eilte durch den Raum zu Loki. Beim Geräusch meiner Schritte drehte er sich um. Hoffnung und Furcht huschten über sein Gesicht – als erwartete er, dass ich in der letzten Sekunde vor ihm zurückschrecken würde. Meine Lunge verkrampfte sich. Ich schob meine Arme um ihn und neigte meinen Kopf an seine schmale Brust.

„Es tut mir leid", entschuldigte ich mich.

„Was denn, Fee?", fragte Loki in seinem üblichen lockeren Ton. „Dass du mir geglaubt hast, als ich dich darum gebeten habe? Dass du aus den Informationen, die du hattest, die beabsichtigten Schlüsse gezogen hast? Darin sehe ich kein Verbrechen." Seine Hand zitterte jedoch leicht, als sie meine Haare streichelte. Ich hatte das Gefühl, dass ihm die Konfrontation mehr abverlangt hatte, als er sich anmerken lassen wollte.

„Loki", sagte Hödur mit rauer Stimme und schien dann nicht zu wissen, wie er fortfahren sollte.

„Ich habe mir nie erlaubt, darüber nachzudenken, warum er nach all den Vorfällen in deiner Nähe geblieben ist", erzählte Balder. „Ich hätte nie ... ich hätte nie gedacht, dass er wollen würde ..."

„Ich denke nicht, dass er irgendetwas davon wollte", erklärte Loki. „Er sah es lediglich als das Geringere von zwei Übeln. Zum Glück für ihn hatte er jemanden, der dieses Übel verrichten und die Schuld auf sich nehmen konnte."

„Wenn ich mich richtig mit meinem Vater unterhalten kann ...", sagte Thor barsch und Loki nickte.

Freya gab einen erschrockenen Laut von sich. „Die Mauern", murmelte sie.

Ich schaute auf und entdeckte, dass die Fenster gegenüber von mir erzitterten. Eine Wolke des Aschegeruchs wehte zusammen mit der rötlich gefärbten Dunkelheit herein. Die echte Welt hinter dem Konstrukt.

Alle Götter konnten sie sehen. Sie gingen auf diese zu, als ich von Loki wegtrat. Doch bevor ich die Lücke erreichte, flackerte sie und verschwand.

Thor knallte seinen Hammer gegen die Wand. Die Steine hielten stand. Er machte ein finsteres Gesicht. „Wir sind immer noch genauso gefangen wie zuvor."

Eine andere Stelle an der Wand öffnete sich kurz vor meinen Augen. „Nein", widersprach ich. „Das sind wir nicht. Sie kann uns an einem Ort einsperren, ihr Gefängnis bricht allerdings trotzdem zusammen. Sie ist erschöpft und wir ändern unsere Erinnerungen und … Wenn wir sie nur noch ein wenig schwächen könnten … Wir sind fast draußen. Ich wette, sie kann jetzt nichts anderes mehr tun, als diesen Raum so gut wie möglich aufrechtzuerhalten. Andernfalls hätte sie uns längst getrennt."

„Was schwebt dir vor, Ari?", fragte Hödur.

„Ich weiß nicht. Wir kommen einem Ausbruch jedes Mal näher, wenn wir verändern, wie wir über die Vergangenheit denken. Aber ich …"

Ich zögerte. Es gab noch ein anderes Element. Ich hatte es gesehen. Munin hatte den Boden in Hödurs Schlafzimmer nicht geöffnet, nachdem wir zusammen gewesen waren. Der Ansturm der Emotionen hatte ihre Konstrukte ebenfalls geschwächt. Genauso wie die Illusion kurz gebrochen war, als ich Thor geküsst und begonnen hatte, mit Balder rumzumachen. Weil wir uns dadurch so stark auf die Empfindungen der Gegenwart konzentrierten? Weil diese Empfindungen auf andere Art an Munins Verstand zerrten? Ich dachte an die Szene, die ich gesehen hatte, in der sie an den sterbenden Mann gekuschelt gewesen war.

Es gab Leute, die ihr einst wichtig waren. Ein Mann, den sie geliebt hatte.

Letztendlich spielte das Warum allerdings keine Rolle. Es zählte nur, dass es funktionierte. Mein Herz begann, schneller zu schlagen.

Wir hatten gemeinsam so viel durchgemacht. Ich sollte keine Angst davor haben. Ich kannte jeden Mann – jeden *Gott* – in diesem Raum. Ich wusste, dass sie nie etwas nehmen würden, was ich ihnen nicht freiwillig gab. Also warum hing die Vergangenheit wie ein gottverdammter Amboss über mir?

Ich holte tief Luft. Wir wurden alle von diesen dämlichen Vorstellungen darüber erdrückt, wer wir waren, was wir tun konnten und was nicht, oder? Ich hatte es von allen in diesem Raum gehört. Als ich mich daran erinnerte, entzündete sich plötzlich eine Idee in mir wie eine Flamme. Eine Flamme, die eine Hitzewelle über meine Haut sandte und ein Pulsieren des Verlangens durch meinen Bauch.

„Ich brauche euch", verkündete ich und sah die Götter nacheinander an. „Ich brauche euch alle."

Das Begehren in mir schwang in meinen Worten mit. Freya hustete leise. „Ich werde mich zurückziehen."

Loki feixte, als sie zur dunkleren Seite des Raums hinter den Hochsitz schlüpfte. Er trat neben mich. Balder und Thor schlossen sich ihm an, bildeten einen Halbkreis um mich und beobachteten mich mit erwartungsvoller Neugier. Lediglich Hödur hielt sich etwas zurück und legte den Kopf schief, als würde er darauf warten, herauszufinden, worauf ich damit hinauswollte.

Obwohl ich mich diesem Plan in meinem Verstand bereits verpflichtet hatte, musste ich vor dem Sprechen schlucken, damit meine Stimme nicht zitterte. „Wir sind nicht das, was andere von uns dachten, oder? Und wir können zeigen, wie wahr das ist."

„Was hast du im Sinn, Fee?", fragte Loki mit einem geschmeidigen Flüstern.

Ich zögerte, jedoch nur eine Sekunde lang. Die Sekunde, die ich brauchte, um mir bewusst zu werden, dass ich genau wusste, wo ich anfangen wollte. Ich packte Balders Hand und zog ihn etwas näher zu mir, wobei ich in seine strahlend blauen Augen blickte, damit er sah, wie ernst ich das hier meinte.

„Balder kann verrucht sein."

Verlangen entzündete sich in den Augen des Lichtgottes. Er beugte sich so schnell nach unten und eroberte meinen Mund, dass ich kaum Zeit zum Luftholen hatte. Seine Zunge öffnete meine Lippen sofort und seine Hände hoben sich zu meinen Brüsten, um meine Nippel durch die Kleider hindurch zu zwicken. Ich keuchte gegen seinen Mund, als ich mich ihm entgegenwölbte. Ihn ermutigte und mit jeder Bewegung um mehr bat.

Er ließ seine Zähne über die Seite meines Halses wandern und schenkte mir mit jedem Knabbern ein Beben der Wonne. Daraufhin sah ich dem Trickster in die Augen.

„Loki kann selbstlos sein", murmelte ich.

Ein Grinsen breitete sich auf seinem Gesicht aus. „Jederzeit, meine liebste Ari."

Als Balder mein Oberteil hochzog, um besseren Zugang zu meinen Brüsten zu haben, kniete sich Loki vor mich. Der Lichtgott rollte meinen anderen Nippel und Loki küsste die empfindsame Haut unterhalb meines Bauchnabels. Dort verharrte er und öffnete den Knopf meiner Jeans. Plötzlich durchfuhr mich Panik, doch ich verdrängte sie. Ich schloss die Augen, als er meine Jeans samt Höschen runterzog.

Seine Lippen zeichneten einen glühenden Pfad über meinen Schenkel und wanderten wieder aufwärts. Als er schließlich meinen Schenkelansatz erreichte, war in mir nichts als Lust übrig. Er drückte seinen Mund direkt auf meine Mitte, ließ seine Zunge über meinen Kitzler gleiten und ich stöhnte.

Das reichte noch immer nicht. Ich sah Thor durch den Nebel aus Begehren an. Seine normalerweise warmen braunen Augen loderten, als er meinen Blick erwiderte. Eine meiner Hände hatte sich in Balders Hemd gekrallt. Die andere hielt ich dem Donnergott hin.

„Thor kann sanft sein.“

Er ließ seinen Hammer auf den Boden fallen und erreichte mich mit einem schnellen Schritt. Doch als er seine Hand auf meine Taille legte und seine Lippen auf meine drückte, war seine Berührung ausschließlich zärtlich. Ich verlor mich in seinem Kuss, in Balders Berührungen an meinen Brüsten und Lokis Mund auf meiner Mitte. Wonne bebte aus jeder Richtung durch mich hindurch.

Als Thor den Kopf hob, um meine Wange sowie meine Schläfe zu küssen, fand mein Blick Hödur. Und plötzlich war ich mir nicht mehr sicher, was ich sagen sollte.

Als würde er mein Dilemma spüren, lächelte Hödur schief. „Hödur kann Zeuge sein“, verkündete er. „Ohne Bitterkeit.“

Ein Gefühl der Richtigkeit ließ sich in meiner Brust nieder. Dann sog Balder die Spitze meines Busens in seinen Mund und knabberte mit den Zähnen daran. Loki tauchte einen Finger unter seine Zunge und drang in mich. Thors große, jedoch behutsame Hände liebkosten meine Seite mit dem leichtesten Knistern von Elektrizität. In diesem Augenblick erzitterte ich vor nichts als Freude.

„Und ich bin kein Opfer“, verkündete ich, krallte mich an Lokis seidige Haare und lehnte mich an Thors harten Körper. „Nicht mehr. Ich nehme mir, was ich will.“

Und ich wollte sie alle. Oh, verdammt ja. Zum ersten Mal füllte der Gedanke meinen Kopf ohne einen Hauch Scham oder Furcht. Ich gab mich dieser Empfindung hin und dem, was als Nächstes kommen würde.

KAPITEL VIERUNDZWANZIG

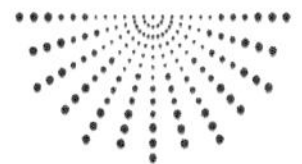

Thor

𝒜ri stöhnte, als sie sich in unserer gemeinsamen Umarmung wiegte. Ich fing ihren Mund ein und küsste sie sanft, jedoch entschlossen. Ihr feurig süßer Geschmack füllte meine Sinne. Ihre nackte Haut an meiner unverhüllten Brust zu spüren, vernebelte mir den Verstand mit einer Lust, die fast so mächtig war wie der Schlachtrausch. Blitze kitzelten durch meine Adern, erpicht darauf, aus meinen Fingern zu knistern.

Doch ich konnte meine gröberen Dränge kontrollieren. Ich *konnte* der sanfte Liebhaber sein, den sie von mir verlangt hatte. Balder provozierte einen lustvollen Schrei, indem er ihren Busen drückte, und ich entlockte ihr ein Wimmern, indem ich mit dem Daumen über den anderen glitt. Als ich mit dem Mund über ihren Kiefer wanderte, neigte sie den Kopf zur Seite und bot mir einen besseren Zugang zu ihrem hellen Hals an. Sie vertraute mir bedingungslos. Mein Herz schwoll wegen dieses Geschenks an.

Loki schob ihre Schenkel mit einer Zungenbewegung weiter auseinander, die ich hören konnte. Ari keuchte, als er sie mit Händen und Mund stimulierte. Ihr Körper begann, an meinem zu zittern. Ich hielt sie fest, stützte sie und trank ihr begieriges Zittern mit dem Druck meiner Lippen an ihrer Schulter. Sie bog den Rücken durch und all ihre Muskeln spannten sich an. Eine Hand schloss sich um meinen Arm. Ich spürte, wie der Höhepunkt durch sie fegte.

Der Trickster küsste die Seite ihres Beins und richtete sich mit einem verschlagenen Lächeln auf. „Und ich bitte um nichts im Gegenzug", verkündete er.

Er sah aus, als wäre er bereit, sich zurückzuziehen, doch Ari gab einen unzufriedenen Laut von sich und packte die Vorderseite seines Hemds. Sie zog ihn zu sich und in einen Kuss.

In der Vergangenheit hatte ich mir mit Loki auf unseren Reisen Frauen geteilt, was allerdings nie mehr als eine schnelle Runde im Heu gewesen war. Ari war mehr als das – für uns alle. In meiner Brust regte sich jedoch nicht einmal ein Funke Eifersucht. Wir hatten uns alle zusammengetan, um sie in unser Leben zu holen, und jetzt war sie genauso sehr ein Teil von uns wie wir von ihr. Wir waren auf eine eigenartige Weise aneinandergebunden, im Kampf und in der Lust. Als ich beobachtete, wie Loki ihr Gesicht umfing und ihren Kuss erwiderte, weckte das bloß den Wunsch in mir, ich hätte dieses Mal genauso viel zu ihrer Wonne beigetragen wie er.

Vielleicht konnte ich das tun. Ari ließ den Trickster los, drehte sich zu mir und zog mich ebenfalls in einen Kuss. Ihre Hand wanderte über meine Brust und hinterließ überall dort Hitze, wo sie mich berührte. Meine Erektion pulsierte noch heftiger in meiner Hose. Verdammt, diese Frau war berauschender als jeder Met.

Die Hand der Walküre glitt hinab zum Bund meiner Hose. Mir stockte der Atem, als ihre Finger über meinen

Schritt strichen. „Ich glaube, wir sind noch nicht fertig", murmelte sie und küsste mich erneut.

Als mein Mund mit ihrem verschmolz, öffnete sie meinen Gürtel. Ich konnte mir ein Stöhnen nicht verkneifen. Mit einem Ruck zerrte sie die Jeans zu meinen Knien. Sanft. Sie wollte es sanft. Es hätte eine Herausforderung sein sollen, doch stattdessen sandte der Gedanke freudige Erregung durch mich hindurch. Ich konnte der Mann sein, den sie brauchte, sogar in diesem leidenschaftlichen Moment.

Balder schob seine Arme von hinten um Aris Taille. „Hier", sagte er mit einem Lächeln, das verrucht aussah, und hob sie auf die Armlehne von Odins Hochsitz. Er hatte die perfekte Größe, sodass ihr Körper auf einer Höhe mit meinem war.

Ari grinste und legte ihre Finger um meine Härte. Begehren flutete meinen Körper. Ich küsste sie zärtlich, allerdings mit all der Sehnsucht, die in mir steckte, streichelte ihre Brüste und zog ihre Hüften etwas näher zu mir. Sanft. Sanft. Jede weiche Bewegung, jede Sekunde zog sich in die Länge, als ich mir Zeit mit ihr ließ, wodurch das Verlangen in mir noch heißer brannte. Unsere Zungen tanzten miteinander, ein Funke Elektrizität knisterte zwischen ihnen und sie wimmerte.

Sie hatte recht. Das hier war auch ein Teil von mir: dieser leidenschaftliche, verlässliche Mann, der sie nur mit einer Berührung seiner Fingerspitzen dazu brachte, gierig zu erzittern. In dem Moment wollte ich bloß dieser Mann sein.

Balder kniete sich hinter sie auf den Sessel. Er knabberte an ihrer Schulter, während er ihren Hintern packte, und Ari keuchte in meinen Mund. Ihr Körper neigte sich nach vorne. Sie drängte mich zu sich, wobei ihre Hand noch fest um meine Länge lag, und rieb sich an meiner Schwanzspitze.

Sie war so klein, dass ich mich kurz sorgte, ob ich ihr ohne Schmerzen geben konnte, worum sie bat. Dann glitt ihre Feuchtigkeit über mich. Ihre Falten waren so heiß und bereit, und bei den Himmeln, es gab keine Wonne, die besser war als das hier.

Ich legte eine Hand auf ihre Hüfte und ließ die andere zu der empfindsamen Perle ihrer Mitte fallen. Mein Daumen neckte diese mit einem sanften elektrischen Funken, womit ich mir ein Stöhnen von ihr verdiente. Sie wölbte sich mir entgegen und ich sank mit der Spitze in sie. Ihre feuchte Hitze umschloss mich. Ich stöhnte in ihre Haare.

„Mehr", sagte sie und packte meine Schultern. Ich lachte rau und bewegte meine Hüften. Zentimeter für wundervoll quälenden Zentimeter glitt ich tiefer in sie. Dann wich ich zurück und stieß mich erneut in sie. Ari keuchte und packte mich fester.

Ich fand einen Rhythmus, wurde langsam schneller und drang mit jedem Stoß etwas tiefer in sie. Ari bockte und kam mir entgegen. Ihre Beine schlangen sich um meine Schenkel und ihr Mund fand erneut meinen. Unsere Küsse waren wild und wurden nur von den Lauten der Lust unterbrochen, die wir nicht zurückhalten konnten.

Ich verschaffte ihr diese Lust. Ich brachte sie mit jeder bedachten Hüftbewegung der Ekstase näher. Ich sank bis zum Ansatz in sie, woraufhin sie einen Schrei ausstieß, der ausschließlich von Freude gefärbt war.

„Nächstes Mal nehme ich die Wildheit", raunte sie an meiner Schulter. „Ich will jeden Teil von dir."

Die Worte sandten ein freudiges Beben durch mich. Ich stieß schneller in sie, saugte ihren Geruch auf und verlor mich in den Empfindungen. Daraufhin kam Ari mit einem schärferen Schrei. Ihr Körper verkrampfte sich um meinen Schwanz herum und raubte mir den letzten Rest Selbstbeherrschung. Meine Hoden zogen sich zusammen und ich entließ meine Ekstase in einem Rausch knisternder Hitze.

Als der Orgasmus wie eine Welle durch mich rollte, brachen die Mauern um uns herum zusammen. Das

Konstrukt des Hochsitzes löste sich in Luft auf. Ich drückte Ari an meinen Körper, als wir fielen, und streckte einen Arm aus, um den Aufprall abzufangen. Wir lösten uns keuchend voneinander.

„Sieh an, sieh an", sagte Loki und drehte sich. „Was haben wir hier?"

Die dunklen, zackigen Wände einer gewaltigen Höhle erhoben sich um uns herum. Nur ein schwach pulsierendes Licht fiel aus den leuchtenden roten Flecken in der Decke hoch über uns herab. Es schien alles aus einer natürlichen festen Struktur zu bestehen mit Ausnahme der Wand zu meiner Rechten, wo Felsbrocken aufeinanderlagen, als hätte ein Bergsturz den Eingang verschüttet.

Ari grapschte nach ihren Kleidern. Ihr Gesicht war noch gerötet, in ihren Augen schimmerte jedoch Entschlossenheit anstelle von Verlangen. „Wir haben es geschafft", stellte sie fest. „Wir sind ausgebrochen."

Mit einem Ruck riss ich meine Hose hoch und schloss den Gürtel. Mjölnir lag in der Nähe meiner Füße, als hätte ich ihn dort und nicht in dem Raum abgestellt, der als Odins Turm erschienen war. Ich schnappte ihn mir und schwang ihn vorbereitend.

„Was für ein Ort ist das?"

„Ich rieche Asche", berichtete Hödur und legte den Kopf schief. „Und Schwefel."

„Aufgrund dessen und nach dem Aussehen des Ortes zu urteilen, würde ich sagen, dass wir uns in Muspelheim befinden." Loki nickte zu Ari. „Das Feuerreich. Hier gibt es nicht viel Leben, zumindest keines, dem wir begegnen möchten."

„Diesen Ort habe ich gesehen, wenn ich in Bruchstücke von Munins Erinnerungen gelangt bin", erzählte die Walküre. Sie ließ ihre Flügel mit einem kleinen Windstoß aus ihrem Rücken hervorbrechen. Die silber-weißen Federn schimmerten in dem rötlichen Licht. Ihr Kiefer spannte sich an. „Damals war Odin hier und er ist auch jetzt noch hier. Ich kann ihn spüren. Hier lang." Sie deutete zu der Wand der herabgestürzten Felsen.

Freya zückte ihr Schwert. „Gehen wir, bevor Munin und wer sonst noch auf ihrer Seite ist, realisiert, dass wir entkommen sind."

Der Gedanke an meinen Vater erinnerte mich an das Gespräch, das uns Loki in Odins Turm gezeigt hatte. Wie der Göttervater mit dem Trickster gesprochen hatte … Hatte er wirklich *gewollt*, dass Loki all die Dinge tat, die er getan hatte? Dass er Asgards Untergang herbeiführte? Und er hatte es nicht nur gewollt, sondern Loki gezwungen, diese Rolle trotz seiner Proteste weiterzuspielen.

Die Szene hatte sich wahr angefühlt und diese Wahrhaftigkeit hinterließ ein übelkeitserregendes Gefühl in meinem Magen. Allerdings würden wir keine Antworten finden, bis wir den echten Odin wieder bei uns hatten. Ganz egal, was er in der Vergangenheit getan hatte, Munin und die Schwarzalben mussten jetzt für ihre vielen Verbrechen bezahlen.

Ich umschloss den Griff meines Hammers fester. „Ich kann uns den Weg freiräumen."

Ich rannte auf die Wand zu, wobei der Boden unter meinen Füßen erbebte, und schleuderte Mjölnir mit aller Kraft. Der Hammer krachte in die Felsenmasse und flog geradewegs hindurch. Gesteinsbrocken regneten auf den Höhlenboden und rötliches Licht fiel durch das Loch herein und lockte uns zu sich.

Mjölnir flog in meine Hand zurück. Ich zückte ihn erneut und zerschlug die Trümmer zu Kieselsteinen. Die höheren Felsen polterten herab und zerbarsten auf dem Boden. Mit einem letzten Wurf schlug ich einen klaren Pfad durch den Bergsturz.

Wir eilten weiter. Ari und Freya hielten ihre Klingen bereit und Hödurs Schatten schlängelten sich um ihn. Zu sechst platzten wir auf eine Felsenebene, die einen dicken Magmafluss überblickte. Ein Berg erhob sich auf der anderen Seite und verdeckte den Großteil unserer Aussicht. Hitze stieg auf und ließ eine frische Schweißschicht auf meiner Haut entstehen, allerdings aus viel weniger angenehmen Gründen als zuvor. Meine Muskeln spannten sich an, als ich die Landschaft scannte.

„Kannst du Odin noch spüren?", fragte Balder Ari.

Sie drehte sich langsam und ihre Flügel flatterten, als würde sie die Luft testen. Ihre Stirn legte sich in Falten.

„Irgendwo in dieser Richtung", antwortete sie und deutete stirnrunzelnd zu dem Berg. „Ich sah … Er war in einer Höhle hinter einem Wasserfall aus Magma. Wenn wir den finden können …"

Loki sprang bereits in die Luft. Er marschierte mit schnellen Schritten zum Himmel, die sofort eine große Strecke überwanden. Ich schämte mich, als ich feststellte, dass sich sogar jetzt, nach allem, was er uns gezeigt hatte, Misstrauen in meinem Bauch regte – dass er allein losrennen und uns im Stich lassen könnte.

Wenn diese Szene wahr war, war er nie richtig gegen uns gewesen. Er hatte zugelassen, dass wir ihn hassten, um uns den Schmerz zu ersparen. Und ich hatte es nie gesehen. Ich musste ein besserer Freund werden.

Hoch über uns wurden die Augen des Tricksters kurz schmal, bevor er in Höchstgeschwindigkeit zu uns zurückkam.

„Ich sehe den Ort", rief er. „Er liegt hinter dieser Erhebung. Sind wir zum Kampf bereit?"

Freya schwang ihr Schwert. „Ich war noch nie so bereit."

Hödur versammelte seine Schatten bereits zu einer Scheibe unter seinen Füßen. Neben ihm leuchtete Balder mit seiner hellen Magie. Ari streckte erwartungsvoll ihre Flügel aus.

„Was immer dort auf uns wartet, es kann nicht

schlimmer sein als das, was wir bereits geschlagen haben“, sagte sie. „Dieses Mal werden wir ihn erreichen.“

Wegen all der Kämpfe, die ich in Munins Gefängnis ausgefochten hatte, waren meine Muskeln erschöpft, dennoch durchfuhr mich ein Hochgefühl. Meine Finger spannten sich um Mjölnirs Griff herum an. Hier konnte ich mit echten Feinden kämpfen. Echte Feinde, die ich auf dem Weg zum Göttervater *zerstören* musste. Dieses Mal würden wir ihn tatsächlich nach Hause bringen.

Als der Schlachtrausch durch meine Gedanken tröpfelte, zögerte ein Teil von mir kurz. Ein Flackern der fernen Scham berührte mich. Mein Blick glitt zu Ari.

Sie lächelte mich an, ihre Augen loderten so leidenschaftlich und hell wie die Entschlossenheit in mir. In ihnen lag kein Funke Furcht oder Urteil.

„Ich denke, es ist an der Zeit, diesen Schlachtrausch rauszulassen“, sagte sie.

Eine andere Art der Wonne schwappte durch meine Nerven. Ja. Ich konnte sanft sein, war jedoch auch ein Krieger. Und ich hatte mich noch nie mehr darüber gefreut. Munin und der Rest der Welt würden jedes bisschen Schmerz bereuen, das sie mir und den meinen zugefügt hatten.

Mit einem Kriegsschrei sprang ich vor und ließ mich von der Macht des Schlachtrauschs hinter Loki in die Luft tragen.

KAPITEL FÜNFUNDZWANZIG

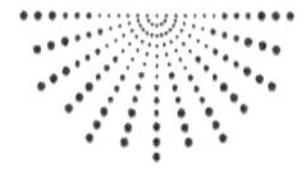

Aria

Der heiße Wind trug meine Flügel, als ich mich durch die Luft bewegte. Wer wusste schon, wie viel Zeit wir hatten und welche anderen Tricks Munin und ihre Verbündeten auf Lager hatten? Der Schwefelgestank drang in meine Nase, während ich kräftig und ruhig mit den Flügeln schlug. Felsiger Untergrund glitt unter mir vorbei, der dunkle zackige Berg vor uns schien jedoch nach wie vor weit weg zu sein.

„Gibt es irgendetwas, was ich über Muspelheim wissen sollte?", rief ich den Göttern um mich herum zu. Trotz meiner Walküre-Kräfte würde ich in diesem Kampf das schwächste Glied sein und ich war viel zu schlecht darauf vorbereitet. Ich wollte keinen Fehler machen, der uns alle in Gefahr brachte.

„An diesem Ort gibt es nicht viel mehr als das, was du selbst sehen kannst", antwortete Loki und verlangsamte sein Tempo, sodass er neben mir gehen konnte. Der Wind peitschte durch seine Haare. Auf seinen übernatürlich verbesserten Schuhen hätte er vermutlich innerhalb weniger Minuten zu Odins Käfig rennen können, allerdings war es wohl nicht das Klügste, die Rettung allein zu versuchen. „Unwirtliches Terrain, es gibt kaum Nahrung. Heimat der Felsendrachen und Steinspinnen und von kaum etwas anderem. Kein Ort, an dem wir nach ihm gesucht hätten."

„Warum haben die Schwarzalben Odin hierhergebracht?"

„Damit wir ihn nicht finden", mutmaßte Freya. „Du hast ihn bereits in ihr Reich verfolgt. Sie wussten, dass wir erneut nach ihm suchen würden."

„All die Reiche sind hier und da durch Tore miteinander verbunden", erklärte Hödur hinter mir. Er folgte uns anhand der Geräusche, die unsere Körper beim Fliegen machten. „Falls sie ein praktisch platziertes Tor hatten, hätte es sie nicht viel Mühe gekostet, eine Truppe mit ihm durch dieses zu schicken."

„Ich will gar nicht darüber nachdenken, was sie mit ihm getan haben, dass er nicht fliehen konnte, obwohl sie ihn zu einem neuen Gefängnis bringen mussten", sagte Balder.

Die Bilder von Odin, die ich in Munins Erinnerungen gesehen hatte, tröpfelten durch mein Gedächtnis. „Ich glaube, sie haben ihn lange Zeit festgehalten", erwiderte ich. „Ihr habt gesagt, dass er doppelt so lange fort war als jemals zuvor, stimmt's? Das sind Jahrzehnte, oder? Als ich ihn durch Munins Augen sah ... wirkte er ziemlich niedergeschlagen."

„Der Göttervater kann mehr aushalten, als ihm ein Alb antun könnte", entgegnete Thor barsch, sein Gesicht hatte sich jedoch vor Sorge verdunkelt.

Hatte Munin gewusst, wie der Göttervater Loki benutzt hatte, und welche Zerstörung er hinter den Rücken der anderen Götter arrangiert hatte? Sie musste es gewusst haben, da sie so viel Zeit an Odins Seite verbracht hatte. Noch ein Grund mehr für sie, ihn zu hassen. Nach allem, was ich gesehen hatte, war ich mir nicht sicher, wie sehr ich mich darauf freute, den Mann richtig kennenzulernen.

Odin musste uns allerdings von hier weg und zum echten Asgard bringen. Das war momentan das Einzige, was zählte.

„Hier entlang", rief Loki und schwenkte nach rechts. Wir folgten ihm Sekunden, bevor ein Feuerstrahl aus dem Boden emporschoss, der mir so nah war, dass meine Haut vor Hitze kribbelte.

Ich drückte meine Finger fest um den Griff meines Klappmessers. Es war keine großartige Waffe im Vergleich zu den Schwertern und verzauberten Hämmern und Magiestößen, doch es gehörte mir. Es enthielt all die Liebe, die Francis in das Geschenk gelegt hatte. Selbst wenn ich mir nicht sicher war, ob ich es mit einem Felsendrachen aufnehmen konnte – was immer das war – war es manchmal recht nützlich, um meine sporadischen Lichtblitze zu lenken.

Ein weiterer Magmafluss floss um die Seite des Berges durch die gleiche Öffnung, durch die wir vermutlich fliegen würden. Das Kribbeln der Hitze sank bis in meine Knochen. War das die gleiche Stelle, an der Odin aus dem Hinterhalt überfallen worden war?

Es war definitiv irgendwo hier im roten Glühen von Muspelheim gewesen, nicht in Svartalfheims engen und schattigen Höhlen. Munin hatte ihn *hierher*geführt, damit sich seine Feinde auf ihn stürzen konnten. Ihn hierherzutransportieren, war also kein letzter verzweifelter Versuch gewesen, ihn zu verstecken. Sie hatten zu diesem Ort auch eine Verbindung.

„Wir sollten hoch über diese Schlucht fliegen", brüllte ich in den Wind und deutete. „Ich glaube, wir sollten es vermeiden, auf allen Seiten eingeschlossen zu sein."

Loki nickte, ohne zu zögern. Als wir alle höher stiegen, flog Balder neben mich. Er sah aus, als würde er auf einem Lichtstrahl schweben. Was er möglicherweise tat. Er streckte eine Hand nach mir aus, die ich ergriff. Einige Augenblicke lang verschränkte ich meine Finger mit seinen, bevor ich sie loslassen musste, um ruhig fliegen zu können.

„Mir ist bewusst geworden, dass ich mich bedanken sollte“, erklärte er so laut, dass nur ich es hören konnte. „Bevor wir uns dem stellen, was immer dort drüben auf uns wartet.“

Ich blickte verblüfft zu ihm. „Wofür willst du mir danken?“

Er strahlte mich an – es war das helle sanfte Lächeln, an das ich gewöhnt war, nicht das leicht verruchte, das ich mit der richtigen Inspiration hervorlocken konnte. Es sah nicht so verträumt wie früher aus, bemerkte ich mit einiger Erleichterung. Munin hatte ihn zwar mit den Erinnerungen an seinen Tod gequält, aber er schien dadurch stärker geworden zu sein. Er war besser in der Lage, sich der Realität vor ihm zu stellen, ohne vor den Schatten zurückzuschrecken.

„Du hast mir geholfen, die Stücke meiner Selbst zu finden, von denen ich nicht wusste, dass es sie gab“, erklärte er. „Vielleicht habe ich ebenfalls ein wenig Dunkelheit in mir. Es ist nützlich, das zu wissen.“

„Bisher war es nützlicher für mich als für dich“, musste ich einfach entgegnen. Die Erinnerung an unsere Begegnung in Odins Turm flutete mich mit Hitze. Ich hatte mich der Lust hingegeben, wie ich es noch nie zuvor gewagt hatte … und jetzt fühlte ich mich mehr wie ich selbst. Es gab Teile von mir, die ebenfalls mehr Zeit im Freien verdienten, Teile, vor denen *ich* zu lange zurückgeschreckt war.

Ein Hauch dieser Verruchtheit legte sich über Balders Gesicht. „Ich hoffe, wir werden genügend Zeit haben, diese Seite gründlich zu erkunden“, sagte er mit einem breiten Grinsen.

Genauso wie ich. Oh ja, genauso wie ich.

„Ari, was hast du in den Erinnerungsfetzen von Munin noch gesehen?“, rief Thor. „Wer wartet auf uns?“

„Ich weiß es nicht genau", antwortete ich. „Es gab unterschiedliche Erinnerungen aus verschiedenen Zeiten, glaube ich." Ich konnte nicht einmal sagen, ob sie alle aus den ein oder zwei Wochen waren, seit die Schwarzalben und ihre Verbündeten Odin aus den Höhlen der Alben geholt und hierhergebracht hatten. Möglicherweise war Odin bereits bei seiner Gefangennahme hier festgehalten worden. „Er war in einem schwer aussehenden Käfig in der Höhle hinter dem Magmafluss eingesperrt. Wann immer ich ihn dort sah, war er entweder allein oder nur in Munins Gesellschaft. Es ist möglich, dass sie ihn für so gut versteckt halten, dass sie sich keine Mühe machen, ihn zu bewachen."

In diesem Moment flog Loki, der an der Spitze glitt, etwas höher. Seine unmenschlich scharfen Augen wurden schmal. „Nicht mehr", verkündete er. „Dort ist dein Magmafluss – und eine Armee, die auf uns wartet."

Ich zwang mich, schneller zu fliegen, um ihn einzuholen und zu sehen, was er sah. Hinter dem engen Durchgang neben dem Berg öffnete sich die Landschaft zu einer Vielzahl an Ebenen und blutroten Flüssen. Eine Felswand ragte zu unserer Rechten auf und Magma ergoss sich als brodelnder Strom über deren Kante. Das Magma floss in den Fluss, dem wir am Fuß der Felswand gefolgt waren.

Zunächst sah der Boden um diesen Fluss herum aus, als hätten sich dichte Schatten darüber ausgebreitet. Dann zuckte einer der Schatten. Ich richtete mein verbessertes Sehvermögen so eindringlich wie möglich darauf und entdeckte die Regungen menschenähnlicher Gestalten.

„Wir können über sie fliegen", meinte Thor.

„Aber nicht über diesen Drachen." Freya deutete mit ihrem Schwert.

Ein riesiges Biest entfaltete seinen Körper am Rand der Felswand. Bevor es sich rührte, hatte ich es für einen Teil der Felsen gehalten. Seine steinartigen Schuppen bewegten sich über seinen kräftigen Körper und ein rötliches Leuchten zeigte sich entlang der Ränder. Ein anderer flog mit so kräftigen Flügelschlägen in Sicht, dass die Luft aufgewirbelt wurde. Zwei weitere schlossen sich ihm an, während sich der auf der Felswand ebenfalls in die Luft schwang. Der Drache, der uns am nächsten war, öffnete sein Maul und spuckte einen Flammenstrahl aus, den ich sogar aus der Entfernung spüren konnte.

Ein Schauder lief mir über den Rücken. Ich konnte nicht gegen diese Dinger kämpfen, nein.

Thor flog bereits voraus, um ihnen entgegenzutreten. Er schwang seinen muskulösen Arm und ließ seinen Hammer fliegen. Dieser traf den Drachen, der ihm am nächsten war, am Schädel. Das Wesen zuckte zusammen, schoss jedoch mit einem Brüllen schneller vorwärts – geradewegs in einen Klumpen aus Schatten, den Hödur heraufbeschworen hatte. Die Streifen aus Dunkelheit wickelten sich um das Biest, fixierten die Flügel an seinem Körper und schlangen sich um seinen Kiefer. Der Drache stürzte in den geschmolzenen Fluss.

Die anderen drei gingen auf uns los. Freya durchschnitt die Luft mit ihrem Schwert und einem geflüsterten magischen Satz. Balder schleuderte unterdessen Lichtstrahlen. Ihre heraufbeschworene Kraft und seine strahlende Magie trafen den zweiten Drachen gleichzeitig und rissen seinen Bauch auf. Thor erledigte ihn mit einem Hammerschlag direkt zwischen die Augen.

Loki brüllte und huschte unter dem Krallenhieb eines anderen Drachen davon. „Feuer tut diesen Nervensägen nicht weh", rief er. „Wenn mir jemand helfen könnte …"

Hödur warf einen Schattenball in seine Richtung. Thor schwang seinen Hammer. Und der vierte Drache schnellte direkt unter Freya empor.

Sie wirbelte herum, doch ich erkannte, dass sie nicht schnell genug sein würde. Ich erlaubte mir nicht, nachzudenken, warf mich nach vorne und schlug mit meinem Klappmesser zu.

Es prallte von der Seite des Monsters ab, die krallenbewehrte Pranke des Drachen krachte gegen mich und schleuderte mich in die Luft. Schmerz brannte meine Seite entlang. Allerdings hatte ich den Drachen so lange abgelenkt, dass Freya ausweichen konnte. Thor rammte dem Drachen seinen Hammer in die Brust und Balder schleuderte einen Lichtblitz auf den anderen.

Die zwei Bestien wirbelten zwischen uns herum, wobei der Schwanz der einen Lokis Brust traf und der Kiefer der anderen Hödurs Schulter streifte, als er aus dem Weg sauste. *Nein*. Ich fuhr herum und die Götter nahmen Kampfhaltung an.

Kurz bewegten wir uns alle gleichzeitig auf dasselbe Ziel zu. Ein eigenartiges Gefühl der Macht summte durch mich hindurch, als könnte ich Hödurs Schatten, Balders Licht, Lokis Feuer und Thors brutale Kraft spüren, die meinen Körper durchfuhren und an sie zurückgeschickt wurden.

Ich streckte meinen Arm aus in der Hoffnung, dass der launische Blitz aus meiner Hand schießen würde. Das tat er nicht, doch als die Götter ebenfalls angriffen, explodierte Magie in der Luft um uns herum. Licht durchzogen mit Feuer traf einen Drachen ins Gesicht. Mjölnir krachte in den Bauch des anderen Drachens begleitet von einem Strom aus Schatten, die sich durch die Schuppen des Wesens zwangen. Flammende Dunkelheit versengte sein Maul und erstickte den Drachen, als er abstürzte. Ein Lichtball knallte mit der Wucht eines Hammers gegen den Kiefer des ersten Drachens und spaltete seinen Kopf in der Mitte.

Wir hielten alle ein wenig verblüfft inne, als die Drachen in den Tod stürzten. „Was in Hels Namen ist gerade passiert?", wollte Thor wissen.

Loki erlangte seine Fassung wieder und gluckste atemlos.

„Ich habe keine Ahnung, aber ich denke, wir sollten das klären, *nachdem* wir den Kampf beendet haben, nicht davor."

Die Armee entlang der Felswand sah aus, als würde sie in den Felsen schwärmen. Ich schüttelte das Summen ab, das mit erneuter Dringlichkeit durch meine Glieder kribbelte. „Dort müssen Höhlen sein, die zu der führen, in der Odin gefangen ist", bemerkte ich. „Sie werden ihn holen." Und wer weiß was mit ihm tun. Würden sie ihn töten, bevor wir ihn erreichten? Oder ihn an einen anderen Ort schleifen, damit wir das alles erneut durchmachen müssten, um ihn aufzuspüren?

Thor stürzte sich mit einem Brüllen vorwärts, das dem der Drachen Konkurrenz machen konnte. Es vibrierte durch die Luft, als wir hinter ihm hereilten. Wir fegten über die Landschaft zu der Lücke zwischen dem fallenden Magma und der Felsspalte, die ich jetzt dahinter ausmachen konnte. Das Zupfen meiner Verbindung zu Odin bebte durch mich hindurch. Er war noch dort – für den Moment.

Spindeldürre schwarze Formen flitzten über die Felswand, die mich an gigantische Spinnen erinnerten, als wir näher flogen. Sie sprangen von den Felsen auf uns, als wir zur Höhle rasten.

Ein Schrei entfuhr mir, als mich eine erwischte und ihre dünnen gelenkigen Beine wie einen Schraubstock um meine Flügel schloss. Ich rammte meinen Ellenbogen in sie und mein Messer in das riesige facettenartige Auge, das mich ausdruckslos anstarrte. Schwarze Flüssigkeit zischte aus der Wunde, die Beine gaben jedoch nicht nach. Ich stürzte ab und fiel viel zu schnell dem aufgeplatzten Steinboden entgegen.

Ein Flammenstoß fegte das Wesen von mir. Loki packte meine Hand und riss mich nach oben, als ich meine Flügel wieder bewegte. „Kein Kneifen, Fee", neckte er. „Komm."

Wir eilten den anderen hinterher durch die Öffnung in die Höhle. Der Kampf tobte dort bereits. Mjölnir funkelte in dem trüben roten Schein und Strahlen von Balders heraufbeschworenem Licht reflektierten von den zackigen Wänden. Ich nahm das Schimmern der angelaufenen Stäbe eines Käfigs – Odins Käfig – in den Tiefen der Höhle wahr. Eine Horde Schwarzalben und andere Gestalten in rußiger Rüstung versperrten uns den Weg zum Göttervater.

Doch er war es – der echte Odin. Seine Präsenz hallte durch mich hindurch und riss mich mit noch größerer Kraft nach vorne.

Ich schlug mit beiden Füßen auf dem Boden auf und mit dem Messer um mich. Die Schatten in mir, die mit Hödurs Macht Leben fordern konnten, regten sich begeistert, da sie von so vielen lebenden, atmenden Feinden umgeben waren, die tatsächlich einen Funken Leben in sich trugen anstelle der hohlen Konstrukte, mit denen ich in Munins Gefängnis hatte kämpfen müssen.

Ich glitt mit der Hand über den Kopf eines Kriegers und rammte sie einem anderen in die Brust, wobei ich ihnen ihre Lebensenergie entriss wie die Walküre, die ich war. In einem anderen Zeitalter wäre es meine Aufgabe gewesen, zu entscheiden, wer leben durfte, wer sterben musste und wer von den Gefallenen in die große Halle von Walhalla aufsteigen durfte.

All diese Mistkerle konnten das vergessen.

Als ich mich durch die Menge rammte und kämpfte, vibrierte erneut dieses eigenartige Summen durch mich hindurch. Die Magie um mich herum schwankte und krachte gegeneinander. Licht, Schatten und Feuer prallten mit doppelt so viel Kraft wie ursprünglich voneinander ab und fegten durch die Horde.

Ich entdeckte Thors verwirrtes Gesicht im Schlachtgewühl, das sich nur eine Sekunde später vor Zorn verzog. Mjölnir flog durch die Menge und knisterte vor feurigem Licht, als er jede Gestalt in seinem Weg umwarf.

Ein heiserer Schrei erklang irgendwo in den Tiefen der

Höhle. „Rückzug! Der Befehl lautet Rückzug! Lasst ihn zurück! Wir ziehen das hier an einem anderen Tag durch."

Die Horde eilte von uns davon. Ein Flattern fiel mir ins Auge. Eine schwarze Gestalt segelte die Höhlendecke entlang. Einen kurzen Augenblick sah mir der Rabe in die Augen. Dann floh Munin mit dem Rest der Armee.

Ich flog ihnen hinterher, doch sobald ich den Käfig erreichte, schwächelten meine Flügel. Etwas in meiner Brust erbebte und erstarrte beim Anblick von Odins zusammengesunkener Gestalt.

Seine Hand schnellte vor und packte einen der Käfigstäbe. Sein Kopf hob sich gerade so weit, dass das Funkeln seines Auges unter der schlaffen Krempe seines Huts zu sehen war.

„Walküre", krächzte er mit einer Stimme, die sich in mich zu bohren schien.

„Er ist es", keuchte ich, unfähig, den Blick von ihm loszureißen. „Es ist wirklich Odin." Ich wusste das mit jeder Faser meines Körpers.

„Vater", sagte Thor mit vor Entsetzen rauer Stimme. Er knallte Mjölnir gegen die Käfigstäbe. Sie erzitterten und knackten. Mit einem weiteren Schlag öffnete er den Käfig.

„Tja", sagte Loki erschöpft, jedoch erleichtert, als sich Freya in den Käfig duckte und die Arme um ihren Mann schlang, „ich muss sagen, dass ich die Nase voll von alldem hier habe. Was haltet ihr davon, wenn wir dieses Mal wirklich nach Hause gehen?"

KAPITEL SECHSUNDZWANZIG

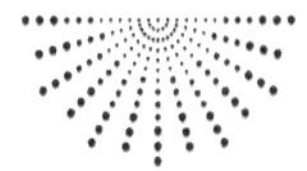

Aria

Ich wachte mit dem Gefühl auf, als hätte ich tagelang geschlafen. Die ersten Minuten konnte ich mich nicht einmal dazu überwinden, mich umzudrehen. Die pralle Matratze, auf der ich lag, und die weiche Decke, in die ich gehüllt war, waren einfach zu gemütlich. Meine Muskeln schmerzten, es war jedoch der dumpfe Schmerz harter Arbeit, die nun erledigt war, nicht der scharfe Schmerz frischer Wunden. Diese Empfindung mochte ich irgendwie.

Meine Erinnerungen an die letzte kurze Reise aus Muspelheim waren verschwommen. Wir hatten Odin aus dem Käfig geholfen, waren mit ihm zu der Klippe geflogen und dort war es ihm gelungen, eine wacklige Brücke in die Wolken zu erschaffen, die sich am dunklen Himmel geballt hatten. Als ich realisiert hatte, dass wir unsere Mission wirklich beendet hatten, dass das Kämpfen tatsächlich vorbei war, waren meine Augenlider bereits schwer geworden. Ich konnte mich vage daran erinnern, dass sich ein Arm um meinen Rücken gelegt hatte, um einen Teil meines Gewichts zu stützen, und das unheimlich vertraute Steinhallen in Sicht gekommen waren, die einen Hof mit Marmorfliesen umgaben … danach konnte ich mich an nichts mehr erinnern.

Also wo war ich? Mein Herz machte einen Satz. Ich schlug die Decke zurück und setzte mich auf.

Das Bett befand sich in einem schlichten Zimmer, das klein war, allerdings eine hohe Decke hatte. Die Steinwände verrieten mir, dass es vermutlich in einer der Hallen in Asgard war. Eine der echten Hallen, die mich nicht ohne Vorwarnung an einen anderen Ort katapultieren würde. Durch ein schmales Fenster ergoss sich Licht auf den glatten Steinboden, das von der Morgensonne zu stammen schien. Ein Polstersessel stand in einer Ecke und eine niedrige Kommode aus Teakholz befand sich an der gegenüberliegenden Wand. Von draußen drangen keinerlei Geräusche herein.

Ich atmete tief ein und meine scharfen Walküre-Sinne nahmen eine schwache Wolke eines scharfen Rauchgeruchs wahr. Oh. Ich war mir ziemlich sicher, dass ich wusste, in wessen Gästezimmer ich gelandet war.

Vorsichtig schlüpfte ich aus dem Bett und tapste in den Flur. Ein Blick in diesen weckte Erinnerungen in meinem Gedächtnis. Ja, das hier war Hödurs Zuhause.

Ich ging an ein paar Türen vorbei zu einer, die leicht offen stand. Als ich sie aufschob, fand ich Hödurs Schlafzimmer, das doppelt so groß war wie das, welches ich zurückgelassen hatte, und über ein doppelt so großes Bett verfügte. Hödur lag ausgestreckt darauf. Die Decke war um seine Taille verheddert, seine schlanke Brust und Schultern waren entblößt. Im Schlaf war sein Gesicht weich geworden. Es war jetzt einfacher, die Ähnlichkeit mit seinem Zwillingsbruder zu sehen.

Ich zögerte, doch der Schmerz in mir trieb mich weiter.

Nach allem, was ich gerade durchgemacht hatte, wollte ich nicht allein in einem seiner mir unvertrauten Zimmer sitzen und darauf warten, dass er aufwachte.

Nach allem, was wir gemeinsam erlebt hatten, bezweifelte ich, dass er etwas gegen die Störung haben würde.

Die Tür quietschte leicht, als ich hindurchschlüpfte, doch der Dunkelgott regte sich nicht. Ich kletterte aufs Bett, legte mich neben ihn und atmete seinen salzigen Rauchgeruch nun aus der Nähe ein.

Die Matratze bewegte sich unter meinen Bewegungen und Hödur wachte auf, zuckte nach hinten und sein Körper spannte sich an.

Scheiße. „Hey, ich bin's nur", sagte ich und mein Gesicht wurde heiß. Das war nicht die sanfte Morgenbegrüßung, die ich mir vorgestellt hatte.

Hödurs Schultern hatten sich bereits gesenkt. „Mein Gästebett war nicht gut genug für dich, Walküre?", brummte er, rückte jedoch gleichzeitig näher, schlang seinen Arm um meine Taille und zog meinen Rücken an seine Brust. Ich lächelte und kuschelte mich in seine Wärme. So war es besser.

„Sorry", entschuldigte ich mich. „Ich wollte dich nicht erschrecken."

„Ich bin es nicht gewohnt, jemanden in meinem Bett zu haben", erklärte Hödur. Er legte sein Kinn über meine Schulter und sein Atem kitzelte meine Haare.

„Ist das etwas, was du gerne ändern würdest?", raunte ich anzüglich und spürte ihn lächeln.

Er küsste meinen Kiefer und diese winzige Geste sandte Hitze durch mich hindurch. „Ich glaube, ich könnte mich daran gewöhnen."

„Wir könnten es ein paar Mal ausprobieren, nur um sicher zu sein."

„Würdest *du* es wollen?"

Ich hielt inne und genoss es, wie angenehm es war, hier

mit ihm zu liegen, und wie beschützt ich mich an ihn gekuschelt fühlte. „Ja, ich glaube, das würde ich."

„Ich vermute, deine anderen Verehrer könnten ein Problem damit haben, wenn du jemanden bevorzugst", sagte Hödur.

Ich verdrehte die Augen. „Ich habe nicht versprochen, dass dies das *einzige* Bett ist, das ich jemals teilen würde."

„Huh. Und ehe ich mich versehe, wirst du sie alle hierher einladen wollen."

„Das ist eine geniale Idee!", erwiderte ich fröhlich. „Es ist genug Platz für mehr Leute. Ich werde sie gleich holen."

„Wag es ja nicht."

„Wirst du mich aufhalten?"

Ich tat so, als würde ich aus dem Bett steigen, und verkniff mir ein Kichern. Hödur knurrte leise und packte mich. Er rollte sich auf mich und sein Kopf senkte sich, als wollte er sich einen Kuss von mir stehlen, was genau das war, worauf ich es abgesehen hatte. Doch sobald ich spürte, wie mich sein Gewicht nach unten presste, versteifte sich mein Körper.

Er wich sofort zurück. „Ari?"

Mein Herz setzte einen Schlag aus, fand allerdings bereits wieder seinen normalen steten Rhythmus. Ich holte tief Luft. „Mir geht's gut. Ich bin nur … ein wenig übermütig geworden. Ich vermute, es wäre etwas zu viel, zu hoffen, dass jede schlimme Reaktion sofort verschwindet." Ich lachte leise. „Sieht so aus, als hätten wir beide noch Mist, über den wir hinwegkommen müssen."

„Hmm." Er sank wieder neben mich und streichelte mit der Rückseite seiner Finger über meine Wange. Meine Kehle schnürte sich zu. Ich schob mich näher zu ihm, drehte mich dieses Mal zu ihm um und lehnte meinen Kopf an seine Brust.

„Wir haben bereits große Fortschritte gemacht", sagte er nach einem Augenblick. „Oder nicht?"

„Ja, ich würde sagen, die haben wir gemacht."

„Dann werden wir einfach weiter heilen. Gemeinsam." Er strich mit dem Daumen über meine Wange. „Dieses Mal gibt es keine Tränen. Das ist definitiv ein Schritt in die richtige Richtung."

„Rede so weiter und sie werden fließen", murrte ich.

Er gluckste und neigte mein Kinn nach oben. Als er dieses Mal Anstalten machte, mich zu küssen, packte mich kein Impuls außer dem Drang, den Kuss zu erwidern.

Die Hitze seines Mundes breitete sich in meinem gesamten Körper aus. Ich erlaubte mir, so zu verharren, Atemzüge mit Hödur zu tauschen und meine Lippen sanft auf seinen zu bewegen, bis sich ein schärferes Begehren tief in meinem Bauch regte. Ich ließ meine Hand über Hödurs Brust gleiten – und das Gefühl einer Aufforderung vibrierte durch meinen Kopf, als hätte jemand meinen Namen geschrien.

Ich setzte mich auf und berührte meine Stirn. Die Empfindung flammte wieder auf, wie ein beharrliches Zupfen. Sie hallte durch meine Brust zu der Stelle, wo ich zuvor Odins Präsenz gespürt hatte.

„Ich glaube, Odin ruft nach mir", sagte ich. Ich war mir nicht sicher, ob mir diese neue Besonderheit des Walküre-Daseins gefiel – dass der Göttervater eine direkte Verbindung zu meinem Gehirn hatte.

Hödur stemmte sich mit einem Seufzen nach oben. „Ich sollte besser mitkommen. Er war gestern Abend nicht in der Lage, darüber zu sprechen, was er durchgemacht hat. Vielleicht kann er uns jetzt mehr darüber erzählen, wer ihn gefangen genommen hat und warum."

Ich genoss die Aussicht, während er sich ankleidete, und verzog das Gesicht, als ich den Ruf erneut spürte. „Okay, okay", sagte ich zu Odin, der meine Antwort vermutlich nicht hören konnte.

Hödur führte mich durch Asgard. Seine Schritte waren

jetzt geschmeidig und unbedacht, da er darauf vertrauen konnte, dass sein Zuhause so blieb, wie es sein sollte. Als wir uns der riesigen Halle am anderen Ende der Stadt näherten, aus deren Dach sich ein hoher Turm erhob, rumorte Unbehagen in meinem Magen. Ich hatte den Göttervater zwar noch nicht richtig kennengelernt, während des letzten Tages jedoch schrecklich viel von Odin gesehen. Und schrecklich viel von dem, was ich gesehen hatte, hatte mir gar nicht gefallen.

„Es muss stimmen, oder?", fragte ich. „Was uns Loki gezeigt hat. Odin hat Loki *befohlen*, Ärger zu machen und gegen die Götter aufzubegehren ..."

Hödur schwieg einen Moment lang. „Mein Vater hat seine Meinung stets für sich behalten", erzählte er. „Oder zumindest hat er sie seinen Söhnen nicht verraten. Aber ich wusste, dass es eine Menge Wissen gab, das an ihm nagte ... Ich habe mich gefragt, wie lange er mit Ragnarök gerechnet hat. Was immer er getan hat, was immer er Loki zu tun gebeten hat, er tat es, weil er es für das Beste für uns alle hielt. Dessen bin ich mir sicher. Ob ich es ebenfalls für das Beste halte ..."

Er schien diesen Satz nicht beenden zu können. Kein Wunder. Ich konnte mir nicht vorstellen, mit wie vielen Dingen er momentan zu kämpfen hatte. Es war sein *Vater*, über den er all diese Enthüllungen gehört hatte.

Ich bemerkte, dass ich die Luft anhielt, als wir die Eingangstür der Halle aufdrückten. „Hier drin", rief die tiefe trockene Stimme, die irgendwie vollkommen vertraut war, obwohl ich sie vor diesem Augenblick nur einmal in der Realität gehört hatte. Es war immerhin die gleiche tiefe trockene Stimme, die Loki befohlen hatte, sein Schurke zu sein.

Odin saß auf einem hohen, kunstvoll geschnitzten Stuhl in einem Raum, der sich wie eine Miniaturversion von Walhalla anfühlte. Speere und Schwerter dekorierten die

Wände. Der beinahe-Thron war abgesehen von einigen Kissen in den Ecken die einzige Sitzgelegenheit. Balder und Freya standen zu beiden Seiten des Göttervaters. Freya umklammerte die Hand ihres Mannes und Balder hatte seine Finger auf den Unterarm seines Vaters gelegt.

Anscheinend hatten sie den Großteil der Nacht damit verbracht, sich um den König der Götter zu kümmern, denn die Jahre der Erschöpfung und Schmerzen waren aus Odins Haltung und seinem Gesicht gewichen. Er saß aufrecht, seine breiten Schultern waren gestrafft und in seinem einzigen Auge funkelte mehr Energie, als ich jemals für möglich gehalten hätte, nachdem ich ihn in diesem Käfig gesehen hatte. Die Autorität seiner Präsenz füllte den Raum. Ein Beben, das mehr Furcht als Erwartung war, kitzelte über meinen Rücken.

Loki und Thor standen in einigem Abstand zu dem Stuhl. Der Donnergott schenkte mir ein Lächeln, während der Trickster nickte und zwinkerte. Wir waren jetzt alle vor dem Göttervater versammelt.

„Mein Sohn und meine unerwartete Walküre", begrüßte Odin uns. Er lehnte sich auf seinem Stuhl zurück. „Ich wollte euch alle hier haben, während wir die bevorstehende Schlacht besprechen."

Mein Herz sank und meine Sorgen bezüglich des Gottes vor mir wurden vorübergehend beiseitegeschoben. „Haben wir die Schlacht nicht gewonnen?", fragte ich.

Doch als die Worte meinen Mund verließen, erinnerte ich mich an die Menschenkörper, die zusammengebrochen in den Höhlen der Schwarzalben gelegen hatten, an die Poster vermisster Personen und an die Stimme, welche die Armee gestern zum Rückzug aufgefordert und versprochen hatte, den Kampf an einem anderen Tag zu beenden. Die Schwarzalben hatten viel mehr getan, als Odin gefangen zu halten. Sie hatten Menschen entführt und getötet und wer weiß was noch getan oder warum.

Natürlich war es nicht vorbei. Es gab so viel Böses in der Welt, gegen das wir noch nicht gekämpft hatten.

Odins Mund zuckte leicht nach oben. „Wir haben etwas gewonnen", antwortete er. „Ich bin sehr dankbar für meine Freiheit. Ich wünschte, ich könnte behaupten, sie ginge mit Frieden einher. Doch Surt hat größere Pläne."

Der Name sagte mir nichts, die Götter um mich herum versteiften sich allerdings, sogar Loki. „Was hat der Mistkerl mit alldem zu tun?", wollte er wissen.

„Er ist derjenige, der meine Gefangennahme angeordnet hat", erklärte Odin. „Mit der Hilfe meines ehemaligen Raben der Erinnerung, wie es scheint." Er rieb sich über den Mund.

„Ähm … wer ist Surt?", wagte ich mich vor.

„Ein Riese, der eine Armee nach Asgard geführt und die Stadt in Brand gesetzt hat", erzählte Freya mit angespannter Stimme. „Er hat meinen Bruder getötet. Er hat alles zerstört."

„Aber die Stadt und wir sind zurückgekehrt", sagte Odin und drückte ihre Hand. „Genauso wie Surt. Wegen der Rolle, die er bei diesem Aufstand gespielt hat, habe ich ihn in Muspelheim eingesperrt. Anscheinend hat er seitdem in seinem Hass auf mich und den Rest von Asgard geschmort."

„Wir haben ihn aufgehalten", meinte Thor. „Wir haben dich zurückgeholt. Was kann er jetzt noch tun?"

„Oh, es gibt eine Menge." Der Göttervater atmete seufzend aus. „Surt hat seine neue Armee über lange Zeit aufgebaut. Er hat sich mit den Schwarzalben verbündet und die Einzelgänger um sich versammelt, die nach Muspelheim gelangt sind. Er wusste jedoch, dass dies für sein Endziel nicht reichen würde. Also fing er an, auch Draugar heraufzubeschwören, die nach seiner Pfeife tanzen."

Hödur legte eine Hand auf meine Schulter und packte sie fest. „Die Toten sind zum Leben erwacht", sagte er in einem gequälten Ton.

So wie das Konstrukt von Balder, das torkelnd und

verrottet auferstanden war. Ein Zombie. *Draugr*, hatten sie es genannt. Mein Magen verknotete sich.

Die Leichen, die ich in den Höhlen gesehen hatte – die Leute, die sie entführt hatten – all das ergab plötzlich einen ekelerregenden Sinn. Sie bauten sich eine Armee aus Toten auf. Aus *menschlichen* Toten.

„Und was will er mit dieser Horde Untoter tun?" Loki deutete zur Tür. „Heutzutage gibt es in Asgard nicht viel zu erobern."

„Er wäre schon zufrieden damit, wenn uns unser Zuhause entrissen wird", antwortete Odin. „Das ist allerdings nicht sein einziges Ziel. Es macht den Anschein, als hätte sich das Gleichgewicht der neun Reiche verändert. Viele von ihnen sind instabil geworden. Alle mit Ausnahme von Asgard wegen unserer Macht … und Midgard, dem Zentrum von allem. Er hat vor, das Reich der Menschen ebenfalls für seine Zwecke zu erobern."

Ein eisiger Speer durchbohrte mich bei diesen Worten. Dieser mächtige Riese wollte Midgard erobern. Und mein ehemaliges Zuhause in Flammen aufgehen lassen? Es zu einem Ödland machen wie das Reich, über das er jetzt herrschte?

Petey war dort ohne jemanden, der ihn beschützen konnte …

Meine Hände ballten sich zu Fäusten. Die Götter um mich herum schauten mich an, als würden sie das Gleiche denken.

Ich konnte nicht erwarten, dass sie sich um dieses Reich nur halb so sehr sorgten wie ich, doch ich wusste mit einem schwachen Flüstern der Hoffnung in meinem verknoteten Magen, dass sie dennoch erbittert darum kämpfen würden. Sie würden an meiner Seite stehen, die vier Liebhaber, die in einem eigenartigen Gleichgewicht mit mir verbunden waren.

Ich trat vor. „Wir müssen ihn aufhalten."

Odin neigte den Kopf. „Ja", stimmte er zu. „Ich bin ganz

deiner Meinung. Deshalb seid ihr alle hier. Wir müssen *jetzt* ein Zeichen in diesem Krieg setzen."

Da lächelte er richtig: ein langsames dunkles Lächeln, das seine Lippen in einem schiefen Winkel nach oben bog. Gänsehaut breitete sich auf meinem Körper aus.

Wir waren zusammengekommen. Wir hatten Odin gerettet. Doch wer war gefährlicher: der Riese, der im Feuerreich Pläne schmiedete, oder der Gott, den wir gerade vor ihm gerettet hatten?

Eva Chase ist eine Amazon Top 100-Bestsellerautorin für Urban Fantasy und paranormale Liebesromane. Sie ist mit Magie, Chaos und Herzschmerz aufgewachsen und bringt alle drei Elemente in ihre Geschichten ein. Aber keine Angst vor dem gefürchteten Liebesdreieck - Evas Heldinnen müssen sich nie entscheiden. Online findet man sie unter www.evachase.com.

www.ingramcontent.com/pod-product-compliance
Lightning Source LLC
Chambersburg PA
CBHW031026310726
48969CB00007B/1886